ullstein

Das Buch

Gerade noch winkt die dreißigjährige Trixi Gellert ihren auswandernden Eltern hinterher, als ihre Schwester Betty sie aus der gemeinsamen Wohnung werfen will. Die alleinerziehende Krankenschwester vermisst an Trixi Selbständigkeit und regelmäßige Mietzahlungen. Da kommt das Angebot des Reiseführerverlags Bellersen genau zur rechten Zeit – auch wenn die eigenwillige Trixi nichts mehr hasst als einen öden Bürojob. Schneller als ihr lieb ist, entpuppt sich der neue Arbeitsplatz jedoch als ein Ort des Verbrechens. Von der Schrulligkeit der Kollegen einmal ganz abgesehen. Zu allem Überfluss verliebt sie sich in den attraktiven Alan, der mehr über die mysteriösen Todesfälle im Verlag zu wissen scheint, als er vorgibt. Für Trixi beginnt eine aberwitzige Achterbahnfahrt durchs wahre Leben – inklusive Gefühlschaos und Lebensgefahr.

Die Autorin

Christiane Güth, 1967 geboren, arbeitete über 15 Jahre als Redakteurin in einem Sachbuchverlag und ist selbständige Werbetexterin. Sie lebt mit ihrer Familie in Gütersloh.

Christiane Güth

Cheffe versenken

Roman

Ullstein

Besuchen Sie uns im Internet:
www.ullstein-taschenbuch.de

FSC
www.fsc.org
MIX
Papier aus verantwortungsvollen Quellen
FSC® C014496

Originalausgabe im Ullstein Taschenbuch
1. Auflage Juni 2012

Umschlaggestaltung: ZERO Werbeagentur, München
Titelabbildung: getty images / Purestock
Satz: Pinkuin Satz und Datentechnik, Berlin
Gesetzt aus der Quadraat
Papier: Pamo Super von Arctic Paper Mochenwangen GmbH
Druck und Bindearbeiten: GGP Media GmbH, Pößneck
Printed in Germany
ISBN 978-3-548-28419-4

Weckruf

Guten Morgen, Gütersloh. Das war Johnny Cash mit Blue Train. Ich liebe diesen Song. Apropos Train. Kommen wir zu einem ernsten Thema. Vor zwei Wochen wurde der 32-jährige Paul Wiltmann in seinem Porsche von einer TWE-Bahn erfasst und getötet.

Warum der Pressesprecher des Bellersen Verlags mit seinem Wagen mitten auf den Schienen stand, dazu mit ausgeschaltetem Motor, und vor allem: wieso er nicht einfach ausgestiegen ist – das sind nur einige der Fragen, die sich die Ermittler und viele von Ihnen, meine lieben Hörer, stellen. Soeben hat die Polizei für morgen Abend eine Pressekonferenz zum Tode Wiltmanns angekündigt.

Wir hoffen auf erste Informationen, denn bisher waren weder Wiltmanns Angehörige noch sein Arbeitgeber, Bernold Bellersen, zu einer Stellungnahme bereit.

Was immer in dieser verregneten Aprilnacht am Bahnübergang Eiserstraße im Verler Industriegebiet passierte – wir halten Sie auf dem Laufenden. Simon Heitkämper für Radio Antenne 102,5.

Simon Heitkämper? Mit einem leichten Würgereiz schlug ich die Augen auf. Meine rechte Hand klatschte dumpf auf die andere Bettseite. Ein Glück! Es war nur Simons verzerrte Stimme, die aus dem Radiowecker zu mir herüberwaberte. Ausgerechnet dieser Hohlkopf hatte es in meinen Lieblingssender geschafft.

Konnte ein Tag schlechter starten als mit dem Gesums des Ex? Noch dazu mit einer Meldung über den Mann, bei dem ich in wenigen Stunden zu einem unfreiwilligen Vorstellungsgespräch angemeldet war? Bernold Bellersen.

6 Uhr 15 und der Tag war gelaufen!

Dabei hatte mein Leben hoffnungsfroh angefangen: In den ersten neunundzwanzig Jahren gab es für mich, Trixi, eigentlich Beatrix Gellert, keinen Grund zur Beanstandung.

Solange meine Eltern mich nicht mit anderen Kindern verglichen, war ich ein ganz normales Mädchen: immer schon ein bisschen zu groß geraten, aber dafür umso flotter unterwegs auf meinen langen Stelzenbeinen, die blonden Haare im Fahrtwind.

Während sich meine Schwester Betty, sechs Jahre älter und einen Kopf kleiner als ich, alle Annehmlichkeiten des Lebens mühsam erkämpfen musste, fielen mir die wichtigen, aber auch die unwichtigen Dinge in den Schoß.

Freunde? Jede Menge und von allen Sorten.

Schule? Mit links, ohne Aufwand, aber mit passablem Ergebnis.

Hobbys? Rasant, sportlich und am liebsten jeden Tag ein neues.

Liebe? Abwechslungsreich, fallweise experimentell und nie was Ernstes. Am allerwenigsten mit Simon Heitkämper, der unseren zweistündigen amourösen Ausrutscher leider als große Offenbarung missverstanden hatte.

Berufsausbildung? Es geht doch nichts über vielfältige Erfahrungen. Leider sitze ich nicht gern lange an einem Platz. Das heißt, nicht auf demselben Stuhl und schon gar nicht im selben Zimmer. Nach einer Stunde reglosen Verweilens werde ich zappelig. Muss ich noch länger ausharren, gesellt sich zu zuckenden Beinen ein unangenehmes Blähgefühl. Spätestens da hört der Arbeitsspaß auf.

Aus diesem Grund entschied ich mich nach der Schule ahnungslos für ein Journalistikstudium. Ich wollte ständig wechselnde Seminare und Vorlesungen besuchen, weltgewandten Professoren zuhören und dabei unendlich spannende Themen erforschen. Nebenher verdiente ich ein wenig Geld. Hier ein bisschen Cocktails shaken, dort kassieren. Alles kein Problem, solange meine Eltern bereitwillig den größten Teil meines Lebens finanzierten.

Während des Studiums zog ich zu meiner Schwester, die sich nach einem Rechenfehler im Zykluskalender seit ihrem zweiundzwanzigsten Lebensjahr der Erziehung ihrer Tochter Rahel widmete. Der Vater des Kindes nahm bereits kurz nach dem Rechenfehler all seinen Mut zusammen und brach spontan auf, die Welt zu erkunden. Seitdem schlug Betty sich wacker durchs Mutterleben, chronisch übermüdet, mit Augenringen wie Traktorreifen, aber meistens gut gelaunt. Ihren Lebensunterhalt sicherte sie sich als Krankenschwester im Städtischen Klinikum, während Rahel sich von einem aufgeweckten Kind zu einem eigenwilligen Teenager entwickelte.

Mein Studium stellte sich, objektiv betrachtet, als zähes Absitzen von Unterrichtseinheiten heraus und die Professoren als freundliche, aber selbstzufriedene Herrschaften mit dem Motivationsvermögen einer Bahnansage. Meine Nebenjobs waren deutlich interessanter. So beschloss ich nach sieben Semestern, der Akademikerlaufbahn ein Ende zu setzen und mich allzeit flexibel den Herausforderungen des Lebens zu stellen.

Das Schwesterngespann Trixi und Betty Gellert harmonierte hervorragend, bis meine Eltern eine Schnapsidee in die Tat umsetzten – vor genau acht Wochen.

Ich weiß bis heute nicht, warum sie Tulgas Einladung

annahmen. Tulga ist ein ehemaliger Arbeitskollege meines Vaters. Und kaum hatte er seinen gastfreundschaftlichen Lockruf in die Wildnis ausgestoßen, waren Mama und Papa auch schon weg. Ausgewandert. In die Mongolei.

Von diesem Augenblick an verbrachten die beiden eine unbeschwerte Zeit in einer Nomadensiedlung drei Tagesritte entfernt von Ulan Bator, meine Schwester und mich ließen sie einfach in Gütersloh zurück.

Nicht dass mir der Schock lange in den Gliedern saß. Schlimmer als die Abwesenheit meiner Eltern war das Fehlen ihrer monatlichen Überweisung. Auf den Einwand, dass auch die Sächsische Schweiz oder der Bayerische Wald prima Auswandererziele seien, reagierte Mama mit einem lapidaren »Das lass mal unsere Sorge sein«. Ohne zu zögern entledigten sich meine Eltern aller finanziellen Verpflichtungen gegenüber ihrer Tochter und zogen zu Dschingis Khans Erben.

Als wäre das nicht schon ärgerlich genug, vollzog auch Betty urplötzlich einen Sinneswandel.

Nach einem kleinlichen Streit über den unregelmäßigen Eingang meines Mietanteils drohte sie mir, mich aus der Wohnung zu werfen. Ich konnte es kaum glauben und schlug vor, ihre Hormonwerte auf erste Anzeichen der Wechseljahre überprüfen zu lassen. Warum war sie wegen der lausigen Miete auf einmal so pingelig?

Als ich ihr erzählte, dass ich mich für den Sommer als Kellnerin im Dolcetta, der angesagtesten Eisdiele der Stadt, beworben hatte, setzte sie glatt noch einen drauf.

Betty wollte statt einer lebenslustigen Schwester lieber eine »erwachsene« Mitbewohnerin, auf die sie sich verlassen konnte. Zum Beispiel ihre Kollegin Sybille, die gerade vor ihrem prügelnden Ehemann ins Frauenhaus geflohen war und boshaft auf mein Zimmer spekulierte. Betty und ich hatten schon früher wild über unser Zusammenleben diskutiert, aber so weit war meine große Schwester noch nie gegangen.

Wechsellook

Um 6 Uhr 18 schlüpfte ich unter meiner Bettdecke hervor.

Ich sprang unter die Dusche und suchte anschließend meine schönste Unterwäsche aus dem Schrank. Schritt eins war geschafft. Es folgte Schritt zwei: das passende Bürooutfit.

»Bellersen mag es klassisch elegant«, hatte meine Freundin Edith Muns gemeint, und die musste es wissen.

Doch woher sollte ich eine dieser zementgrauen Bürogrufti-Monturen nehmen? Vielleicht fand sich bei Betty etwas Passendes. Diese Woche hatte sie Frühdienst und war schon vor einer Stunde aus dem Haus gegangen. Ich schlich in ihr Schlafzimmer und öffnete den Kleiderschrank. Alles hing und lag fein säuberlich dort, wo es hingehörte. Das musste man ihr lassen, Betty hatte ein ordentliches Händchen. Obendrein waren ihre Blusen nach Farben sortiert. Freie Auswahl. Ich nahm die türkisfarbene, die ich immer schon gern gehabt hätte. Betty würde gar nicht mitbekommen, dass ich sie mir borgte.

Ich huschte zurück ins Bad, schlüpfte in meine beste Jeans und begann mit dem Make-up. Als ich fertig war, versuchte ich, aus meinen langen naturblonden Haaren eine seriöse Frisur zu modellieren. Zuerst probierte ich es mit einem Zopf: zu kindlich. Dann offen: zu verwegen. Als ich fluchend vor die Badewanne trat, stand plötzlich Rahel neben mir.

»Was willst du mit Mamas Bluse?«

»Und was willst du jetzt schon im Bad?«, gab ich gereizt zurück.

»Erstens: Ich muss pünktlich in der Schule sein, und zweitens: Die Bluse sieht bescheuert aus. Sie ist dir viel zu klein. Guck mal, da sieht man deinen Bauchnabel.«

»Ich fahre gleich zu einem Vorstellungsgespräch, brauch halt was Schickes.«

Rahel schüttelte den Kopf und kicherte.

»Darf ich wenigstens deine Haare stylen?«, fragte sie. Ich war nicht sicher, ob sie sich über mich lustig machte oder einfach nur eine morgendliche Herausforderung suchte. Trotzdem sagte ich ja.

Innerhalb von zehn Minuten hatte sie meine Haarmähne gebändigt, mit dem Glätteisen in Form gebracht und mit Haarspray fixiert. Die Ponysträhnen zierten mein Gesicht wie ein schräger Theatervorhang.

»Keine unkontrollierten Bewegungen!«, ermahnte sie mich.

»Passt schon. Ich muss in einen steifen Laden, da ist die Frisur genau richtig.«

Wir frühstückten zusammen, und ich erzählte Rahel von meinem Termin.

»Wie bist du so plötzlich zu einem Vorstellungsgespräch bei Bernold Bellersen gekommen?«

»Das habe ich Edith zu verdanken.«

»Deiner kleinen alten Freundin vom Ching Chang Chung?«

Aus der Sicht einer 14-Jährigen war Edith tatsächlich alt. Schließlich passte sie mit Mitte vierzig so gar nicht in meinen Freundeskreis.

Ich hatte Edith bei einem Tai-Chi-Kurs kennengelernt.

Nach einem kleinen Zusammenbruch während einer Semesterarbeit empfahl mir mein Arzt etwas mehr Ruhe und weniger Action. Wenn ich es nicht mit Meditation versuchen wollte, so könnte ich wenigstens fernöstliche Konzentration und Entspannung üben. Dabei war ich gar nicht wegen Überarbeitung zusammengeklappt, sondern aus Frust, mehr als drei Tage diszipliniert in meinem Zimmer hocken zu müssen. Tai Chi klang irgendwie exotisch, und darum meldete ich mich zum Kurs an. Auch Edith kam auf Anraten ihres Arztes zu den Übungsabenden. Sie hatte einen ziemlich stressigen Job im Reiseführerverlag Bellersen. Ich kapierte nicht, was daran stressig sein sollte, aber Edith meinte, kein Mensch könne sich vorstellen, wie viel Ärger und welch enormen psychischen Belastungen sie ausgesetzt sei, etwa bei der rechtzeitigen Fertigstellung eines Buches über Wanderwege im Sauerland. Im Gegenzug schilderte ich ihr mein Hörsaal-Martyrium, und so verstanden wir uns trotz des Altersunterschieds prima und leisteten uns gegenseitig Beistand.

»Was ist das für ein Job bei Bellersen?«, wollte Rahel wissen.

»Nächstes Jahr feiert der Verlag sein 50-jähriges Jubiläum. Jetzt sucht Bellersen kurzfristig jemanden, der eine Verlagschronik schreibt.«

»Eine Verlags-was?«

»Die Geschichte des Unternehmens.«

»Cool.«

»Finde ich nicht. Du kennst doch das alte Bellersen-Gemäuer, oder? Möchtest du in diesem Verlies zwischen lauter verstaubten Akten hocken?«

»Wenn da ein paar gute Typen sind – klar.«

Rahel grinste und knabberte an einem Nutella-Toast.

»Und wie kommen die ausgerechnet auf dich?«

»Die Verlagsredakteure haben keine Zeit, und da hat Edith mich gestern einfach empfohlen.«

»Dich? Empfohlen?«

Rahel lachte laut auf.

»Weiß Edith nicht, was passiert, wenn du zu lange auf deinem Hintern sitzt?«

Meine pubertierende Nichte kannte mich ziemlich gut.

»Hör mal, Rahel. Ich tue Edith den Gefallen und stelle mich brav bei Bellersen vor. Sollte der Job nichts für mich sein, gehe ich zur Eisdiele und arbeite dort. So einfach ist das.«

»Na, dann viel Spaß!«, scherzte Rahel und räumte ihr Geschirr in die Spülmaschine. »Muss noch was für die Schule ausdrucken.«

Sie schlenderte in ihr Zimmer, aus dem kurze Zeit später laute Beats dröhnten. Ich hatte immer gedacht, ich sei Meisterin im Multitasking. Doch das, was Rahel täglich veranstaltete, grenzte an Zellteilung: Sie hörte Musik, telefonierte mit ihrer Freundin, chattete gleichzeitig im Internet, und das alles, während sie ihre Englisch-Hausaufgaben machte.

Ich beschloss, Rahel nichts von den gemeinen Rauswurfplänen ihrer Mutter zu erzählen. Immerhin hatte ich noch einen Funken Hoffnung, dass Betty sich bis zum Abend wieder beruhigte und alles so wäre wie immer.

15 Minuten später machte Rahel sich auf den Weg zur Schule, sehr zufrieden damit, ihrer alten Tante ein paar zeitgemäße Stylingtrends untergejubelt zu haben. Ich bat sie, Betty nichts von meinem Termin zu verraten. Schließlich war das meine Angelegenheit.

Die türkisfarbene Bluse war in der Zwischenzeit nicht gewachsen, und ich musste mir etwas einfallen lassen.

Um kurz nach acht klingelte ich eine Etage tiefer im Erdgeschoss bei Florence und Gerd.

Florence öffnete die Wohnungstür und starrte mich an.

»Mon Dieu, komm schnell, Gerd, da steht eine große Engelschen vor unserer Tür.«

Ihr Mann fuhr in einem glänzenden Rollstuhl vor und musterte mich.

Unser skurriles Vermieterehepaar wohnte im selben Haus. Wenn es um warme Mahlzeiten und Pannenhilfe ging, waren sie für Betty, Rahel und mich die erste Anlaufstelle.

Florence stammte aus Genf. Bevor sie auf einer Tournee Gerd kennenlernte, reiste sie als Solo-Cellistin durch die Welt. Mit ihrem langen, schwarzgrau melierten Haar war sie für ihre sechzig Jahre noch immer bildhübsch. Florence hatte einen ausgeprägten Blumentick und liebte düstere Krimis, die ich nicht mal unter Valiumgabe und mit psychologischer Betreuung lesen würde. Zu Gerds Missfallen ging ab und zu die Phantasie mit ihr durch. Dann glaubte sie, Gütersloh sei eine einzige Ansiedlung paranoider Mörder und Triebtäter. So viele Gestörte wie in Florence' Vorstellung konnte es hier gar nicht geben – dachte ich jedenfalls.

Gerd war ein tüftelnder Vollblutfrührentner und rollender Rasenanbeter. Bis vor vier Jahren hatte er als Concierge in einem noblen Bielefelder Hotel gearbeitet. Doch seit er sich bei dem Versuch, einem begriffsstutzigen Gast den Fahrstuhl zu erklären, mit seinem Frack in der Fahrstuhltür verheddert hatte, saß er im Rollstuhl. Das hinderte ihn aber nicht daran, den Rasen unseres Gartens in eine tadellose, nur durch wenige schmale Rollspuren unterbrochene Grünebene zu verwandeln. Er verbrachte ganze Tage in seiner Werkstatt und fabrizierte bizarre Geräte, die ihm die Gartenarbeit erleichterten. Besonders beeindruckend fand ich einen Vertikutierer, den er an seinen Rollstuhl montierte und holprig über den Rasen kutschierend hinter sich herzog.

Mit der gleichen Hingabe werkelte Gerd in der Küche. Immer wenn Betty Spätschicht hatte, kochte er für Rahel – und nicht selten blieb auch für mich die eine oder andere Köstlichkeit übrig. Rahel liebte Gerds Kochkünste und Florence' überschäumende Phantasie, und so verbrachte sie nach der Schule mehr Zeit mit den beiden als mit ihrer Mutter.

»Hast du so früh am Morgen schon ein Rendezvous?«, fragte Gerd. »Und was hast du mit deinen Haaren gemacht? Die Frisur sieht umwerfend aus.«

Florence und Gerd lächelten sich an.

»Ich muss zu einem Vorstellungsgespräch ...«

Florence musterte meine Puppenbluse.

»Aber doch nischt so!«

Mit einem Ruck zog sie mich in die Wohnung. Ziel erreicht.

Ich fragte sie nach einer zündenden Kleidungsidee, und einen Augenblick später schleppte sie eine bunt gemischte Kollektion ihrer Garderobe herbei. Ich hatte die Wahl zwischen geblümten Rüschenblüschen und sackförmigen Leinenkombinationen.

»Na ja, für Bernold Bellersen vielleicht nicht das Richtige ...«, warf ich zögernd ein. Ich wollte Florence' Modegeschmack nicht direkt in Frage stellen.

»Bernoo Bellersen?«

Sie verdrehte die Augen.

»Dieser windige Kerl?«

»Kennst du ihn?«, hakte ich nach.

»Oh non, nischt direkt, isch 'abe aber schon viele Dinge über ihn ge'ört. Bellersen soll unbereschenbar sein. Da gab es vor kurzem diese Todesfall an die Bahnübergang. Ma chère, darübär stand doch gerade etwas in der Zeitüng.«

»Du meinst den Typen mit dem Porsche? Mein nachtragender Verehrer vom Radio hat es mir heute Morgen brühwarm ins Ohr geflüstert«, erinnerte ich mich.

Gerd rollte ins Ankleidezimmer.

»Ach Florence, jetzt verunsichere Trixi doch nicht. Und hör nicht auf das Gerede anderer Leute. Die Zeitungen übertreiben gern, wenn es um die Auflage geht.«

»Aber Gerd, du 'ast doch selbst erzählt, wie Monsieur Bellersen bei dir im 'otel so eine komische ...«

»Hier, Trixi, versuch's mal damit«, unterbrach Gerd seine Frau und reichte mir ein schwarzes Sakko. »Das stammt noch aus meiner Hotelzeit und ist schmal geschnitten. Kann durchaus als Damenblazer durchgehen. Die Länge müsste passen. Wenn ich aufstehen könnte, würdest du sehen: Wir sind ungefähr gleich groß.«

Ich zog das Teil über. Es war zwar eine Männermontur, aber wenigstens verdeckte das Sakko die Unzulänglichkeiten der Bluse. Voilà, stilvolle Kleidung war eben doch kein Problem, und Florence' Ausführungen über Bernold Bellersen erschienen mir gewohnt phantasievoll.

»Und was ist mit eine elegante 'andtasche?«, rief Florence hinter mir her, als ich aus dem Haus stürmte. Dabei zeigte sie fragend auf meinen schlabbrigen Umhängebeutel und lief eilig ins Haus zurück.

Auch das noch. Ich blieb stehen und schaute an mir herab. An ein Bürotäschchen hatte ich gar nicht gedacht – brauchte ich auch nicht, da ich abgesehen von einer Sporttasche, einem alten Wanderrucksack aus Schulzeiten, einem Seesack und meiner geliebten Riesenumhängetasche nichts dergleichen besaß. Ich überlegte, was ich tun konnte. Mir fehlte die Zeit, um noch einmal nach oben zu laufen und Bettys kitschigen Taschenfundus zu durchstöbern. Einen Augenblick später erschien Florence wieder in der Haustür und hielt mir ein bunt geblümtes Stöffchen mit Samtkordel hin, das sie als »operntaugliches Abendtäschchen« bezeichnete.

Non, merci.

Weltklasse

Ich hatte Glück, dass es nicht regnete, und nahm den kürzesten Weg. Klingelnd radelte ich durch die Fußgängerzone und passte auf, dass ich keine Passanten rammte. Als ich auf den Berliner Platz einbog, hatte ich einen Gedankenblitz. Mit dem Rad bei einem Bewerbungsgespräch in der Chefetage des Bellersen Verlags vorzufahren, wirkte nicht gerade professionell. Ich legte eine spontane Bremsung ein und schloss mein rotes Hollandrad vor der Citywache ab. Den Rest des Weges ging ich zu Fuß und übte einen bürotauglichen Gang. Dank Rahels Frisierkünsten hatten meine Haare sich nicht einen Millimeter bewegt.

Auch wenn ich eine Sportskanone war, dynamisches Radfahren stand in meinem persönlichen Bewegungsspaßranking auf dem drittletzten Platz, direkt vor Turnierschach und Hockergymnastik. Auf meinem Sattel fühlte ich mich wie ein Zirkusbär auf einem Klapprad. Die Füße auf den Pedalen, die Hände brav am Lenker und dann mit gesenktem Kopf und Tunnelblick in eine Richtung fahren? Nicht mit mir. Ich brauchte inspirierende Sportarten: Wenn ich mich ärgerte, joggte ich so lange durch die Landschaft, bis ich wieder gesellschaftstauglich war. Bei guter Laune zog ich das Fitnessstudio vor und powerte mich ein paar Stunden beim Kickboxen oder beim Hip-Hop-Tanzen aus. Als Jugendliche hatte ich Eishockey gespielt, aber weil die meisten Teammädels nach Überschreiten der 20-Jahre-Schallmauer zu schrulligen Tanten mutierten und ihre Schonerhalter und Stöcke zuerst gegen Strapse und später gegen Ehemänner eintauschten, löste sich unsere Mannschaft wegen Spielerinnenmangels auf. Mein größter sportlicher Traum war ein Bungeesprung. Der stand auf meiner persönlichen Wunschliste ganz weit oben.

Als das mächtige Bellersen-Gemäuer in der Hohenzollernstraße vor mir auftauchte, schien die Erfüllung dieses Wunsches schlagartig in greifbare Nähe zu rücken: Ich fühlte mich wie im freien Fall – nur ohne Seil. Der finstere Verlagsbau hatte sich seit meiner Kindheit kaum verändert. Mit seinen schießschartenkleinen Fensterluken wirkte er wie eine uneinnehmbare Trutzburg. Die Besichtigung dieser Bastion gehörte zum festen Programmpunkt jeder Stadtführung.

Aus Ediths Erzählungen hatte ich nur eine vage Vorstellung, wie es im Inneren zuging. Dieses Haus war in meiner Phantasie eher ein Ort dunkler Machenschaften als ein modernes Bürogebäude, in dem Termindruck und High-Tech-Medien das Tagesgeschäft beherrschten.

Als ich die Stufen des Eingangs bezwang, spürte ich einen Kloß in meinem Hals heranwachsen.

»Komm schon, Trixi«, sagte ich leise zu mir selbst und gab mir einen inneren Schubs. »Tu Edith den Gefallen. Wenn alles glattläuft, nimmst du dir einen Stapel staubiger Akten mit nach Hause, und zwischen ein paar Joggingeinheiten schreibst du ruck, zuck eine geschliffene Verlagschronik.«

Das konnte doch nun wirklich nicht schwer sein. Selbst Betty würde staunen und den Wohnungsrauswurf wieder zurücknehmen.

»Frau Gellert? Schön, dass Sie so kurzfristig kommen konnten. Herzlich willkommen in unserem Verlagshaus! Ich bin Luise Heyster, die Assistentin von Herrn Bellersen.«

»Ich freue mich auch«, log ich und schüttelte Frau Heyster die Hand. Dabei schaute ich mich schon mal um.

»Sehr schön haben Sie es hier.«

Was sagte ich da?

»Es dauert noch einen kleinen Moment. Herr Bellersen ist in einem Termin. Tee oder Kaffee?«

Luise Heyster strahlte eine natürliche Autorität aus. Sie trug ein schlichtes Kostüm und eine winzige Brille. Mit ihrer makellos geschnittenen, hochglänzenden Bobfrisur schätzte ich ihr Alter auf Anfang fünfzig. Sicherlich würde sie niemals aus der Rolle fallen. So musste eine perfekte Sekretärin sein: freundlich, aber bestimmt.

»Kaffee wäre nett. Oder nein, haben Sie auch Latte macchiato?«

Frau Heyster starrte mich einen Augenblick über den Rand ihrer Brille an und platzierte mich auf einem Besuchersessel, der sicher noch aus der Gründerzeit des Verlages stammte. Ich legte die Umhängetasche auf den Schoß, versank im schwarzen Leder und rang augenblicklich nach Luft. Das schmale Sakko schnürte mich ein. Hoffentlich hielten die Knöpfe.

»Hatten Sie eine angenehme Anreise?«, erkundigte sich Frau Heyster beiläufig, während sie abwechselnd ihre E-Mails checkte, die Kaffeemaschine bediente und Blätter aus dem Drucker nahm.

»War kein Problem, ich hab's nicht weit.«

Mit diesen Worten endete unsere kleine Konversation. Die Tür zu Bernold Bellersens Büro flog auf. Eine kleine, dralle Blondine und ein gutaussehender Dunkelhaariger stürzten heraus, gefolgt von einer lauten Schimpftirade. Der hübsche Mann blickte mich kurz an und nickte mir freundlich zu. Die Frau verdrehte die Augen, ihre Lippen waren fest aufeinandergepresst.

»Wenn Dummheit scheißen könnte, dann säßt ihr beiden auf einem Haufen höher als der Mount Everest!«

Mit hochrotem Kopf stürmte Bernold Bellersen aus seinem Büro hinter den beiden her.

»Und wenn die Seiten nicht bis morgen fertig sind, zeig ich euch mal, wie es auf dem beschissenen Mount Everest zugeht.«

Frau Heyster zog eine Augenbraue hoch und füllte eine Porzellantasse mit frisch gebrühtem Kaffee.

»Ach, und Yvonne!«, tobte Bellersen weiter.

Die blonde Frau drehte sich sichtlich genervt um. Ihr Rock klebte wie eine Schlangenhaut an ihrem kurvigen Po.

Der inszenierte Blickfang dieser Frau war allerdings ihre üppige Oberweite. Ich tippte auf Doppel-D. Der kleinere Teil schimmerte durch den weißen Stoff ihrer engen Bluse, der weitaus größere Teil schien sich aus dem textilen Gefängnis befreien zu wollen. Das klassische Alpha-Weibchen, schoss es mir durch den Kopf. Nur die Schweißflecke unter ihren Achseln verliehen ihrem Erscheinungsbild einen Hauch von Natürlichkeit.

Bellersen baute sich vor ihr auf und funkelte sie an.

»Wie kommt dieser Widerling vom *Westfalenkurier* dazu, uns als Killerverlag zu bezeichnen? ›*Bellersens Reiseführer ins Jenseits!*‹ Das ist doch lächerlich! Du formulierst sofort eine Gegendarstellung, klar?«

»Für solche Journalisten habe ich meine ganz eigene Methode«, zischte die Blondine zurück. »Verlass dich drauf, Bernold.«

Der Dunkelhaarige war inzwischen verschwunden, und auch die Blondine trippelte aus dem Vorzimmer.

»Herr Bellersen, Frau Gellert wäre jetzt so weit.«

Ich wäre jetzt so weit? Lieber wäre ich mit meinen Eltern bei einem mongolischen Pferderennen, als dass ich für ein Gespräch mit diesem Mann bereit war. Herr Bellersen stand direkt vor dem Besuchersessel und wandte sich mir abrupt zu.

»Frau Gellert? Sieh da, die Empfehlung unserer guten Edith.«

Bernold Bellersen streckte mir großmütig die Hand entgegen. Wie freundlich, er wollte mir aus dem Sessel helfen. Ich hob die rechte Hand.

»Wer hier erst mal sitzt, kommt nicht so schnell wieder raus, nicht wahr, Frau Heyster?«, scherzte Bellersen, ließ nach einem kurzen, qualligen Händedruck los und trat einen kleinen Schritt zurück. Mir fiel auf, dass seine Nasenspitze in kurzen, unregelmäßigen Abständen zuckte. Woran erinnerte mich diese unkontrollierte Bewegung?

Ich kämpfte mich aus dem knatschenden Ledermonster und zupfte Bluse und Sakko zurecht.

Bellersen glotzte erst auf meine Tasche, danach direkt auf meinen Hals, dann legte er seinen Kopf in den Nacken. Er war mindestens einen halben Kopf kleiner als ich und schnaubte von unten in meine Nase.

»Junge, Junge, darf ich raten? Eins achtzig?«

»Eins dreiundachtzig«, sagte ich lächelnd und trat ebenfalls einen Schritt zurück.

»Große Frauen sind faszinierend, nur meistens nicht sehr schlau.«

Bernold Bellersen, der Frauenkenner, bedeutete mir, in sein Büro zu treten.

»Zuerst mein Kaffee!«, entgegnete ich und ging zu Frau Heyster, um meine Tasse in Empfang zu nehmen.

Während die Eingangshalle des Verlages auf mich erstaunlich modern gewirkt hatte, bestätigte sich meine Vorstellung von Bellersens Büro: schwere, gediegene Möbel, angereichert mit einzelnen Design-Klassikern. Ich kannte zwar keine Design-Klassiker, aber da einige Stühle und Regale sehr verloren im Raum standen, ging ich davon aus, dass es sich nicht um Reststücke aus der Sperrmüllsammlung handelte.

Die Atmosphäre in diesem Raum war bedrückend: dunkle Tapeten, noch dunkleres Holz und selbst hier: kleine Schießscharten-Fenster. Hier und da blitzte Metall auf. Wenn das Chefbüro schon so finster war, wie sahen dann erst die Büros der Mitarbeiter aus? Ein unangenehm kühler Schauer lief mir über den Rücken. Zum Glück hatte ich meinen Kaffee in der Hand. Eingeschüchtert nahm ich den ersten Schluck zu mir.

»Nicht doch, Frau Gellert, wir sind doch kein Stehimbiss. Nehmen Sie bitte Platz!«

Bellersen wies mir einen Stuhl am großen Konferenztisch zu. Aus Ediths Erzählungen wusste ich, dass Bernold Bellersen um die vierzig sein musste. Die mit einzelnen fettigen Strähnen geschmückte Stirnglatze ließ ihn älter erscheinen als seine Möbel.

Sein runder Bauch hing blousonartig über einer braunen Anzughose. Was hatte Florence bloß mit ›windiger Kerl‹ gemeint? Bei einem Sturm wäre dieser Mann der Letzte, der weggeweht würde.

»Auch wenn ich nicht viel Zeit habe, eine Tasse Kaffee sollten wir zu unserem Gespräch kultiviert zu uns nehmen.«

»Vielen Dank, Herr Bellersen.«

Die Anrede mit Namen war mir schon mal gelungen. Ich schaute verlegen in meine Tasse.

»Sie sind also studierte Journalistin, wie mir Frau Muns mitteilte.«

»Na ja, nach sieben Semestern ...«

»Schön, schön. Solange Sie nicht so einen Müll verzapfen wie Ihr Kollege von dieser *Westfalenkurier*-Postille, sind Sie genau die Richtige für uns.«

Welcher Kollege? Ich hatte keine Ahnung, was im *Westfalenkurier* stand, nickte aber artig mit dem Kopf. Zweiter Versuch, einen Schluck Kaffee zu nehmen.

»Sicherlich kennen Sie unsere Bücher. Allesamt Bestseller.«

Bellersen wollte scheinbar nicht sitzen. Er wanderte durch sein Büro, blieb vor einem der kleinen Fenster stehen und lugte hinaus.

»Die Buchreihe *Weltenbummler Bellersen* brachte uns den Durchbruch. Das war 1962.«

»Wodurch?«

Er drehte sich ruckartig um. Im Gegenlicht der kleinen Fenster konnte ich es nicht genau sehen, aber ich glaubte unter einer der Strähnen eine pochende Ader zu erkennen. Seine großporige Nasenspitze zuckte immer noch.

»Ich denke, es gibt keinen Haushalt in unserem Land, in dem nicht mindestens ein *Weltenbummler*-Reiseführer zu finden ist.«

Unser Haushalt hatte keinen, aber das verschwieg ich ihm mit einem zustimmenden Nicken.

»Tja, das war der Anfang unserer beispiellosen Erfolgsgeschichte. Kulturinstanz und Marktführer Bellersen!«

Bernold Bellersen wandelte weiter.

»Mein Name steht für Fernweh, weite Welt und Abenteuer.«

»Aber hat nicht Ihr Vater den Verlag –?«

Ein grimmiger Blick durchschoss die Luft. Wohl nicht das, was er hören wollte.

Es klopfte.

»Was ist denn jetzt schon wieder?«, brüllte Bellersen, als Frau Heyster vorsichtig den Kopf durch den Türspalt steckte.

»Herr Claassen ist da«, flüsterte Frau Heyster beflissen.

»Einen Moment noch, habe Frau Gellert gleich verarztet«, lächelte Bellersen versöhnlich.

Wie schnell konnte ein Mensch seine Laune ändern? Und was bedeutete *verarztet*? Ein beschleunigtes Herzklopfen verstärkte mein Unwohlsein.

»Wo war ich stehengeblieben? Ach ja, nächstes Jahr feiern wir unser 50-jähriges Jubiläum, und die Vorbereitungen sind in vollem Gange. Sie haben also nicht mehr viel Zeit.«

»Wie, Zeit?«, stotterte ich leise dazwischen.

»Sie fangen morgen um 9 Uhr an. Pünktlich, versteht sich. Acht Stunden tägliche Arbeitszeit. Sie sitzen im Büro von Frau Muns. Abgabe der Festschrift in genau sechs Monaten. Erstes Kapitel zur Abnahme in zehn Tagen.«

»Aber Herr Bellersen ...«

»Schon gut. Bedanken können Sie sich später.«

»Ich bin nicht sicher, ob ...«

»Und noch eins: Diese Spinnereien aus der Zeitung lassen Sie links liegen. Ihre Vergütung beträgt 18 000 Euro pauschal, brutto versteht sich – plus Kantinenzuschuss. Aber dafür erwarte ich Spitzenqualität und absolute Verschwiegenheit! Das werden Sie ja wohl hinbekommen.«

Mir rutschte die Tasse aus der Hand.

»Alles Weitere klären Sie mit Frau Heyster!«

Bellersen stürmte aus der Tür.

»Aah, Claassen«, hörte ich ihn rufen. »Geh schon rein. Ich muss nur schnell für kleine Königstiger.«

Endlich fiel es mir ein: Bernold Bellersen war weder König noch Tiger. Mit seinen nervösen Zuckungen erinnerte er mich an ein Riesenkarnickel auf der Flucht.

»Wissen Sie, er fackelt nicht lange«, sagte Frau Heyster, als sie mit dem Putzlappen die Kaffeepfütze vom Tisch wischte. Ich saß wie eine Wachsfigur auf meinem Stuhl.

18 000 Euro! Die Zahl sprang in Quadern durch mein Hirn. So viel Geld hatte ich in den letzten zehn Jahren nicht verdient.

»Sie sollten jetzt lieber gehen. Herr Bellersen kann ein wenig ungehalten reagieren, wenn Personen nicht am richtigen Platz sind.«

Am richtigen Platz? Ich fühlte mich so deplatziert wie Arnold Schwarzenegger in einem französischen Autorenfilm. Und so ein sprunghafter Typ wie Bernold Bellersen war nicht auszuhalten. Auch wenn die Bezahlung verlockend klang, diesen Job konnte ich unmöglich annehmen.

»Ein neues Gesicht?«

Mit dieser Frage wurde ich aus meinen Gedanken gerissen.

»Das ist Frau Gellert, sie wird unsere Verlagschronik schreiben.«

Frau Heyster übernahm jetzt die Regie. Ihre Hände auf meinen Rücken gelegt, schob sie mich durch die Tür ins Vorzimmer.

»Und das ist Herr Claassen, unser ältester Mitarbeiter.«

»Danke für das Kompliment, Luise«, gab Herr Claassen mit einem Lächeln zurück. »Ich bin sozusagen der Verlagsdinosaurier. Schön, Sie kennenzulernen.«

»Ganz meinerseits«, stammelte ich. Plattitüdenkönigin Trixi auf dem großen Parkett.

Henner Claassen hatte eine angenehme Ausstrahlung. Wenn er lächelte, leuchteten seine Augen wie die eines jungen Mannes.

»Wir werden sicherlich noch viel miteinander zu tun haben. Ich bin seit 38 Jahren Redakteur hier im Hause. Wenn Sie Fragen haben, kommen Sie jederzeit vorbei. Ich sitze im Erdgeschoss.«

»Henner, alter Geheimniskrämer! Du siehst so ausgeschlafen aus, hast du zu wenig Arbeit?«

Bernold Bellersen drängte sich an mir vorbei.

»Wenn du mir schlechte Nachrichten bringst, schmeiß ich dich raus! Frau Heyster, geben Sie mir die Unterlagen für *Bellersens Goldene Route!*«

Claassen folgte Bellersen mit einem verschmitzten Lächeln. In 38 Berufsjahren hatte er sich offenbar eine Menge Gelassenheit zugelegt.

Die Tür flog ins Schloss, und Frau Heyster atmete tief durch.

Ich hielt noch immer die leere Kaffeetasse in der Hand und stand benebelt vor Frau Heysters Schreibtisch. Höchste Zeit, die Flucht zu ergreifen.

»Vielen Dank für den Kaffee, ich geh dann mal.«

Irgendwie musste ich mich elegant aus der Affäre ziehen.

»Gut, Frau Gellert, die Vertragsformalitäten können wir auch morgen erledigen. Frau Muns hat uns ihre Kontaktdaten weitergeleitet. Sie werden sehen, Ihre Ankunft wird sich schnell herumsprechen. Wir haben einen ausgezeichnet funktionierenden Flurfunk.«

Mit einem Seufzer nahm mir Frau Heyster die Tasse ab.

Als ich aus dem Verlagsgebäude trat, wurde mir schwarz vor Augen. Ich japste und knöpfte mein Sakko auf. Diese Arbeit war ganz sicher nichts für mich. Keine Stunde würde ich es in dieser Gruft aushalten, auch nicht für 18 000 Euro. Das konnte Frau Heyster gern über den Flur funken.

Während ich in meiner Tasche nach einem Kaugummi kramte, öffnete sich die Tür. Lauthals diskutierend kamen der hübsche Mann und die blonde Frau heraus. Bereits als die beiden aus Bellersens Büro stürmten, waren mir die eisblauen Augen des Mannes aufgefallen. Als er mich sah, blieb er einen kurzen Moment stehen und blickte mich geradewegs an. Unsere Augen waren auf gleicher Höhe. Endlich mal ein gutaussehender Mann in meiner Größe. Mein Schwindel verstärkte sich, und ich hielt mich am Handlauf fest.

»Geht es Ihnen nicht gut?«, fragte er höflich. Die dralle Blondine tänzelte ungeduldig auf ihren hohen Absätzen hin und her.

»Alles o.k., danke«, stammelte ich.

»Gib Gas, Alan, wenn wir nicht gleich in der Druckerei sind, bringt Bellersen uns um!«

»Da wären wir ja nicht die Ersten.«

»Halt einfach die Klappe und beeil dich. Nach dem Druckereitermin muss ich zum *Westfalenkurier*. Die Sache mit Paul bringt uns schlechte Presse. Habe keine Lust, auf der Buchmesse allen erklären zu müssen, was passiert ist.«

Kein Zweifel, hinter diesen ehrwürdigen Mauern herrschte ein rauer Ton.

»Ciao. Und – schicke Bluse haben Sie da an«, sagte der Dunkelhaarige mit einem kurzen Blick auf meinen Bauchnabel. Dann sprang er die Stufen hinab. Meine Augen konnten nicht von ihm lassen.

»Wie siehst du denn aus?«

Florence hockte im Vorgarten und zupfte Unkraut. Ich hatte es gerade noch nach Hause geschafft. Kurz hinter dem Marktplatz hatte die Polizei mich angehalten. Die Beamten hatten allen Ernstes angenommen, ich sei betrunken, da ich in Schlangenlinien auf dem Gehweg fuhr.

»Florence, mir ist übel«, warf ich ihr zu. Ich ließ mein Rad gegen die Garagenwand fallen, als sie mich abfing.

»Moment, Mademoiselle! So kannst du doch jetzt nischt nach oben ge'en. Isch mache dir erst mal eine Tasse Tee.«

Florence entledigte sich ihrer violetten Gartenhandschuhe, begleitete mich in ihre Wohnung und verfrachtete mich geradewegs auf das geblümte Sofa im Wintergarten, das zwischen den üppigen Rosenstöcken kaum auffiel.

»Geeerd? Trixi ist wieder da. Isch glaube, Bellersen 'at ihr etwas angetan, dieser Verbrescher.«

Sie schälte mich aus dem Sakko. Augenblicklich wurde mir wohler. Gerd schaute besorgt um die Ecke. Auf seinem Schoß lag eine stattliche Werkzeugkollektion.

»Was ist passiert?«

»Nichts ist passiert. Mir ist nur schlecht. Enge Räume, enge Kleidung und so.«

»'ast du den Job?«

»Ja, oder nein, das ist nichts für mich.«

Ich erzählte den beiden von meinem Gespräch, und sie hörten sich geduldig meine Ausführungen an.

»Aber Trixi, meinst du nicht, dass der Job eine tolle Chance für dich ist?«, fragte Gerd schließlich.

»Sechs Monate in einem kleinen, muffigen Büro? Acht Stunden pro Tag? Das ist keine Chance, so eine Arbeit nennt man *Gefahr für Leib und Leben.*«

»So gefährlich kann es gar nicht sein. Es sind doch nur ein paar lausige Wöchelchen. Du verdienst viel Geld, und ein Job bei Bellersen macht sich gut in deinem Lebenslauf.«

»Und vielleischt entdeckst du auch ein finsteres Ge'eimnis!«

Was glaubte Sherlock Florence eigentlich, wie es dort zuging?

»Ihr habt keine Ahnung. Wenn ihr den selbstgefälligen Bellersen erlebt hättet, würdet ihr mich verstehen. Ich krieg das nicht hin. Und wen interessiert schon eine langweilige Firmenchronik?«

Ein dreifaches Klingeln unterbrach unser Gespräch. Gerd schaute auf die Uhr und lächelte. Dann rollte er zur Haustür, und wenige Augenblicke später stand Rahel im Wintergarten. Als sie mich sah, strahlte sie.

»Na, hat mein Styling deinen neuen Chef überzeugt?«

»Sie will den Job nischt.«

Florence schien fast ein wenig beleidigt.

»Wenn isch jung wäre, dann würde isch diesen alten Laden aber mal ordentlisch aufmischen. Allein schon wegen der Geschischten, die im *Westfalenkurier* standen.«

Beim Mittagessen wollte Rahel alle Einzelheiten wissen. Vor allem interessierte sie, ob es dort viele Jungs gab. Wie aufregend doch die Welt mit 14 war.

Mir fiel der hübsche Dunkelhaarige wieder ein. Mit gutaussehenden Männern hatte ich so meine Erfahrungen gemacht. Noch einmal würde ich nicht darauf anspringen. Alle Frauen hingen an ihren wohlgeformten Lippen oder an ihren breiten Schultern oder an ihren muskulösen Hälsen. Oder an ihren kühnen eisblauen Augen? Zu viele neidische Nebenbuhlerinnen waren mir einfach zu anstrengend. Ein Mann aus der zweiten Reihe tat's schließlich auch, und mangels Ästhetik konnte man in manchen Situationen einfach das Licht ausknipsen.

»Isch könnte dir 'elfen.«

Florence riss mich aus meinen Gedanken, als sie eine große Schüssel Schokoladencreme servierte.

»Das würdest du tun?«

Dankbar hielt ich ihr mein Dessertschälchen entgegen. Sie war wirklich ein uneigennütziger Mensch.

»Isch meine, falls du einen Mörder finden musst.«

»Florence, bitte!«

Nach dem Essen schleppte ich mich nach oben. Ich ließ mich auf die Couch vor den Fernseher fallen und überlegte, wie ich aus dieser Bellersengeschichte geschickt aussteigen konnte. Am liebsten hätte ich ein Erleuchtungsnickerchen gemacht, aber zu viele Gedanken schwirrten in meinem Kopf herum. Wie viel Zeit blieb mir noch, meinen morgigen Arbeitseinstieg abzusagen? Ich kramte mein Handy aus der Tasche und schaltete es ein. Sofort meldete sich die Mobilbox. Edith hatte in der letzten Stunde vier Mal versucht, mich zu erreichen, und schließlich eine Nachricht hinterlassen: *»Hey, Trixi, ich hab gehört, mit deinem Job geht alles klar. Ich freu mich ja so für dich! Toll, dass wir beiden ab morgen zusammen in einem Büro sitzen. Wenn du Lust hast, ruf mich an. Falls nicht, sehen wir uns morgen früh. Das wird supi, du bist nämlich der einzige Lichtblick zwischen den Armleuchtern hier.«*

Na, klasse. Jetzt musste ich auch noch Edith vor den Kopf stoßen. Dabei hatte sie es so gut mit mir gemeint.

Die Wohnungstür wurde geöffnet. Ich hörte Betty im Flur mit jemandem reden und warf mich vorsichtshalber in Liegeposition. Wenn ich mich schlafend stellte, würde sie mich nicht so schnell ansprechen. Vielleicht hatte sie unseren gestrigen Streit schon wieder vergessen.

»So, Sybille, das ist das Wohnzimmer. Oh, da liegt Trixi«, begann sie augenblicklich zu flüstern. »Normalerweise schläft sie in ihrem Zimmer, wenn sie nichts zu tun hat.«

Sybille?

»Solange sie hier herumdöst, kannst du schon mal einen Blick in ihr Reich werfen. Sie hat bestimmt nichts dagegen. Danach zeige ich dir die Küche.«

Wollpullunder

Ich war Gregor Samsa. Franz Kafka musste mich gemeint haben, als er »Die Verwandlung« schrieb. Genau wie seine Hauptperson sich eines Morgens im Körper eines Käfers wiederfand, so fand ich mich gefangen im steinernen Mauerwerk des Bellersen Verlags. Seit meiner Schulzeit hatte ich nicht mehr an diese unheilvolle Geschichte gedacht. Blieb zu hoffen, dass mein Ende schneller und weniger qualvoll sein würde als das des armen Ungeziefers.

»Ist das nicht spitze?«

Edith freute sich seit einer halben Stunde ein Loch in den Bauch. Mit ihrem tomatenroten Kurzhaarschnitt und einer grün gepunkteten Tunika wirkte sie wie ein zerstreuter Malergeselle auf Speed. Immer wieder betonte sie, welch glückliche Fügung uns zusammengebracht hatte. Dabei half sie mir, meinen Arbeitsplatz einzurichten.

»Den fehlenden Locher beantragst du bei Frau Heyster.«

Die Büroausstattung beeindruckte mich. Ich hatte sogar ein Telefon und einen eigenen Computer. Trotzdem konnte ich mich zu keinem Lächeln durchringen. Betty meinte es tatsächlich ernst und hatte Sybille skrupellos unsere komplette Wohnung gezeigt. Wenn ich nicht innerhalb der nächsten zwei Wochen Geld und Arbeitsplatz vorweisen konnte, würde sie mich vor die Tür setzen und die lauernde Hyäne Sybille in mein Zimmer einfallen.

»Es wird dir bestimmt gefallen. Sicherlich kommst du mit den Kollegen gut aus.«

Ediths Stimme klang etwas spitz.

»Um halb elf ist Teamsitzung. Bellersen hat angeordnet, dass du dabei bist. Dann kannst du alle wichtigen Leute kennenlernen.«

Bei dem Wort *wichtigen* verdrehte sie die Augen.

Vielleicht waren wir einer Meinung, was das Gebaren in diesem Haus anging, und würden so zu Verbündeten.

»Stört es dich, wenn ich das Fenster öffne?«, fragte Edith.

»Nur zu. Frische Luft kann ich gut gebrauchen.«

Das war noch untertrieben. Ich lechzte nach Sauerstoff. Wenn ich schon in diesen Räumen angekettet war, traf es sich gut, dass Edith nicht so ein verweichlichtes Bürohäschen war, das ständig kalte Füße hatte. Normalerweise würde ich um diese Zeit einen 10-Kilometer-Lauf starten, um wach zu werden.

»Und macht es dir etwas aus, wenn ich bei der Arbeit mit mir selbst rede?«, fuhr Edith beiläufig fort.

»Wie? Ach nö, kein Problem«, antwortete ich. Vielleicht verfiel man unwillkürlich in Selbstgespräche, wenn die eisige Büroeinsamkeit zuschlug.

»Hast du irgendwelche kleineren Macken, die ich kennen sollte?«

Jetzt wollte Edith es aber genau wissen.

»Eigentlich nicht.«

Ich überlegte ernsthaft.

»Nur ein ganz winzig kleines Problem vielleicht. Ich sitze nicht gern für eine längere Zeit auf demselben Platz im selben Raum.«

»Aha! Ein klassischer Fall von Klaustrophobie. Wusstest du, dass Platzangst nur umgangssprachlich die Angst vor engen Räumen meint? Die korrekte wissenschaftliche

Bezeichnung für den Begriff Platzangst lautet dagegen Agoraphobie und bedeutet die Furcht vor großen Plätzen.«

»Wie bitte?«

Das konnte ja lustig werden.

»Ich hoffe nur, du springst nicht gleich aus dem Fenster, wenn es dir in unserem Büro zu eng wird«, witzelte Edith.

Wenn sie wüsste. Ich würde versuchen, mich zusammenzureißen. Schließlich waren es nur ein paar ›Wöchelchen‹, wie Gerd beschönigend meinte.

»Nein, nein, keine Angst, ich habe mich unter Kontrolle. War nur ein Scherz«, schwindelte ich.

»Ich schlage dir etwas vor. Heute Nachmittag machen wir einen kleinen Rundgang durch den Verlag. Dann triffst du alle Kollegen und kannst gleichzeitig deine Fluchtwege aus diesem Kerker erkunden.«

Die kleine, gepunktete Edith kicherte leise.

Hinter dem großen Bildschirm kam ich mir komplett verloren vor.

»Wie kann ich mich an meinem Rechner anmelden?«, fragte ich.

»Du musst einfach ein Passwort eingeben und noch einmal bestätigen. Komm, ich helfe dir. Gib mindestens fünf Zeichen ohne Ziffern ein.«

»Hmmmm, wie wär's mit »Bellersen«?«

»Nicht sehr clever, aber es geht.«

Die Anmeldung funktionierte, und der Rechner fuhr in Warp-Geschwindigkeit hoch. Das Tempo meines Computers zu Hause war nicht annähernd mit dieser EDV-Rakete vergleichbar.

Vor meinen Augen eröffneten sich neue Galaxien mit unzähligen vorinstallierten Programmen. Viele von ihnen kannte ich nicht. Einen kurzen Augenblick blieb mir der

Mund offen stehen. Vielleicht konnte ich doch noch etwas lernen in diesem Gemäuer.

Ich ließ mir meine Verwunderung lieber nicht anmerken.

»Jap, läuft alles, danke, Edith«, sagte ich professionell. »Dann kann ich ja loslegen.«

Erst jetzt fiel mir auf, dass ich keinen Schimmer hatte, wie ich überhaupt anfangen sollte.

Zum Glück klingelte in diesem Moment mein Telefon. Wollte jemand den neuen Anschluss testen? Die Nummer war nicht erkennbar.

»Trixi am Apparat. Guten Tag.«

O Gott. Wie musste ich mich eigentlich melden?

»Frau Gellert?«

Ich konnte die Stimme kaum verstehen. Sie war leise und klang seltsam verzerrt.

»Schön, Sie zu sprechen. Es wurde höchste Zeit, dass sich mal jemand um die Verlagsgeschichte kümmert. Ich hätte Ihnen da einiges zu erzählen.«

»Wer ist denn da?«, fragte ich nach.

»Das ist nicht wichtig. Gewöhnen Sie sich erst mal ein. Ich melde mich später wieder.«

Klick.

Ich starrte auf den Hörer und überlegte, was das gerade war. Die Stimme klang nicht bedrohlich, eher höflich. Und ich wusste auch nicht, ob sie einem Mann oder einer Frau gehörte. Die Verzerrung war zu stark. Warum wollte der Mensch anonym bleiben?

»Ist was, Trixi?«, fragte Edith beiläufig.

»Äh, nein. Da hat sich bloß jemand verwählt«, wimmelte ich sie ab.

Meine gutgelaunte Bürokollegin sollte sich auf keinen Fall noch mehr aufregen.

Grübelnd packte ich meinen Blaubeermuffin aus, den ich auf dem Weg gekauft hatte. Was gab es hier im Verlag zu entdecken?

»Ach, übrigens«, warf Edith ein. »Essen im Büro find ich nicht so toll. Das hält von der Arbeit ab, und wenn dir mal Krümel in die Tastatur fallen –«

Ich verschluckte mich. Nicht mal ein kleiner Imbiss zwischendurch war erlaubt? Wie sollte ich mehrere Stunden ohne Snacks aushalten?

»Du kannst in den Pausenraum gehen«, legte Edith beschwichtigend nach. »Da gibt's auch Kaffee. Also, wenn man den unbedingt braucht.«

Ich fischte die zerknüllte Papiertüte aus dem Abfalleimer und verpackte artig den Muffin. Statt einer kleinen Snackpause zeigte Edith mir die Toiletten und den Fahrradständer.

Der große Konferenzraum war ähnlich gediegen eingerichtet wie das Chef-Büro. Ein kleines Bataillon winziger Fenster schmückte eine Wand. Die anderen Wände waren bis an die Decke mit Bücherregalen bedeckt. In der Mitte stand ein riesiger rechteckiger Eichentisch, den zwölf schwere Stühle umrahmten. Am Kopfende vor der Fensterfront prangte ein Ledersessel mit gigantischer Lehne.

Der Konferenzraum trug einen eigenen Namen: Wuppertal. Ich stellte mir vor, wie Wuppertal alle aufkommende kreative Energie verschluckte. Ein passender Name.

Als Edith mich in den Raum führte, wurde mir flau. An dem großen Tisch waren bereits vier Plätze belegt. Drei Männer und eine Frau drehten gleichzeitig ihre Köpfe zu uns.

»Darf ich vorstellen? Das ist Trixi, Entschuldigung, Beatrix Gellert.«

Energisch schob Edith mich vor sich her.

Ich nickte kurz und fühlte mich wie eine Grundschülerin, die gerade neu in die Klasse gekommen war. Hatte Wuppertal einen Notausgang?

»Ah, unser junges, zu groß gewachsenes Aushilfsküken ist auch schon an Bord!«

Bernold Bellersen polterte herein, quetschte sich zwischen Edith und mir hindurch und ließ sich schnaufend auf seinen Thron fallen. Im funzeligen Licht der Fensterluken wirkte er wie eine verunglückte Provinzversion des Paten.

Edith zerrte eilig an meinem Arm und schleppte mich zum erstbesten Stuhl. Ich zog an der ledernen Lehne, doch der Stuhl war so schwer, dass ich ihn kaum bewegen konnte.

»Man braucht schon ein bisschen mehr Tatkraft, wenn man sich hier niederlassen will.«

Es war die blonde Frau vom Vortag, die neben mir saß und mir half, den Stuhl ein paar Zentimeter vom Tisch wegzuziehen. Verschwitzt setzte ich mich und legte sorgsam einen Notizblock vor mir auf den Tisch.

»Kleine Vorstellungsrunde für unsere neue Kollegin«, befahl Bellersen. »Fräulein Gellert ist Journalistin und wird in den nächsten Monaten unsere Jubiläumschronik schreiben. Aber das hat sich bei den meisten wohl schon herumgesprochen. Bitte unterstützen Sie sie so gut es geht und geben Sie das auch an Ihre Kollegen weiter.«

Fräulein? Journalistin? Unterstützung? Eine einfache Geldspende hätte es in diesem Moment auch getan.

Zu Bellersens Rechten saß ein etwa fünfzigjähriger Mann mit vollem, braunem Haar. Sein Aftershave erinnerte mich an Duftbäumchen und aromatisierte den ganzen Raum.

Wie sollte ich mich bloß konzentrieren, damit ich die wichtigen Namen behielt?

»Ich grüße Sie, Frau Gellert. Gunther Wilmering, Leiter

des Vertriebs In- und Ausland. Tag und Nacht einsatzbereit und meistens auf Reisen.«

Wilmerings Gesicht war von einigen Lachfalten sowie zahlreichen bierseligen Arbeitsessen gezeichnet. Der Mann hatte es gut, denn er durfte das Gebäude jederzeit verlassen.

»Da ich viel unterwegs bin, könnte es sein, dass wir uns nicht so häufig begegnen. Aber wenn Sie mal mit mir auf Dienstreise fahren möchten, melden Sie sich! Gegen eine attraktive Begleitung hätte ich nichts einzuwenden. Ich erkläre Ihnen dann ausführlich unsere Vertriebsstrategie.«

Träum weiter.

Daneben fläzte sich ein etwas jüngerer Mann in seinem Stuhl. Er trug eine Glatze und ein pink-weiß kariertes Hemd. Abwechselnd schwenkte er seine wuchtige Hornbrille in der linken Hand oder kaute auf einem Bügel herum. Mit der rechten Hand malte er grafische Muster auf ein Blatt Papier. Als er an der Reihe war, lehnte er sich leger nach vorn. Genüsslich nahm er die Sehhilfe aus dem Mund und schob sie sich auf die glänzende Stirn. Wie nannte man noch gleich eine männliche Diva?

»Robert van Gendt mein Name. Zusammen mit Frau Muns leite ich die Redaktion. Frau Muns betreut die schlichten Titel, unsere Alltagsreisebegleiter fürs einfache Volk sozusagen. Ich verantworte die Kulturreiseführer. Aber das hat sie Ihnen sicherlich schon erklärt.«

»Nein, Robert, dazu bin ich noch nicht gekommen«, funkte Edith dazwischen.

»Wie dem auch sei. Wenn Sie mal Informationen für einen anspruchsvollen Urlaub benötigen, erfahren Sie alles Nötige von mir. Geheimtipps inklusive.«

Dieser Verlagskram wurde sekündlich komplizierter. Mein Magen und mein Darm stimmten einen grummelnden

Dialog an, und ich versuchte, die Geräusche durch ein Hüsteln zu übertönen.

Es folgte Edith.

»Auch wenn Frau Gellert in meinem Büro einen Platz hat, möchte ich mich kurz vorst–«

Die Tür flog auf, und der gutaussehende Dunkelhaarige stürzte herein. Als er Bellersen erblickte, drosselte er sein Tempo und schritt zu einem freien Stuhl zwischen Edith und dem Glatzköpfigen. Seine kurzen braunen Haare glänzten, und auch seine Haut zeigte eine frisch gebräunte Note. Er trug Jeans. Sein Hemd hatte die Farbe von Flamingos. Ohne Zweifel, sein Erscheinen brachte einen reizvollen Anstrich in dieses dunkle Verlies.

»Letzte Verwarnung, Tivendale!«

Bernold Bellersen lief rot an, und seine Nase bekam wieder dieses putzige Zucken. Das konnte ich sogar im Dämmerlicht erkennen.

»Sorry, mein Rechner hat sich aufgehängt. Ich musste noch die Entwürfe ausdrucken.«

Freudig wedelte er mit ein paar bunten Blättern herum.

»ICH hänge SIE eigenhändig auf, wenn Sie sich noch einmal eine derartige Verspätung leisten!«

Kurze Stille in Wuppertal.

»So, Frau Muns, wir wissen alle, was Sie hier machen. Yvonne, fahr du bitte fort.«

Meine blonde Tischnachbarin war an der Reihe.

Mit einer schwungvollen Kopfbewegung drehte sie sich zu mir um, obwohl sie direkt neben mir saß. Gleichzeitig warf sie sich die langen Haare über die Schultern. Erst links, dann rechts. Nicht nur ihre Gestikulation erinnerte mich an Miss Piggy.

»Yvonne Strowe, Marketing. Ich glaube, wir haben uns gestern schon gesehen.«

Ihr Blick wanderte einmal an mir herunter und wieder hinauf. Trug sie falsche Wimpern?

»Bellersen steht für exzellentes Marketing. In Zeiten wie diesen ist professionelle Verkaufsförderung wichtiger, als manch einer hier denken mag.«

Jetzt schaute sie langsam in die Runde.

»Ach ja, und vorübergehend leite ich auch noch die Presseabteilung. Seit Paul Wiltmanns Tod erledige ich seine Arbeit mit.«

Strowe lehnte sich zurück und genoss sichtlich ihre Position.

»Wenn Sie gut schreiben, können Sie für mich ein paar Texte übernehmen.«

»Kein Problem, mache ich gern.«

Was redete ich da?

Langsam wurde es unübersichtlich. Vertrieb, Redaktion, Marketing, Presse. Wie bei einem überdimensionierten Memoryspiel versuchte ich, mir alle Abteilungen und die dazugehörigen Personen zu merken. In diesem Moment sehnte ich mir die guten alten Namensschilder herbei.

Es fehlten nur noch zwei Personen. Neben Yvonne Strowe hockte ein hagerer Riese. Unter seinem Strickpullunder entdeckte ich einen leichten Buckel.

»Guten Tag, Frau Gellert. Ich bin Jens Powalowski. Der Herr der Bilder.«

Er amüsierte sich über sein Wortspiel und gluckste leise. Alle anderen blieben still.

»Dank meiner Arbeit bekommen die Leute was zu sehen für ihr Geld. Als Leiter der Bildredaktion beschaffe ich all die schönen Hochglanzfotos fürs Fernweh.«

Eine intensive Wolke von morgendlichem Mundgeruch wehte über die Blondine bis zu mir herüber. Demonstrativ rückte sie mit ihrem Stuhl einen halben Meter zurück und machte den Weg frei für seine Emissionen.

Mit einem lauten Grollen meldete sich mein Magen zurück. Ich war froh, dass ich den Muffin nicht gegessen hatte. Spätestens in diesem Moment hätte er sich aus meinem Inneren verabschiedet.

Powalowski sah nicht wirklich wie ein Globetrotter-Fotograf aus. Mit seiner grauen Cordhose und dem braunen Wollteil über dem kurzärmeligen Hemd hätte er ebenso gut in einer Finanzbehörde sitzen können. Fettige graubraune Locken fielen wirr in sein hageres Gesicht. *Wären die Haare doch nur länger*, dachte ich, *dann würden sie wenigstens die gelben Zähne verdecken.*

Powalowski kam in Fahrt.

»Wissen Sie, Bildrechte sind ein Thema für sich. Als Journalistin haben Sie damit zwar auch zu tun, aber bei uns ist die Auswahl der richtigen Fotos von essentieller Bedeutung. Oder würden Sie beispielsweise einen Reiseführer von Neuseeland kaufen, auf dessen Cover ein Bild von, sagen wir, einer alten Fischfabrik –«

»Powalowski! Fertig?«

Bellersens Frage bedurfte keiner Antwort.

»Fehlt nur noch einer im Bunde. Unser Kreativkopf Tivendale. Ach was. Sie können sich auch nach unserem Termin bekannt machen. Wir haben nicht mehr viel Zeit.«

Schade, insgeheim hatte ich darauf gewartet, den dunkelhaarigen Schönen sprechen zu hören. Alan Tivendale hieß er also. Das klang englisch und faszinierend. Ich meinte jedoch, bei unseren kurzen Begegnungen keinen englischen Akzent gehört zu haben.

Bellersen legte sich ins Zeug und trieb die Runde an. Alle Kollegen berichteten über ihre Arbeitsprojekte. Die Informationen prasselten auf mich ein. Ich verstand nur Bruchteile: Goldene Route, Layoutabnahme, Reisetipps im Internet, Pressetermine, Retourenquoten, Lizenzverhandlungen. Im Eiltempo wurden die Tagesordnungspunkte abgehandelt. Genauso rasant verging die Zeit. Als Bellersen die Sitzung beendete, war mir so schwindelig, dass ich am liebsten in meinem schweren Lederstuhl sitzen geblieben wäre.

Edith zettelte umgehend eine Diskussion mit dem Glatzkopf an und trabte wütend hinter ihm her.

Bis auf Alan und Yvonne Strowe verließen alle den Raum.

Der englische Kreative stellte sich neben meinen Stuhl.

»Darf ich mich auch endlich vorstellen? Ich bin Alan und verdiene hier mein Geld als Grafiker.«

»Er meint, er ist Art Direktor.«

Yvonne Strowe schaltete sich von der anderen Seite ein und lächelte ihn an.

Alan überging die Bemerkung und streckte mir seine rechte Hand entgegen.

»Willkommen im Palast der Verdammten!«, spöttelte er.

Ich nahm seine Hand. Dabei strich mein Daumen kurz über seine Haut. Sie fühlte sich warm und fest an.

Alan lächelte und ließ nicht locker. Seine eisblauen Augen fixierten mich. Ein männlich-frischer Duft lag in der Luft.

»Vom Händeschütteln werden die Layouts auch nicht besser«, unterbrach schließlich Piggy Strowe und zog von hinten an meiner Stuhllehne.

»Alan, wir sollten uns noch einmal zusammensetzen und die Layoutänderungen besprechen. Ich glaube, wir haben uns gründlich missverstanden.«

Ich löste den Handgriff und merkte, dass ich zu schwitzen begann.

»Na dann bis bald, Miss Gellert.«

›*Kein Problem, Mister Tivendale*‹, antwortete ich im Geiste.

Wirsingauflauf

»DIE CHRONIK DES BELLERSEN VERLAGS«

Mit knurrendem Magen tippte ich die ersten Buchstaben in die Tastatur. Es war ein Alptraum.

Der Verlag wimmelte von schrägen Typen, ich hatte keinen Schimmer, wie ich meine Arbeit hinbekommen sollte, und erlitt klaustrophobische Anfälle in diesem kleinen Büro. Obendrein drohte ich zu verhungern, während einige Zimmer weiter ein attraktiver Mann saß und sich gegen meinen Willen in meinen Gedanken einnistete. Und was hatte es mit diesem anonymen Anrufer auf sich?

»So, das wäre geschafft. Edith, du bist klasse. Wer hätte gedacht, dass du heute das gesamte Vorwort schaffst.«

Lobte Edith gerade sich selbst?

»Was hast du gesagt?«

»Habe ich was gesagt?«

Edith schaute entgeistert auf.

»Ach ja, richtig. Ich war nur überrascht, wie schnell ich das Vorwort für *Hamburg für Reisemuffel* geschrieben habe. Es muss an dir liegen, dass ich so gut arbeiten kann.«

Auch das noch. Edith verfiel in einen wahren Schreibrausch, und ich hatte innerhalb einer halben Stunde gerade mal fünf Wörter aneinandergereiht. Wenn es so weiterging, würde ich die Chronik als Rentnerin abgeben.

Aus einer Zimmerecke ertönte ein leises Piepen.

Edith sprang auf und griff hinter einen Bücherstapel in ihrem Regal. Sie holte einen kleinen Wecker hervor und schaltete ihn aus.

»Mittagspause! Ab in die Kantine!«

Flott zupfte Edith Bluse und Rock zurecht und zog ihren Lippenstift nach.

»Warum stellst du dir einen Wecker? Und wieso versteckst du ihn hinter den Büchern?«

»Weißt du, Trixi, wenn man so viel arbeitet wie ich, dann vergisst man schnell die Zeit. Und dann hat man auf einmal sein Mittagessen verpasst.«

Das konnte mir nicht passieren. Seit vier Stunden wartete ich auf den Abmarsch in die Kantine. Geschwächt, aber glücklich schnappte ich meine Geldbörse.

»Wenn der Wecker direkt neben mir steht, dann könnte es sein, dass ich ihn in Gedanken gleich wieder ausschalte und weiterarbeite. So weit darf es nicht kommen, und darum liegt er hinter dem Bücherstapel. Sobald ich aufgestanden bin, verbiete ich mir den Rückweg an den Schreibtisch. Das nennt man Arbeitseffizienz.«

Ich wünschte mich zu meinen Eltern in die Steppe.

Die kleine Kantine war erstaunlich modern eingerichtet. Ein freundliches Gelb schmückte die Wände. Auf jedem der hellen Esstische stand eine Blumenvase mit frischen farbigen Gerbera. Erst jetzt fiel mir auf, warum die Kantine so einladend und wohnlich wirkte. Sie befand sich in einem Anbau, in dem drei Wände aus großen Fensterflächen bestanden und den Blick auf einen parkähnlichen Garten freigaben.

Es herrschte reges Treiben. Wahrscheinlich freuten sich alle Mitarbeiter, ihren dunklen Bürohöhlen entkommen zu sein.

»Zuerst nimmst du ein Tablett, und dann stellst du dich am Ende der Schlange an«, bemutterte mich Edith.

Was hätte ich denn sonst machen sollen? Über die Theke klettern und dem Koch eine Handvoll Erbsensuppe aus der Kelle schaufeln?

»Ach was!«, sagte ich in einem Anflug von Hungerlaunigkeit und schnappte mir ein graues Tablett.

»Den Wirsingauflauf kann ich sehr empfehlen«, riet mir eine männliche Stimme. Ich drehte mich um und erblickte Henner Claassen. Er lächelte und wünschte einen guten Appetit.

»Der ist aber nett, findest du nicht?«, fragte ich Edith, während wir mit unseren Tabletts langsam vorwärtsschoben.

»Geht so. Henner ist schon ewig hier.«

»Dann werde ich ihn fragen, wenn ich etwas über alte Zeiten wissen muss.«

»Ich kann dir nur den Tipp geben: Halt dich lieber an die Archivunterlagen. Wenn du Henner fragst, erzählt er dir gern alte Kamellen, die hier keinen mehr interessieren. Und außerdem hält er dich von der Arbeit ab.«

Mir erschien der Mann sympathisch, und von der Arbeit abhalten klang für den Anfang durchaus verlockend.

Zum Wirsingauflauf lud ich mir eine Suppe als Vorspeise, eine Schale Salat und ein Quarkdessert auf mein Tablett. An der Kasse entdeckte ich ein Regal mit Süßigkeiten. Wer wusste, wann ich wieder einen Happen essen durfte? Ich beschloss, einen Vorrat für den Nachmittag zu bunkern, und kaufte fünf Schokoriegel. Wenn ich für jeden Riegel in den Pausenraum laufen würde, bekäme ich wenigstens ein paar mickrige Meter Auslauf.

»Du musst ja einen unglaublichen Stoffwechsel haben«, staunte Edith, als sie mein Tablett musterte. Sie suchte uns einen ruhigen Tisch, obwohl ich mich gern zu den anderen Kollegen gesellt hätte. Vielleicht war einer von ihnen der mysteriöse Anrufer. Und wo war der hübsche Engländer?

Edith bestand darauf, mit mir in Ruhe ein paar Dinge zu besprechen.

»Und?«, fragte Edith.

»Wie – und?«, gab ich zurück. Ich hatte einen so großen Hunger, dass ich mich nicht wirklich unterhalten wollte. Außerdem konnten wir das doch alles später im Büro klären.

»Wie gefällt es dir bei uns?«

»Hm.«

»Also gut?«

Ich nickte. Beim sprachlosen Tai Chi gefiel Edith mir besser.

»Ich find's echt toll, dass wir beide zusammensitzen und ich dir diese Riesenchance geben konnte.«

Edith pickte mit der Gabel eine Olive aus ihrem Salat und legte sie an den Tellerrand. »Zu viele Kalorien, diese Teufelsdinger!«

»Meins schmeckt super«, murmelte ich. Die Suppe brachte erste Lebensgeister zurück.

In diesem Moment entdeckte ich Alan Tivendale und Yvonne Strowe. Zusammen mit zwei weiteren Kollegen kamen sie geradewegs auf uns zu. Als Miss Piggy Edith und mich erblickte, machte sie einen abrupten Schlenker und steuerte einen Nebentisch an. Wie in einer Entenreihe folgten die anderen. Alan hatte mich nicht gesehen. Er war in ein Gespräch vertieft.

»Was gibt's denn da Interessantes?«, wollte Edith wissen und schaute sich um.

»Ach so, Alan und die Krake.«

Ich schnappte nach Luft. Ein Stückchen Wirsing widersetzte sich den Gesetzen der Schwerkraft und blieb hartnäckig in meiner Speiseröhre stecken. Mein Husten ließ alle Gespräche verstummen, Tränen schossen mir in die Augen. Durch einen plötzlichen Schlag auf den Rücken wurde ich von meinem Übel befreit und spuckte das faserige Gemüse aus. Es blieb in einer gelben Gerbera hängen.

Jens Powalowski hatte mir das Leben gerettet.

»Glück gehabt, was?«, quiekte er und beugte seinen Giraffenkörper zu mir nach vorn.

Scheinbar hatte er immer noch nichts gegessen, denn sein fauliger Atem hatte die nächste Gestanksstufe erreicht.

»Vielen Dank! Rettung in letzter Sekunde«, pflichtete ich ihm bei.

»Darf ich?«

Da saß er schon neben mir. Ich glaubte in dem Gemisch aus Essensaromen und Mundgeruch auch einen Hauch alten Schweißes wahrzunehmen.

Mein Blick wanderte hilfesuchend zu Alan. Seine eisblauen Augen erschienen im hellen Licht noch strahlender. Er schickte mir ein verschmitztes Lächeln herüber und vertiefte sich augenblicklich wieder in sein Gespräch.

»Der erste Tag ist immer unglaublich anstrengend, nicht wahr? Lauter neue Gesichter und so viele Namen. Sich die zu merken ist eine echte Herausforderung. Ich erinnere mich noch genau an meinen ersten Tag. Ich kannte niemanden, hatte keine Freunde –«

Das glaubte ich gern und ging direkt zum nächsten Gang über. Glücklicherweise rettete Edith die Situation.

»Jens, mit deiner Bildauswahl für den Reisemuffel-Hamburg-Band bin ich noch nicht ganz zufrieden. Ich komme nachher bei dir vorbei. Jetzt sollten wir vielleicht Trixi mal ausreden lassen.«

Wieso ausreden? Ich hatte nichts zu sagen, doch bevor

Powalowski wieder loslegen konnte, überlegte ich mir eine schlaue Frage.

»Die Pressearbeit. Was ist denn eigentlich mit diesem Paul Wiltmann passiert, und warum musste Frau Strowe seine Arbeit übernehmen?«

»Unser Pressechef Paul hatte einen tragischen Verkehrsunfall. Er ist mit seinem Porsche über die Bahngleise gefahren. Genau in dem Moment kam ein Zug und paff! Man sagt, er sei mit Drogen vollgepumpt gewesen.«

»Jens, bitte. Keine unschönen Details beim Essen. Pauls Tod hat uns alle sehr erschüttert. Er war ein sehr begabter junger Mann. Durch seine Pressearbeit war der Verlag wieder in allen Medien präsent. Großartig.«

Schön, jetzt konnte ich in Ruhe weiteressen, die beiden hatten ein Thema gefunden, das ich sehr unterhaltsam fand.

»Großartig ist gut«, unterbrach Powalowski. »Der Typ hat gekokst, dass die Reifen qualmten. Oft war er wie elektrisiert, hat Tag und Nacht durchgearbeitet und ist danach noch ordentlich feiern gegangen. Aber ich gebe dir recht. Seine PR war spitze. Ich bin jedenfalls gespannt, ob wir durch die Pressekonferenz der Polizei Neues erfahren.«

»Und warum erledigt Frau Strowe jetzt seine Arbeit mit?«, hakte ich nach.

»So schnell nach dem Unfall einen guten Pressemann zu finden, ist nicht leicht. Schon gar nicht für ein Unternehmen in Gütersloh. In München oder Berlin sähe das schon ganz anders aus. Wer will denn hier in der Provinz arbeiten?«

Wer will denn überhaupt arbeiten?, dachte ich bei mir. Powalowski jedenfalls schien sich vielseitig auszukennen.

»Zum Glück war die Strowe so hilfsbereit und hat sich für die Zwischenzeit angeboten.«

»Aufgedrängt hat sie sich«, schoss Edith dazwischen und drosselte abrupt ihre Lautstärke. »War doch ganz einfach für sie, schließlich duzt sie sich mit Bellersen. Wenn du mich fragst, konnte sie sich auf diesem Weg einen weiteren Bereich unter den Nagel reißen. Marketing allein war ihr wohl nicht genug.«

Edith zog mümmelnd die Mundwinkel nach unten.

»Was du immer denkst, Edith.«

Powalowski amüsierte sich über Ediths Theorie, während er abwechselnd kaute und kleine Rülpser unterdrückte.

»Ich finde, sie macht ihren Job gut. Yvonne ist eben eine echte Powerfrau, und gut aussehen tut sie auch.«

Na ja. Powalowskis Sympathie für das blonde Vollweib beruhte sicherlich nicht auf Gegenseitigkeit.

»Und außerdem hilft ihr die viele Arbeit über die Trennung von Alan hinweg.«

Trennung von Alan?

»So kann man es auch sehen«, beendete Edith das Thema. »Benno hätte sich jedenfalls nicht von so einer blenden lassen.«

»Benno? Meinst du Bellersen senior?«

Ich wusste mittlerweile, dass der Gründer des Verlags Benno hieß. Er war der Vater von Bernold Bellersen. Schon vor vielen Jahren hatte er durch ein tragisches Unglück seine letzte Reise angetreten – ohne Reiseführer. Wieder einmal wurde mir Ediths Alter bewusst. Sie kannte sogar noch den Gründer dieses Betriebes.

»Ja, den meine ich. Benno gehörte noch zu der Sorte Unternehmer, die wussten, wovon sie sprachen, und die sich um ihre Angestellten kümmerten.«

In diesem Moment erinnerte Edith mich eher an Fräulein Rottenmeier als an eine Medienfrau, die neueste Reisetrends in aufregende Bücher packte.

Mit einer ruckartigen Kopfbewegung blickte Edith auf ihre Uhr.

»Seid ihr so weit? Zurück an die Arbeit.«

Edith wischte mit ihrer Serviette Besteck und Teller ab und sortierte alles säuberlich auf ihrem Tablett.

»Ist die Spülmaschine zu schlapp für die Essensreste?«, fragte ich unsicher und tat es Edith gleich. Zur Sicherheit putzte ich auch mein Wasserglas aus.

»Komm, Trixi«, befahl Edith und stand auf.

Powalowski starrte uns schmatzend hinterher und blieb sitzen.

Na klasse. Alan und diese dralle Miss Piggy waren ein Paar gewesen? Ein hübscher Mann und eine energische Ex-Freundin unter einem Arbeitsdach. Keine gute Ausgangslage für einen vielversprechenden Flirt.

In diesem Moment hätte ich das Tablett am liebsten gegen meine Laufschuhe eingetauscht oder noch besser gegen ein schnelles Motorrad.

Stattdessen trottete ich hinter Edith in unser Büro und verschanzte mich hinter meinem Computer.

»16–30, geht doch«, brabbelte Edith und notierte die Zahl in ihrem Kalender.

16 Minuten 30 war exakt die Zeit, die wir uns für die Mittagspause erlaubt hatten.

Den Rest des Arbeitstages verbrachte ich damit, die Bellersen-Buchproduktion der letzten Jahre zu studieren. Bis auf fünf Kurzbesuche im Pausenraum, in denen ich meine Schokoriegel verschlang, blieb ich artig auf meinem Drehstuhl sitzen und konzentrierte mich darauf, meine zappelnden Beine unter Kontrolle zu halten. Ab und zu wanderte mein Blick zum Telefon. Der Anrufer wollte sich doch wieder melden, und ich fragte mich, was er mir mitzuteilen hatte. Doch der Apparat blieb stumm. Edith ackerte so emsig, dass sie unseren geplanten Vorstellungsrundgang vergaß. Ich war ihr nicht böse.

Waldschrat

»Oui oui, dieser schrecklische Unfall am Bahnübergang. Also, wenn du misch fragst, das war keine tragische Unfall. Entweder, der Typ 'atte Dreck am Stecken oder jemand wollte ihn loswerden.«

Am Abend klagte ich Florence und Gerd mein Arbeitsleid. Auch Rahel saß bei uns. Zum Glück hatte Betty sich mit ihrer neuen Busenfreundin Sybille zum Essen verabredet und einen gemeinsamen Kinobesuch geplant. Eine weitere überflüssige Diskussion über Mietkosten hätte ich an diesem Tag nicht überstanden.

Ich erzählte in allen Details vom grausamen Büroalltag und von den wunderlichen Kollegen.

Gerd fand alles nur halb so schlimm. In seiner Zeit als Hotelconcierge hatte er noch ganz andere Typen erlebt, und rollte entspannt in die Küche. Rahel wollte unbedingt wissen, wie groß Alan sei und welche Schuhe er trug. Nach kurzem Zögern erwähnte ich auch den anonymen Anrufer.

»'abe isch es doch gewusst. Bellersen 'at Leischen im Keller. Vielleischt waren die Bremsen von diese Porsche manipüliert«, flüsterte Florence verschwörerisch. Sie war in ihrem Element, und Rahel stürzte sich begeistert mit hinein.

»Oder jemand saß neben ihm im Wagen und hat ihn gezwungen, auf den Schienen zu bleiben.«

»Ach Quatsch«, entkräftete ich ihre Theorien. »Edith meinte, er hätte zu viel getrunken oder einen Drogencocktail zu sich genommen. Wartet doch einfach ab, was die Polizei heute Abend erzählt.«

»Wer weiß, was dieser Anrufer dir so alles zu sagen hat«, rätselte Rahel.

»Egal, mit wem du sprischst, Trixi. Pass in diese Verlag gut auf disch auf und sei wachsam!«, ermahnte mich Florence. Sie stand auf und ging in die Küche, um Gerd beim Kochen zu helfen.

Wie auf Kommando vibrierte mein Handy und zeigte eine eingehende SMS an: *Treffen um 20.30 Uhr im Pavillon hinter Berkenkötters Scheune.*

Die neugierige Rahel lehnte sich zu mir herüber und las den Text.

»Wie cool ist das denn? Die SMS kommt bestimmt von deinem Informanten. Da fahren wir hin!«

»Wir? Auf keinen Fall kommst du mit. Du bist viel zu jung, und außerdem musst du gleich ins Bettchen. Wenn schon, dann fahre ich allein zur Scheune.«

Berkenkötters Scheune kannte ich nur zu gut. Sie lag etwas außerhalb der Stadt am Rande des Rhedaer Forsts. An den Wochenenden vermietete der Bauer sie für Partys. Ich hatte vielfältige Erinnerungen an diese Scheune. Besonders aber an den kleinen Pavillon, der hinter der Scheune stand und von der Zufahrt aus nicht zu sehen war. Während meiner Schulzeit war der Pavillon ein beliebter abendlicher Treffpunkt fürs Rauchen, Knutschen und andere Heimlichkeiten gewesen.

Ich überlegte kurz, ob ich wirklich hinfahren sollte, und kam zu dem Schluss, dass es dort völlig ungefährlich für mich war. Schließlich kannte ich jeden Winkel dieses Waldstücks. Ich konnte mich unauffällig im Dickicht anpirschen und aus sicherer Entfernung auskundschaften, wer da auf mich wartete. Und hell war es auch.

»Hör mal, Trixi. Ich muss gar nicht so früh ins Bett, du Doofe«, schimpfte Rahel. »Habe morgen erst zur dritten Stunde, und irgendjemand muss doch auf dich aufpassen. Wenn's brenzlig wird, ruf ich einfach die Polizei.«

Gar keine schlechte Idee.

Munter radelte Rahel auf dem asphaltierten Feldweg neben mir her. Florence und Gerd glaubten, wir unternahmen eine kleine Radtour.

»Und auf dieser ollen Farm habt ihr euch früher getroffen, du und deine Freunde? Einfach nur so zum Chillen und Quasseln?«

»Ja klar, einfach nur zum Quasseln. Was ist daran so komisch?«, wollte ich von ihr wissen.

»Ich mein ja nur. Meine Freunde und ich treffen uns abends immer bei Facebook. Da muss ich wenigstens nicht mehr mit dem Fahrrad durch die Kälte.«

Goldige Internet-Jugend. Was wusste Rahel schon von spannenden Treffen mit echten Jungs? Ich war froh, dass wir damals noch keinen virtuellen Chatroom hatten, sondern einen pricklend-kuscheligen Woodroom hinter Berkenkötters Scheune. Rahel schien unbeeindruckt.

Kurz hinter der Dalke-Brücke bogen wir rechts ab. Wir versteckten die Räder in einem kleinen Gebüsch und schlichen durch das Wäldchen Richtung Scheune.

Rahel wurde immer stiller, und ich bekam erste Zweifel an unserer Aktion.

»Hörst du das?«

Etwa 50 Meter vor der Scheune blieben wir stehen. Zuerst vernahmen wir nur das hallende Hämmern eines hyperaktiven Spechts. Rahel kramte vorsichtshalber ihr Handy aus der Tasche.

»Da läuft doch Musik, oder?«

Wie zwei ostwestfälische Indianerimitate suchten wir unsere Fährte Richtung Scheune. Durch die Bäume und Sträucher konnte ich vor dem Eingangstor menschliche Umrisse erkennen. Der Specht drehte auf. Fand heute Abend eine Feier statt?

Der Anrufer konnte unmöglich unter den Gästen sein. Wahrscheinlich hatte er nicht mit einer Party mitten in der Woche gerechnet. Außerdem wollte er mich am Pavillon treffen.

»Bleib du hier«, wies ich Rahel an, »ich schaue kurz am Pavillon nach.«

Rahel starrte mich an und ging brav in die Hocke. Mein Atem wurde schneller. Was, wenn irgendein Psychopath mir auflauerte oder sich genauso feige durchs Unterholz anschlich wie ich? Warum hatte ich diesen Gedanken nicht vorher gehabt?

Doch aufzugeben kam nicht in Frage. Ich musste wissen, wer mir die SMS geschickt hatte. Mit zitternden Knien näherte ich mich dem kleinen hölzernen Pavillon. Bloß keine Äste zertreten. Musikfetzen drangen von der Scheune herüber. Ich spähte durch das dichte Grün. Saß dort jemand im Halbdunkel? Da war doch ein Schatten, oder? Ich schlich noch einen Schritt näher. Der Schatten bewegte sich nicht. *Lass das doofe Hämmern, scheiß Specht!*, dachte ich gereizt.

In diesem Augenblick hörte ich ein Knacken. Jemand packte mich von hinten und zog mich an den Schultern zurück. Ich riss mich los. Ohne nachzudenken, drehte ich mich um und trat zu. Mit meiner ganzen, verzweifelten Indianerkraft. Volltreffer. Der Angreifer griff sich in den Schritt und sackte taumelnd zu Boden. Selbst der Specht verstummte.

»Raaaheeel!«, schrie ich durch die Stille des Waldes.

In diesem Moment stürmte eine ganze Meute Menschen auf mich zu.

»Spinnst du, Trixi?«, rief einer von ihnen.

Ich schaute mich um und dann zu Boden. Heiliger Mist, im Gras lag Simon Heitkämper – hatte ich ihn entmannt?

Die Leute kamen näher, und erst jetzt erkannte ich sie: Annika, Tim, Mark, die kleine Tatti und einige andere ehemalige Schulfreunde. Annika sprang gleich zu Simon und leistete Erste Hilfe. Das hoffnungsvolle Radiotalent wand sich jaulend hin und her.

»Was soll der Scheiß? Warum hast du Simon in die Eier getreten?«, fragte Tim.

»Hallo? Ich habe mich nur gewehrt. Er hat mich angegriffen. Was schleicht der hier auch so blöd durchs Gelände?«

»Bist du neurotisch? Simon wollte dich überraschen. Wegen der Jahresparty.«

Ich blickte ungläubig in die Runde. Endlich kam auch Rahel angesprungen. Sie hielt ihr Handy noch immer brav in der Hand.

»Jahresparty?«

»Schon vergessen? Unser Treffen, das wir hier jedes Jahr veranstalten. Und bei dem du jedes Jahr fehlst.«

Au weia. Ich erinnerte mich. Annika und Simon luden mich alljährlich zu einer Wiedersehensparty im Wald ein. Aus irgendwelchen unglaublich guten Gründen war ich aber nie hingegangen.

»Mensch, Simon. Das wollte ich nicht«, stotterte ich. Simon rang nach Luft und fiepste: »Danke für die stürmische Begrüßung!«

»Wir haben gedacht, wenn du schon nicht auf eine normale Einladung erscheinst, versuchen wir es mit einer spontanen SMS. Spontan ist doch dein Ding. Hat ja auch geklappt«, sagte Annika.

Rahel schaute mit großen Augen auf die Gruppe und warf mir einen fragenden Blick zu.

»Das sind meine alten Schulfreunde«, erklärte ich. »Hab dir doch von ihnen erzählt.«

»Und ich war mal ihr Freund«, fügte Simon schwer atmend hinzu, während er mit Annikas und meiner Hilfe wieder auf die Beine kam. Rahel musterte Simon und verzog das Gesicht.

›*Jetzt mal halblang, du Witzbold*‹, wollte ich sagen, ließ es aber aus Mitleid bleiben. Stattdessen gab ich zu, dass mir der kleine Tritt ziemlich peinlich war. Da organisierte die ganze Truppe eine Waldparty wie in alten Zeiten, und ich schlug gleich einen von ihnen um.

Simon und Annika hatten damit gerechnet, dass ich den Weg durch den Wald nehmen würde – wie früher. Doch warum ich gleich zugetreten hatte, verstanden sie nicht. Meinen eigentlichen Erscheinungsgrund behielt ich lieber für mich.

Auf einem Holztisch vor der Scheune standen Bierflaschen und Chips.

»Auf die alten Zeiten«, prostete Annika mir zu.

»Und auf Trixi Rübezahl, unseren Kung-Fu-Waldschrat«, meinte Simon versöhnlich.

Sein schlaues Gesäusel erinnerte mich an etwas.

»Ich habe gestern Morgen deinen tollen Bericht im Radio gehört.«

Simon richtete sich auf. Rahel stutzte.

»Danke für das Kompliment«, hauchte er und kam näher. »Ein Lob aus deinem Mund habe ich besonders gern. Welchen Bericht meinst du denn?«

Ich verdrehte die Augen und nahm einen Schluck Bier.

»Den über Paul Wiltmanns Tod. Hast du zufällig schon etwas von der Pressekonferenz der Polizei mitbekommen?«

»Nein, wie du siehst, habe ich heute Abend frei. Da sind die Kollegen dran. Warum fragst du danach?«

»Nur so –«

»Trixi arbeitet jetzt bei Bellersen«, warf Rahel dazwischen.

Glückwunsch! Konnte die vorlaute Göre nicht einfach ihre Klappe halten? Ich wollte doch nur ein paar Informationen erhaschen.

»Sieh mal einer an! Du arbeitest für den Bücherguru? Das ist gut«, sagte Simon. »Dann weiß ich ja, wen ich fragen kann, wenn ich etwas über den Verlag erfahren will.«

»Tut mir leid, betriebliche Schweigepflicht«, beendete ich das Thema und fragte lieber Annika nach ihrem Job. Simons penetrante Neugierde fehlte mir noch.

Ich freute mich wirklich, Annika wiederzusehen, und nach weiteren vier geleerten Bierflaschen hatten wir uns in einen wahren Erinnerungsrausch gequatscht. Rahel hörte interessiert zu und mampfte Chips. Um kurz vor zehn zupfte sie an meinem Ärmel.

»Ich glaub, wir müssen nach Hause«, flüsterte sie. »Wenn Mama aus dem Kino kommt, und ich bin nicht da – ?«

Rahel hatte recht. Erst brachte ich sie in Gefahr, dann landete sie mitten in einer Horde von alkoholisierten Alt-Jugendlichen. Verantwortungsvolle Aufsicht ging anders.

»Dann bis nächstes Jahr«, rief ich der Gruppe zu, als wir uns auf den Weg zu unseren Rädern machten. »Und noch mal danke für die Einladung. Beim nächsten Mal bitte mit Absender.«

»Gleiches Datum, gleicher Ort!«, johlte Tim zurück.

»Und ich melde mich bei dir, Trixi!«, schmetterte Simon hinterher. »Vielleicht besuche ich dich mal bei der Arbeit.« Zu seinem Glück hatte ich ihn doch nicht bleibend geschädigt.

Nachdem ich Rahel vorschriftsmäßig in ihrem Zimmer abgesetzt hatte, taumelte ich ins Bett und spürte einen intensiven Liegeschwindel.

Wunderheiler

Ohne zu zögern war ich Alans Einladung gefolgt. Wir saßen an einem kleinen Tisch in der mongolischen Steppe. In der Mitte des Tisches ragte ein bunter Sonnenschirm empor. Im Schatten genossen wir ein delikates Dinner. Das kleine Tischchen war gefüllt mit frischen Köstlichkeiten. Alan erzählte mir von seinen Kochkünsten, und ich schaute die ganze Zeit über in seine eisblauen Augen. Auch wenn die Sonne uns nichts anhaben konnte, wurde mir immer heißer. Das Tischchen war winzig, und wir saßen nah beieinander. Plötzlich spürte ich, wie Alan mit seinem Fuß vorsichtig mein Bein berührte und sich langsam hochtastete. Mein Atem wurde schneller. Alans zärtliche Hände liebkosten meine. Ohne ein Wort beugten wir uns vor. Ich fühlte bereits die Wärme seines Gesichts, als knarzend der Sonnenschirm zusammenklappte. Mit voller Wucht schlugen unsere Köpfe zusammen. Edith stand neben dem Tisch und schielte indiskret unter den Schirm.

»Trixi, hast du heute Urlaub?«

Ich schlug die Augen auf, und mit pochenden Schläfen identifizierte ich Rahels Umrisse. Sie hockte vor meinem Bett und warf sich ihre Jacke über.

»Ich habe heute erst zur dritten Stunde, schon vergessen? Hast du dir für deinen zweiten Arbeitstag frei genommen?«

»Wieso frei?«

Ich schaltete die Nachttischlampe an. Der Lichtstrahl schoss durch meine Augen direkt ins Hirn und gab meinem Schädel den Impuls zu explodieren. 9 Uhr 40.

»Kein Urlaub. Shit.«

Wie ein hundertjähriger Freeclimber kraxelte ich aus dem Bett. Mein Kreislauf fühlte sich überrumpelt und sackte ab. Ich wankte ins Bad. Unter meiner Schädeldecke hämmerte der kleine fiese Biergeist vom Vorabend wie der hyperaktive Specht im Rhedaer Forst.

»Schönen Tag noch«, vernahm ich von der vorbeiziehenden Rahel, bevor sie die Wohnungstür hinter sich zuwarf.

Edith saß jeden Morgen pünktlich um 8 Uhr 30 im Büro. Auch die anderen Kollegen waren spätestens um 9 Uhr da. Wie sollte ich diesen peinlichen Ausrutscher erklären?

Ich steckte meinen Kopf unter den Wasserhahn und versuchte es mit der Rabiatmethode. Das eisige Wasser auf meiner Kopfhaut schmerzte mehr als das Pochen im Schädelinneren. Danach trocknete ich mir die Haare ab und lief in mein Zimmer zurück. Ich übersah meine Schuhe, die mitten im Raum lagen, und kam ins Stolpern. Dabei prallte ich mit dem linken Ellbogen gegen den Handgriff meiner Schranktür.

Willkommen, noch ein Schmerz, der von meinem Kopf ablenkte. Fluchend kramte ich meine beste Jeans heraus und fand ein rosafarbenes Poloshirt. Bürotauglichkeitsklasse C.

Mit diesem Pochen konnte ich unmöglich in den Verlag fahren. Ich wetzte in die Küche und schnappte mir eine Scheibe Knäckebrot. Während ich mir die Turnschuhe zuband, verschlang ich die staubige Schnitte. Anschließend würgte ich eine Schmerztablette mit einem Glas Wasser herunter. Gerade als ich aus dem Haus sprinten wollte, klingelte das Telefon. 00976... und unendlich viele weitere Ziffern füllten das Display. Die Mongolei! Mein Herz machte einen verkaterten Freudensprung.

»Hallo? – Mama, bist du das? – Satellitentelefon? – Wo

seid ihr? – Kenn ich nicht. – Wie spät ist es bei euch? Vier Uhr nachmittags? – Stimmt, wir sind viel unterwegs. – Geht's euch gut? – Auch Papas Rücken? – Mama, halt dich jetzt bitte fest: Betty will, dass ich ausziehe! – Gute Idee?«

Rauschen, die Leitung war tot. Ich konnte es nicht glauben. Hatte Mama ihr liebendes Mutterherz den mongolischen Geiern zum Fraß vorgeworfen?

Mit einer Mischung aus Wut und Unglauben trat ich gegen die Wohnungstür und schnappte meine Tasche. Im Hausflur fiel mir auf: Mit dem Fahrrad würde ich mindestens zwanzig Minuten bis zum Verlag brauchen. Eindeutig zu lange.

Als Florence meinen flehenden Blick sah, erkannte sie meine Not.

»Aber nur 'eute!«

Sie trippelte in die Küche und kehrte mit einem Autoschlüssel zurück.

Ich besaß nur mein altes, rotes Hollandrad. Für den Kauf eines Autos reichten meine Einkünfte nie aus. Auch meine Eltern wollten mir keinen Kleinwagen spendieren. Ich hatte ihre Argumente zwar nie verstanden, denn welch größeren Gefallen kann man seinem Kind tun, als ihm ein Auto zu schenken? Na schön, mein alter Drahtesel, den ich noch aus der Schulzeit hatte, war ein treu rollender Untersatz, und bisher hatte ich in dieser überschaubar großen Stadt alle Ziele ohne Probleme autolos erreicht. Nur heute brauchte ich etwas Schnelleres.

»'offentlisch springt er an!«, rief Florence hinter mir her. »Aber pass auf mit deine Türban!«

He? Als ich die Tür des alten Wagens aufschloss und mich hinter das Steuer klemmen wollte, blieb ich mit der aufgetürmten Spitze meines Handtuchs im Türrahmen hängen. Ich hatte das Frottiertuch auf meinem Kopf vergessen.

Mit einem Ruck riss ich es mir vom Kopf, kramte ein Haargummi, von denen ich immer einige in meinem Umhängebeutel hatte, hervor und band meine feuchten Haare zu einem struppigen Zopf.

Der Jaguar XJ war mindestens so alt wie ich und stand an 360 Tagen im Jahr in der Garage. Florence und Gerd hatten ihn gekauft, als Florence noch als Cellistin auf Tournee ging. Diese extrovertierte Frau sorgte jedes Mal für Aufsehen, wenn sie in ihren blumigen Gewändern aus ihrem Jaguar kletterte und ein riesiges Cello von der Rückbank hievte.

»Mein eleganter Begleiter in Racing Green«, nannte Florence den Schlitten. Auch wenn sie ihn nicht oft fuhr, hegte und pflegte sie ihn mit geradezu mütterlicher Fürsorge.

»Heute also mal sportlich und stilvoll«, erklärte ich zu meinem Motto für den spät startenden Arbeitstag und rollte knatternd aus der Garage. Nach zehn Minuten erreichte ich den Verlag. Der Parkplatz hinter dem Gebäude war bis auf den letzten Fleck gefüllt.

Wie schafften die Kollegen es bloß, in diesen Katakomben jeden Tag pünktlich und aus freien Stücken ihre Arbeit anzutreten?

Erfolglos kurvte ich um den Block. Mein Handy klingelte. Im Display erkannte ich Ediths Nummer.

»Bin doch schon da!«, brüllte ich ins Wageninnere ohne abzuheben.

Ich fand keine legale Parkmöglichkeit und steuerte den alten Begleiter direkt vor den Eingang.

Nur ein Reifen stand auf dem Gehweg.

»Nicht schlecht, Trixi«, lobte ich mich beim Aussteigen. Selbst eine große Besuchergruppe hätte noch genügend Platz gehabt, um am Auto vorbei in den Verlag zu gelangen.

Erst jetzt bemerkte ich, dass ich am Ellbogen blutete. Dicke rote Tropfen klebten auf dem ledernen Fahrersitz. Hektisch kramte ich ein Taschentuch aus meiner Handtasche, spuckte hinein und versuchte, die Spuren meines Schrankzusammenpralls zu entfernen. Anschließend drückte ich ein zweites Taschentuch auf meine Wunde und verschloss den Wagen. Mit langen Schritten rannte ich ins Büro.

»Ach herrje!«

Edith erschrak bei meinem Anblick und raufte sich den hochroten Schopf. »Was ist denn mit dir passiert?«

Sie starrte auf meine Hose. Auf der Jeans prangten ebenfalls dunkle Tropfen.

»Ein kleiner Unfall – mit dem Fahrrad«, stammelte ich und zeigte leidend meinen notdürftig verbundenen Arm.

»Darum bin ich auch so spät.« Bravo, Trixi, Meisterin der Notlüge.

»Zeig mal. Sieht ja übel aus. Warst du schon beim Arzt?«

»Nein, hab ich nicht geschafft, ich musste mich so lange mit dem Idioten streiten, der mich angefahren hat. Ist auch nicht so schlimm. Hast du vielleicht ein Pflaster?«

»Dafür gibt es doch unseren Betriebssanitäter.«

»Der Verlag leistet sich einen eigenen Betriebssanitäter?«

»Nicht direkt, Powalowski hat eine Zusatzausbildung und ist für solche Dinge zuständig. Hast du denn noch andere Beschwerden?«

»Nur leichte Kopfschmerzen. Die werden aber schon besser.«

Den wahren Grund für die Kopfschmerzen wollte ich Edith gegenüber lieber verschweigen.

»Soll ich dir Powalowskis Büro zeigen?«

»Nicht nötig. Das finde ich schon.«

Powalowskis Reich lag am anderen Ende des Traktes. Als ich klopfen wollte, trat Alan heraus. Seine Augen strahlten sogar in diesem dunklen Flur. Er stellte sich breitbeinig vor die Tür. Ich schluckte und zupfte automatisch an meinem Zopf herum.

»Guten Morgen, Miss Gellert«, sagte er grinsend und schaute an mir herunter.

»Zweiter Arbeitstag und schon verletzt?«

»Nein, nur ein kleiner Zusammenstoß, nix Wildes. Ich brauche nur rasch ein Pflaster von Herrn Powalowski.«

»Darf ich es aufkleben?«, fragte er und beugte sich zu meinem Ellbogen herab.

»Warum nicht?«

Was sagte ich da? Ich dachte an meinen Traum und war froh, dass Alan meine Gedanken nicht lesen konnte. Sicherlich hatte Powalowski mehr Erfahrung in Erster Hilfe. Doch auf eine Vielzahl gut gemeinter Ratschläge gepaart mit Powalowskis Duftnote *Spicy Old Man* hatte ich keine Lust. Die Verarztung durch Alan erschien mir deutlich attraktiver.

Vielleicht konnte er doch meine Gedanken lesen, denn unaufgefordert bot Alan mir seine Hilfe an.

»Ich mach das schon, mit dem Kollegen habe ich so meine Erfahrung«, sagte er, klopfte an Powalowskis Tür und schaffte es, in weniger als einer halben Minute ein Pflaster zu holen.

»Komm, wir gehen in den Pausenraum.«

Hatte er mich gerade geduzt?

»Deine Wunde sieht ja wild aus. Hattest du eine Schlägerei mit Edith?«, scherzte Alan, während er meine Alibiverletzung musterte.

»Nö, ist beim Radfahren passiert.«

Zu den Kopfschmerzen gesellte sich auch noch ein plötzliches Herzrasen. Eines von der angenehmen Sorte, das ich schon lange nicht mehr gespürt hatte. Ich wollte mir nichts anmerken lassen und suchte krampfhaft nach einem Gesprächsthema.

Alan kam mir zuvor.

»Woran schreibst du eigentlich gerade in der Verlagschronik?«

»Paul Wiltmann«, platzte es aus mir heraus. Sollte ich etwa zugeben, dass ich noch keine einzige brauchbare Textzeile geschrieben und auch sonst keinen Schimmer von diesem Laden hatte?

»Das heißt, ich recherchiere noch«, fügte ich hastig hinzu. »Ist eine Menge Vorarbeit. Alte Akten sichten, Informationen sammeln. Das Schreiben ist dann nur noch ein Klacks.«

Alan säuberte den ohnehin sauberen Kratzer. Der Arm schmerzte überhaupt nicht mehr. Von mir aus hätte er noch ein paar Stunden so weitertupfen können.

»Und jetzt brauchst du Infos über Wiltmann? Ist mal was anderes, mit einem Toten anzufangen. Solltest du nicht lieber bei der Firmengründung einsteigen?«

Ich reichte ihm das Pflaster.

»Wieso? Ich verschaffe mir gerade einen Überblick, auch über aktuelle Ereignisse.«

So langsam verzettelte ich mich. Alan schien es nicht zu bemerken.

»Was willst du wissen? Ich kannte Paul ganz gut. Er war zwar nicht mein bester Freund, aber wir hatten eine Menge Spaß zusammen. Der Typ hatte grandiose Ideen. Wir haben manchmal bis in die Nacht an neuen Konzepten geschraubt.«

Bis in die Nacht? Vielleicht war Alan auch einer dieser klischeehaften Kreativen, die nur mit Koks zu Höchstleistungen fähig waren.

»Hat er viel Alkohol getrunken?«

Alan blitzte mich an.

»Aber hallo! Recherchierst du für die Drogenfahndung oder für die Verlagschronik?«

Er hielt noch immer das Pflaster in der Hand.

»Ist mir nur so zu Ohren gekommen. Darüber schreibe ich bestimmt nichts in die Chronik.«

Ich war eindeutig zu weit gegangen und versuchte, das Thema zu wechseln.

»Willst du nicht das Pflaster aufkleben?«

Dabei lächelte ich ihn versöhnlich an und versuchte, seinem Blick standzuhalten. Fing ich etwa an zu schwitzen?

»Doch, gern. Achtung! Schon fertig.«

»Tat gar nicht weh!«

O nein. Trixi spielte das naive Mädchen. Warum fiel mir denn nichts Schlaueres ein?

Alan strich sanft das Pflaster fest. Rundherum regte sich eine wohlige Gänsehaut. Er verharrte einen kurzen Moment und sagte dann: »Weißt du, was ich komisch fand an Pauls Tod?«

»Wieso komisch, er hatte doch einen Verkehrsunfall.«

Ich wollte ihn doch jetzt nicht mehr über Paul Wiltmann ausfragen. Aber wenn Alan unbedingt reden wollte, würde ich ihn nicht unterbrechen. Seine Stimme klang sinnlich und sachlich zugleich. Hatte er das geübt? Ich war einfach nur froh, nicht in mein Büro gehen zu müssen.

»Paul hat zwar gern und oft getrunken, aber sobald Alkohol im Spiel war, ließ er seinen Porsche stehen. Da war er konsequent. Ich bin mir jedenfalls sicher: Mit besoffenem Kopf wäre er niem–«

Die Tür flog auf, und Yvonne Strowe hastete herein.

Ihr Blick hakte sich an Alan fest, der sofort meinen Arm losließ. Dann baute sie sich vor mir auf.

»Habe schon gehört, dass Sie einen kleinen Unfall hatten.«

»Geht schon wieder, Radfahren ist halt gefährlich«, brachte ich hervor und richtete meine gesamte Körperlänge auf. Immerhin konnte ich ihr auf den Kopf schauen. Ich entdeckte dunkle Ansätze unter ihren blond gefärbten Strähnen. *Alles unecht an dieser Frau*, dachte ich zu meiner eigenen Aufmunterung.

»Könnten Sie nachher in mein Büro kommen? Ich hätte da einen kleinen Job für Sie. Nichts Schwieriges, nur ein paar kurze Pressetexte.«

Ohne eine Antwort abzuwarten, drehte sie sich zu Alan.

»Und seit wann hast du Powalowskis Job übernommen? Bist du jetzt unter die Wunderheiler gegangen? Wenn ich mir an den vielen Projekten einen Zahn ausbeiße, setzt du ihn mir dann wieder ein?«

Vielleicht um die abrupt folgende 180-Grad-Drehung ihres Körpers zu beschleunigen, warf sie mit der typischen Miss-Piggy-Bewegung ihr Haar hinter die Schulter und stolzierte aus dem Raum.

»Ich komme später bei dir im Büro vorbei«, flüsterte Alan und drückte mir für einen etwas zu langen Moment die Klebestreifen des Pflasters in die Hand. »Und übrigens: Radfahren ist gar nicht so gefährlich. Ich hab ein Rennrad, das du gern mal ausprobieren kannst.«

Mit einem erhitzten Lächeln und einer kleinen, vertretbaren Verspätung trat ich meinen Arbeitsdienst an.

Wegweiser

Alan hatte recht. Für die Chronik sollte ich mit der Gründung des Verlages beginnen. Aber war nicht Wiltmanns Ableben viel interessanter als der Pioniergeist des alten Bellersen? Was hatte Alan damit gemeint, dass er Paul Wiltmanns Unfall seltsam fand? Ich musste ihn später danach fragen und startete den Computer. Da fiel mir die Pressekonferenz ein. Wie konnte ich herausfinden, was die Polizei gestern Abend bekanntgegeben hatte? Edith fragen? Ausgeschlossen. Sie tippte wie besessen an einem Text. Ich googelte die Internetseite des *Westfalenkuriers*, und – siehe da – die erste Schlagzeile war ein Volltreffer.

Zuckersüßer Todesfall. War der Tote am Bahnübergang Opfer eines Anschlags?

Ich las den Artikel und traute meinen Augen nicht. Die Polizei hatte im Tank von Wiltmanns Porsche eine größere Menge Zucker entdeckt. Bisher konnte niemand sagen, wer den Treibstoff mit den weißen Kristallen versetzt hatte. Fest stand nur, dass der Zucker zum Ausfall des Motors geführt hatte. Weitere Ermittlungsergebnisse konnte oder wollte die Polizei zu diesem Zeitpunkt noch nicht bekanntgeben.

Ich atmete tief durch und versuchte, mir einen Reim auf diese Neuigkeit zu machen. Wollte jemand einfach nur Wiltmanns Motor beschädigen oder hatte er geplant, dass der

Porsche genau auf den Schienen seinen Geist aufgab? Wie war der Zucker überhaupt in den Tank gelangt? Normalerweise war ein Tankdeckel doch abgeschlossen.

Dring. Dring.

Keine Nummer auf dem Display. Ich warf einen kurzen Blick auf Edith. Sie war noch immer so vertieft, dass sie ein nicht an sie gerichtetes Telefonklingeln gar nicht wahrnahm.

»Gellert.«

»Ich weiß. Wie geht es Ihnen?«

»Gut, danke der Nachfrage. Und selbst?«

Mein Puls begann zu rasen. Ich hatte mal gelesen, dass man mysteriöse Anrufer und Lebensmüde in ein Gespräch verwickeln sollte. Mir fiel nur nicht ein, wie ich das in diesem Moment hinbekommen sollte.

»Auch gut. Haben Sie schon die Neuigkeiten von Paul Wiltmann gehört?«

»Ja.«

»Die Geschichte mit dem Zucker im Tank ist schon sehr mysteriös. Finden Sie nicht?«

»Doch, doch.«

»Dann recherchieren Sie mal fleißig weiter. Aber vergessen Sie nicht die anderen.«

»Welche anderen?«

»Ich sage nur Rieken und Sanders.«

»Wer ist das?«

»Das finden Sie schon heraus. Ich melde mich wieder. Frohes Schaffen.«

Klick.

Eine gute Journalistin hätte vermutlich während des Telefonats die Namen mitgeschrieben. Ich war so irritiert, dass ich erst mal Stift und Block hervorkramen musste.

Wie war das noch? Riekers oder Rieken? Den zweiten Namen hatte ich vor Schreck gleich wieder vergessen.

»Edith?«

»Nicht jetzt!«, brummte sie kurz.

Na dann eben nicht. Von Wiltmanns Neuigkeit konnte ich ihr auch noch später berichten. Vielleicht wusste Edith sogar schon Bescheid. Durch mein Zuspätkommen hatten wir nicht viel miteinander sprechen können. Alan schien jedenfalls noch nichts davon mitbekommen zu haben. Sonst hätte er es beim Pflasteraufkleben doch erwähnt, oder?

»Gibt's hier ein Archiv oder so was?«, fragte ich vorsichtig. Ich wollte Edith nicht lange stören, denn mittlerweile ackerte sie sich lesend durch einen Stapel Manuskriptseiten.

»Archiv ... mmh ... Moment ... wahre Sehenswürdigkeiten ... Hamburg ... nicht auf den ersten Blick zu erkennen ... eingefleischte Reisemuffel kommen ... Kosten –« Murmel, murmel.

Ediths Konzentrationsvermögen war unglaublich. Sie hatte sich wieder einmal in ihre Bücherunterwelt vergraben. Nach der Höhe des Stapels zu urteilen, würde sie mir frühestens in drei Tagen antworten. Oder wenn ihr Mittagswecker klingelte. So lange konnte ich nicht warten und startete einen Erkundungsrundgang durch das Verlagsgebäude.

Betont unauffällig überflog ich jedes Türschild. Das Erdgeschoss bestand aus zahlreichen Büros der Redaktion. Direkt neben unserem Raum lag das Büro der glatzköpfigen Kulturleuchte van Gendt. Es folgten das Zimmer von Henner Claassen und weitere Räume, an deren Türen keine Namen standen, sondern nur die Bezeichnung »Redaktion«. Dort kauerten wahrscheinlich die armen einfachen Redakteure. Danach folgten die Toiletten und der Pausenraum. Im hinteren Bereich des Gebäudes saßen die Bildredakteure. Drei von ihnen belegten ein gemeinsames Büro, der vierte war

Powalowski. Verständlicherweise hatte er ein Einzelbüro, denn sein Zimmer fungierte ja parallel als Minipraxis für seine Erste-Hilfe-Sprechstunden. Selbst nach Bellersens unnachahmlicher Personalführung war also eine Dauerfaulgasberieselung à la Powalowski für keinen Mitarbeiter zumutbar. Von einem Archiv keine Spur.

Ich ging hinauf in die erste Etage. Dort begutachtete ich eine Tür mit einem besonders auffälligen Schild: die Grafikabteilung. Hier saß also Alan. Aus heiterem Himmel legte meine innere Adrenalinpumpe eine Sonderschicht ein. Ich marschierte zügig weiter und warf ihm einen lasziven Blick durch die Wand zu. Was Alan wohl den lieben langen Arbeitstag machte? Wenn er als Grafiker eine kreative Begabung besaß, brachte er diese wohl auch in Situationen außerhalb seiner Arbeit zur Geltung?

Der Vertrieb war mit fünf Räumen vertreten, darunter das Büro des Vertriebsleiters Wilmering samt Sekretariat.

Gleich daneben hing an einer Tür ein provisorisches Schild. »Presse und Public Relations, P. Wiltmann« stand darauf. Auf dem Blatt leuchtete gelb markiert der Hinweis, dass die Presseabteilung im Büro von Frau Yvonne Strowe im 2. OG zu finden sei. Hier hatte also Paul Wiltmann bis zu seinem tragischen Tod gewirkt. Ich schaute mich um, sah niemanden und drückte die Klinke herunter. Verschlossen. Wäre ja auch zu schön gewesen. Ich dachte an Florence, die ihre helle Freude an diesem dunklen Gebäude mit seinen engen Gängen und vergitterten Fensterchen gehabt hätte.

Aus den hinteren Räumen des Flurs war ein leises Rauschen zu vernehmen. Die Türen standen weit offen. Vorsichtig warf ich einen Blick ins Innere. Kein Zweifel. Hier residierten die EDV-Spezialisten. Ein bunter Aufkleber prangte an einer der Türen.

»Zutritt nur für Administratoren. Redakteure und sonstige Könner müssen leider draußen bleiben.«

Spaßvögel, dachte ich und wunderte mich, dass dort niemand saß.

Auf meiner Suche erklomm ich die Stufen in die zweite, die Chefetage. Auch wenn hier oben genauso wenig Tageslicht wie in die unteren Stockwerke vordrang und die Gänge verwinkelt waren, so schien mir dieser Flur deutlich freundlicher und einladender. Die Wände wurden von Kunstdrucken geschmückt, und jedes Bild wurde von einer eigenen kleinen Lampe angestrahlt. Der Teppich hatte einen hellen Sandton. Konnte er zaubern? Der Bodenbelag verschluckte alle Schritte. Ich hatte das Gefühl, auf einem fremden Planeten zu sein. Kein Geräusch und kein Mensch belebten den Flur.

Drei Räume kannte ich schon. Das Chefsekretariat von Frau Heyster, das dazugehörige Chefbüro von Bernold Bellersen und Wuppertal.

Daneben lagen zwei weitere Konferenzräume: Wolfsburg und Wangerooge. Genauso gut hätten die Räume auch Wieso, Weshalb und Warum heißen können. Da hatte jemand eine ganz spezielle W-Vorliebe gehabt.

Gegenüber Frau Heysters Büro nahm die Marketingabteilung einige Räume in Beschlag. Als ich an Yvonne Strowes Tür entlanghuschte, war es schlagartig vorbei mit der Stille. Kein Zweifel, Bernold Bellersen hielt ihr eine lautstarke Standpauke. Ich musste nicht mal mein Ohr an die Tür legen, um sein Geschrei zu verstehen, und so blieb ich einfach stehen.

»Jetzt habe ich aber endgültig die Schnauze voll von Wiltmanns Unfall. *Anschlag, zuckersüßer Todesfall.* Ist den Pressefuzzis eigentlich klar, was sie da anrichten?«

»Bernold, bitte!«

Miss Piggy versuchte offenbar, ihren Chef zu beruhigen.

»Nichts da, bitte. Jetzt kannst du beweisen, was deine Pressearbeit wert ist. Sieh zu, dass die schlechten Nachrichten aufhören.«

Ich hörte Bellersens schwere Schritte auf die Tür zukommen und sprang zurück. Nichts wie weg. So schnell ich konnte, flitzte ich um die nächste Ecke zum Treppenhaus.

Der schmale Aufgang nach oben war nur spärlich beleuchtet. Ich lief die Stufen hinauf, bis mir eine schwere Metalltür den Durchgang versperrte. Vorsichtshalber horchte ich kurz auf. Von Bernold Bellersen war nichts mehr zu hören. Wahrscheinlich war er in sein Büro zurückgewalzt, und jetzt musste Frau Heyster seinen Wutausbruch ertragen. Schnell atmend drückte ich die verzinkte Klinke hinunter. Die Tür war nicht verschlossen, jedoch so schwer, dass ich mich unter Ganzkörpereinsatz dagegenstemmen musste, um sie bewegen zu können.

Leider hatte ich nicht an meine kleine Verletzung gedacht und den linken Arm gegen die Tür gedrückt.

»Autsch«, jaulte ich kurz auf und zwängte mich durch den Türspalt. Ich betrat den Dachboden und hatte mein Ziel erreicht. Im Halbdunkel erahnte ich ein riesiges Bücherarchiv. In diesem Moment fiel die schwere Tür hinter mir ins Schloss, und alles war dunkel. Ich tastete mich vorsichtig an der Wand entlang. Wie viele Spinnen mochten dieses Refugium bevölkern?

Spinnen haben mehr Angst vor dir als du vor ihnen!, schoss es mir durch den Kopf.

Wer hatte sich eigentlich diesen stumpfsinnigen Satz

ausgedacht? Kurz bevor die blanke Panik in mir ausbrach, ertastete ich den rettenden Lichtschalter, und unzählige Neonstrahler flackerten auf.

Das Archiv des Bellersen Verlags erstreckte sich über die gesamte Etage. Zahllose Bücherregale standen wie eine Kolonne Soldaten Spalier. Der belesene Reisestaub von fünfzig Jahren strömte in meine Nase. Ein solches Aroma hatte ich nicht einmal in der Unibibliothek wahrgenommen. Nicht, dass ich häufig dort gewesen war. Aber dieser eigenartige Geruch von alten Büchern, Schriften, Akten wäre hängen geblieben. Andächtig schlich ich durch die Reihen. Die Regale waren voller Kartons und Ordner.

Die Faszination schrumpfte allerdings mit jedem Meter, den ich zurücklegte. Ein pelziger Geschmack legte sich auf meine Zunge. Musste ich etwa all diese Ordner und Akten durchforsten, um die langweilige Festschrift zu schreiben?

Ich sah mir eine Ordnerreihe genauer an.

»Anstrichexemplare Januar 1964 – Februar 1965«.

Was um Himmels willen waren Anstrichexemplare?

Die Aussicht auf die bevorstehende Arbeit schnürte mir den Hals zu. Unwillkürlich musste ich husten und schaute mich weiter um.

»Autorenverträge Weltenbummler«.

Das waren doch alles alte Kamellen. Ich würde sie mir trotzdem zu gegebener Zeit ansehen. Welches Honorar ein Reisebuchautor in den 60er Jahren wohl erhalten hatte?

»Lizenzen Frankreich«.

Diese Unterlagen waren völlig unbrauchbar für mich. Wo sollte ich anfangen? Am liebsten hätte ich einen Bungeesprung vom Verlagsdach gemacht.

Als ich das nächste Regal unter die Lupe nehmen wollte, hörte ich ein Knarren. Jemand drückte die Metalltür auf und betrat das Archiv.

Sollte ich mich gleich zu erkennen geben? Kaum jemand kannte mich hier im Haus. Vielleicht bekäme die Person einen Herzinfarkt, wenn ich plötzlich aus einem Gang hervorspringen würde. *Shining* schaltete sich automatisch auf meinen inneren Bildschirm, und im hintersten Winkel meines Gehirns konnte ich den hämmernden Pulsspecht fühlen.

Lautlos trat ich einen Schritt zurück. Bevor mein Fuß den Boden berührte, blieb er in einem Stapel Akten hängen. Ich kam ins Trudeln und taumelte rückwärts gegen ein Bücherregal.

Wie ein kleines Kind schloss ich die Augen und hoffte: Was ich nicht sehe, das sieht mich auch nicht.

»Ist das Datenvernichtung auf die altmodische Art? Ich würde das anders machen.«

Als ich die Augen aufschlug, erkannte ich Henner Claassen.

Er half mir lächelnd auf die Beine und sortierte die Ordner und Akten in das Regal zurück.

»Ich wollte hier nichts kaputtmachen«, brachte ich hervor. Der Specht hämmerte jetzt rücksichtslos an allen Hirnwänden. Wie war ich nur in diesem verfluchten Verlags-Schlamassel gelandet?

»Das glaube ich Ihnen. Suchen Sie Material für die Bellersen-Chronik?«

Für sein Alter hatte Claassen eine gute Auffassungsgabe.

»Tja, wenn ich wüsste, wo ich anfangen soll«, antwortete ich und blickte mich hilfesuchend um.

»Wenn Sie möchten, zeige ich Ihnen alle wichtigen Unterlagen. Kommen Sie.«

Claassen führte mich zu einer Regalreihe, in der das Pressearchiv war.

»Hier finden Sie viele brauchbare Informationen. Positive Pressemeldungen sind für Bernold Bellersen besonders wichtig.«

Schon klar.

»Ich schlage vor, Sie nehmen sich einen Stapel Ordner mit in Ihr Büro und arbeiten die Ereignisse kontinuierlich ab.«

Claassen war wirklich hilfsbereit, und ich erklärte ihn augenblicklich zu meinem neuen persönlichen Schatzmeister. Ein Mann der alten Schule.

»In welchem Bereich arbeiten Sie eigentlich genau?«, fragte ich. Claassen war mindestens fünfzehn Jahre älter als Edith, gehörte aber scheinbar nicht zur Führungsriege.

»Ich bin Redakteur für Sonderprojekte.«

»Sonderprojekte?«

Wortwiederholungen waren immer gut, wenn einem nichts einfiel.

»Das sind Einzelpublikationen, die außerhalb des eigentlichen Verlagszyklus erscheinen. Echte Liebhaberstückchen sozusagen.«

»Aha.«

Keine Ahnung, was das heißen sollte, aber es klang anspruchsvoll.

»Arbeiten Sie für Edith oder in der Abteilung von Herrn van Gendt?«

»Weder noch, meine Projekte sind die Privatschmankerl von Bernold Bellersen. Die Themen lassen sich nicht für den Massenmarkt produzieren, aber weil Bellersen sie spannend findet, finanziert er sie über ein eigenes Sonderbudget.«

So genau wollte ich es nun auch wieder nicht wissen.

»O. k. Danke für den tollen Tipp. Dann werde ich mal loslegen.«

Ich schob meinen Kopf nah an die Ordner und fixierte mit zusammengekniffenen Augen die Unterlagen.

»Kommen Sie, ich helfe Ihnen.«

Kavalier Claassen zog einen großen Aktenstapel aus dem Regal und drückte ihn mir in die Arme. Danach nahm er einen weiteren Stapel und wippte kurz mit dem Kopf zur Seite.

»Ab die Post«, ermunterte er mich. Hatte er Mitleid, da ich vor einer schier unlösbaren Aufgabe stand, oder fand er das Projekt selbst so spannend?

»Und wenn Sie mal Informationen außer der Reihe gebrauchen können ... Ich arbeite schon seit Urzeiten hier. Manche Kollegen meinen, ich hätte ein Gedächtnis wie ein Elefant.«

Wenn ich auch nur das Gedächtnis eines chinesischen Porzellanelefanten hätte, wäre das in diesem Moment sehr hilfreich gewesen. Ich hatte nämlich auch den zweiten Namen, den mir der Anrufer genannt hatte, vergessen. Claassen hätte mir jetzt sicher einen Tipp geben können.

Als wir die Akten die Treppe hinunterwuchteten, freute ich mich über seine Hilfe und dachte: *Wenigstens ein netter Mensch hier.* Und natürlich Alan.

Ich pochte mit den Ordnern an meine eigene Bürotür. Claassen und ich waren so schwer beladen, dass wir keine Hand für die Tür frei hatten. Vielleicht würde Edith sich für eine Sekunde aus ihrem Papier-Maulwurfshaufen buddeln und uns hereinlassen. Doch nichts passierte. Stattdessen hörte ich lautes Gezeter aus dem Büroinneren. Claassen sah mich schweigend an. Dabei konnte er sich ein leichtes Schmunzeln nicht verkneifen.

»Kein Problem«, seufzte ich, legte meinen Stapel auf den Fußboden und drückte die Klinke hinunter.

Edith saß stocksteif vor ihrem Computer und trommelte mit ihren lackierten Fingernägeln auf den Bildschirm ein.

Neben ihr stand ein pummeliger Typ mit Dreadlocks. Sein Hemd lugte zerknittert aus der schlabberigen Hose. Er wirkte perplex wie ein Teddy, den ein launisches Kind gerade auf den Boden geworfen hatte.

»Bitte nicht auf den Bildschirm schlagen, Frau Mu–«

»Da, da und da hab ich draufgedrückt, und dann war auf einmal alles schwarz. Das kann doch wohl nicht wahr sein«, unterbrach ihn Edith. Beleidigt senkte sie ihren Kopf und vergrub ihr Gesicht zwischen den Händen.

»Hören Sie, Frau Muns. Vielleicht haben Sie aus Versehen die falsche Taste betätigt.«

»Ich? Sehr witzig. Holen Sie mir meine Texte zurück, aber ein bisschen flott! Heute Abend habe ich Datenabgabe für das achte Kapitel. Wehe, Sie kriegen das nicht hin!«

Der gutmütige Zottelbär fühlte sich angegriffen und setzte sich zur Wehr. Schließlich legten beide eine filmreife Diskussion darüber hin, über welche EDV-Kenntnisse ein Redakteur grundsätzlich verfügen sollte.

Claassen trug den Aktenstapel zu meinem Tisch.

»Wer ist das?«, fragte ich unauffällig.

»Das ist Johannes Daldrupp, unser EDV-Virtuose. Wir nennen ihn Johnny. Ein Pfundskerl, wirkt ein bisschen behäbig, aber wenn er richtig loslegt, wird er blitzschnell. Erstaunlicher junger Mann – und ein Technik-Genie.«

Bei dem Wort Genie schoss mir plötzlich der tote Pressemann ins Gedächtnis.

»Kannten Sie eigentlich Paul Wiltmann gut?«, flüsterte ich.

Edith und der EDV-Virtuose brüllten sich weiter an.

»Wie kommen Sie denn gerade auf den?«

Claassen schien sich über meinen Gedankensprung zu wundern.

»Nur so.«

»Nicht wirklich. Ich kam bestens mit ihm aus, aber es gab einige Kollegen, die waren nicht gut auf ihn zu sprechen.«

»Was heißt, nicht gut?«

»Ich glaube, sie waren neidisch, weil er so unglaublich viel und schnell arbeitete und dabei vor neuen Ideen nur so strotzte. Er gehörte zu einer anderen Generation als die meisten Leute hier. Neue Zeiten erfordern eben manchmal neue Arbeitswege.«

Mittlerweile hatten die Streithähne sich ein bisschen beruhigt. Johnny hatte Ediths Stuhl erobert und tippte in irrer Geschwindigkeit kryptische Formeln in den PC. Edith quasselte ununterbrochen auf ihn ein und steigerte sich in eine Generalanklage gegen das Computerzeitalter und die von dilettantischen Männern dominierte Welt der Technik.

»Wissen Sie, wie es zu seinem Tod kam?«

Irgendwie hatte ich das Gefühl, Claassen unverblümt fragen zu können.

»Sein Auto wurde von einem Zug erfasst«, sagte Claassen betont leise. »Die meisten glauben, er hatte zu viel getrunken.«

»Und was glauben Sie?«

»Ich bin mir nicht sicher.«

»Haben Sie schon davon gehört, dass sein Auto manipuliert war? Die Polizei hat Zucker in seinem Tank gefunden.«

»Was?« Claassen zog eine Augenbraue hoch und schaute mich mit großen Augen an.

Edith trippelte indes eine winzige Runde im Kreis, so als wolle sie sich damit beruhigen. Johnny sah sie irritiert an. Er schien wenig angetan davon, dass sie ihm ununterbrochen über die Schulter schaute.

»Ich geh jetzt lieber wieder«, sagte Claassen. »Aber ich finde es interessant, dass Sie sich nach Paul erkundigen. Bis auf diesen Reporter vom *Westfalenkurier* hat niemand seinen

Unfall offiziell hinterfragt. Mir kam sein Tod jedenfalls auch seltsam vor. So mitten aus dem prallen Leben.«

Schon der Zweite, der an einem Unfalltod zweifelte.

»Es ist wirklich schade um den jungen Mann. Paul hatte so ein erfrischendes Wesen und war nicht so ein schwermütiger Typ wie zum Beispiel Juliane Sanders.«

»Juliane Sanders?« Bingo – das war doch der zweite Name. Danke Claassen!

»Eine frühere Kollegin, die sich das Leben genommen hat. Das ist aber schon ewig her. Irgendwann in den 90er Jahren muss das gewesen sein. Juliane war schwer depressiv. Das genaue Gegenteil von Paul.«

›Schwermütig‹ und ›das Leben genommen‹ – Henner Claassen war sogar auch ein sprachlicher Verlagsdinosaurier.

»Worum geht es denn bei euch?«, mischte Edith sich unvermittelt in unser leises Gespräch ein. Sie hatte offenbar eingesehen, dass ihre Tiraden bei dem Computerexperten keine Wirkung zeigten, und suchte neue Ansprechpartner.

»Herr Claassen hat mir geholfen, die alten Akten zu tragen. Vielen Dank. Das war wirklich nett.«

»Dafür nicht!«

Claassen winkte ab und verließ unser Büro.

»Na, hat Henner mal wieder aus dem Nähkästchen geplaudert? Das macht er gern, und vor allem spekuliert er genauso gern. Verlässliche Informationen erhältst du bei ihm bestimmt nicht.«

»Simsalabim, da sind sie wieder! Bitte schön, Frau Muns, es bestand kein Grund zur Panik – zu keiner Zeit und nie!«

EDV-Johnny grinste. Er hatte alle Daten wiedergefunden. Mit einem schiefen Grinsen ließ er sich stolz in die Stuhllehne fallen.

»Na, das ist ja gerade noch mal gutgegangen. Wenn dieser vermaledeite PC meine Arbeit zunichtegemacht hätte … Ich glaub, ich wäre im Dreieck gesprungen.«

Edith verscheuchte Johnny von ihrem Stuhl und ging sofort wieder ans Werk.

»Nur zu«, murmelte Johnny und schlurfte zu meinem Tisch.

»Tach auch. Ich bin Johnny Daldrupp. Wenn der Computerteufel auftaucht, einfach die 4830 wählen.«

»Mach ich bestimmt. Ich bin übrigens Trixi Gellert.«

»Yo, weiß ich.«

Mit einer extrem lässigen Handbewegung drehte Johnny sich um und schlurfte ohne einen Seitenblick auf Edith hinaus.

Wagenheber

Unzählige ausgeschnittene und einzeln auf Blätter geklebte Zeitungsschnipsel füllten die prallen Ordner. Zwischen den grauen Aktendeckeln schaute ich in den gesamten Pressespiegel zu Bellersens Treiben in einem halben Jahrhundert.

Ich begann zu lesen und versuchte mich zu konzentrieren. Die Meldungen und Artikel waren streng chronologisch sortiert, aber inhaltlich bunt gemischt. Buchankündigungen, Kritiken, Messeberichte, Verlegerporträts, Jubiläumsfeiern, Todesanzeigen, TV-Auftritte. Besonders unterhaltsam waren die wirklich alten, vergilbten Schnipsel. Wer hätte das gedacht? Schicksalsergeben schmökerte ich weiter. Als das erste Hungergefühl einsetzte, war es bereits kurz vor drei.

»Edith, wir haben das Mittagessen verpasst!«, meckerte ich. »Was ist mit deinem Wecker?«

»Den habe ich nach unserem EDV-bedingten Arbeitsausfall abgestellt. Ich musste die Zeit wieder aufholen. Tut mir leid, du hättest doch essen gehen können.«

Na klasse. Die Kantine war bereits geschlossen, und mein Knäckebrot vom Vormittag hatte seinen mickrigen Ernährungsdienst längst beendet. Sicherlich waren alle darin enthaltenen schwedischen Nährstoffe bereits beim Übergang in die Blutbahnen zerbröselt, und mein Körper zehrte mit letzter Kraft an den bescheidenen Reserven.

Zum Glück gab es im Pausenraum einen kostenlosen

Wasserspender. Ich fühlte mich wie ein vergessener Streckenposten der Rallye Paris–Dakar und trank den halben Tank leer.

Mit einem gluckernden Bauch setzte ich meine Arbeit fort und durchforstete die ausgedienten Unterlagen nach brauchbaren Informationen.

Um kurz vor fünf ging nichts mehr. Mir wurde schwindelig.

»Feierabend«, sagte ich zu Edith, die noch immer so in die Arbeit vertieft war wie am frühen Morgen.

Ich ordnete alle Unterlagen in kleine Stapel, schaltete den Computer aus und brach auf.

»Schon fertig für heute? Zss, später kommen und früher gehen. Aber keine Angst, ich erzähle es keinem weiter.«

Bitte?

»War nur ein Scherz! Na dann, bis morgen, Trixi. Ich freu mich so, dass du da bist.«

Wie konnte Edith sich bloß für diesen öden Job begeistern? Ich hatte innerhalb zweier Arbeitstage jede Lebensfreude verloren und schlurfte aus unserem Büro. Als ich die Treppenstufen ins Freie hinabstieg, strahlte die Sonne durch meine müden Augen direkt in mein Herz. Ich kramte meinen Autoschlüssel aus der Tasche, schloss den Jaguar auf und ließ mich erschöpft auf den Sitz fallen.

Müde kurbelte ich die Fensterscheibe herunter und ließ den Wagen an. *Endlich frei, nichts wie weg*, dachte ich, als ich den Rückwärtsgang einlegte und Gas gab.

Ich hörte nur ein dumpfes Pochen und dann ein Klatschen auf dem Kofferraum und bremste. Im Rückspiegel konnte ich nichts sehen, doch ich wusste, ich war gegen irgendetwas gefahren, und sprang aus dem Auto. Augenblicklich wurde mir schwarz vor Augen, dann hörte ich noch ein wallendes Rauschen im Kopf. Stille.

»Hallo, Fräulein Gellert!«

Patsch, patsch.

Zuerst sah ich blauen Himmel und Ahornblätter, die im Wind schaukelten. Dann schob sich Bernold Bellersens rotes, querformatiges Gesicht ins Bild.

Patsch, patsch, patsch. Noch mal watschte er mich links und rechts.

»Was ist denn hier los?«, brüllte er. »Kaum sind Sie hier, schon fahren Sie unsere beste Frau über den Haufen.«

Ich wollte mich aufrappeln, doch Bellersen drückte mich wieder zu Boden.

»Schön liegen bleiben. Ich muss mich auch um die andere Verletzte kümmern.«

»Aua, was ist denn das für ein Scheiß?«, hörte ich eine vertraute Stimme hinter dem Auto blöken.

»Das tut so weh. Ich kann nicht auftreten.«

Vorsichtshalber blieb ich liegen und schielte unter dem Bauch des Jaguars hindurch. Diese Absätze und die dazugehörige Stimme kannte ich.

»Komm, ich helf dir, Yvonne«, rief Bellersen bemüht und eilte um den Wagen herum. »Ich musste erst mal Fräulein Gellert wiederbeleben.«

»Wen? Trixi Gellert? Die hat mich umgemangelt? Mit diesem Schlitten?«

Yvonne Strowe hielt kurz inne und humpelte dann hinter dem Auto hervor. Ich rührte mich nicht und schloss vorsorglich die Augen.

Patsch, patsch.

»Wieso fährt diese magere Aushilfstippse einen Jaguar?«, blaffte sie Bellersen an. »Soll ich dir mal was verraten, Bernold? Erst ist sie heute zu spät zum Dienst erschienen, angeblich, weil sie einen Fahrradunfall hatte, aber wie du siehst, fährt sie gar nicht Fahrrad. Stattdessen kutschiert sie eine stattliche Limousine. Und später sollte sie mir einen Pressetext abnehmen, hielt es dann aber nicht für nötig, sich die Arbeit abzuholen.«

Doppelter Bockmist, das hatte ich ganz vergessen. Die lahmende Miss Piggy schäumte vor Wut, und der sonst so dominante Bellersen schien verwirrt.

»Beruhig dich, Yvonne, du bist ja völlig durcheinander.«

»Ich bin nicht durcheinander, höchstens mein Bein. Der Knochen ist durch, wetten? Die kann sich auf was gefasst machen. Das schwör ich dir!«

Besser konnte der Tag nicht werden. Mieser Job, irre Stalker und eine unerfreuliche Kollision. Ich wünschte Yvonne Strowe die Schweinepest an den Hals – oder besser noch die Maul- und Klauenseuche.

Bellersen stützte Yvonne und schaute kopfschüttelnd auf mich herab. Na, vielen Dank für die Hilfe. Wer war denn hier ohnmächtig geworden?

Ich bleibe gern noch ein Stündchen hier unten liegen, überlegte ich und drehte meinen Kopf demonstrativ zur Seite. Jetzt erkannte ich das nächste Paar Schuhe, das die Treppe herunterkam. Es lief direkt auf uns zu.

»Alan«, kreischte Yvonne. »Ich wurde angefahren, von diesem Riesentrampel Trixi. Tu doch was!«

Vielleicht sollte ich mich unter den Wagen rollen, bevor sie sich auf mich stürzte.

Alan rannte um das Auto herum und schaute erschrocken zu mir herunter, dann auf den Jaguar, dann wieder zu mir.

»Herr Tivendale, bitte kümmern Sie sich um Fräulein Gellert. Ich übernehme Frau Strowe. Komm, Yvonne, bevor du zum Arzt gehst, sollte Powalowski sich das Bein ansehen. Mit dem kleinen Schwächeanfall von unserer jungen Kollegin wird Tivendale wohl noch fertig.«

Laut zeternd hoppelte Yvonne, auf Bellersens Arm gestützt, die Stufen zum Verlag hinauf.

»Nicht schlecht, dich zweimal an einem Tag zu verarzten. Brauchst du häufiger Erste Hilfe?«, fragte Alan, beugte sich zu mir hinunter und strich mir über die Stirn.

Ich hatte sicherlich kein Fieber, aber mein Kopf, mein Bauch und einige andere Körperstellen fühlten sich trotzdem heiß an.

»Nein, danke. Ich habe einfach nur Hunger.«

Langsam stand ich auf und zupfte Kleidung und Frisur zurecht.

»Ich fahr dann mal nach Hause.«

»Kommt nicht in Frage!«

Alan sah mich durchdringend an. Bitte nicht, gleich würde ich wieder dahinsinken.

»Du hast die Wahl: Entweder begibst du dich in die Powalowski'sche Wiederbelebungszentrale, oder ich bringe dich heim«, sagte er mit einem verschmitzten Lächeln.

Alan führte mich um den Wagen herum, öffnete – ganz Gentleman – die Beifahrertür und blieb abrupt stehen.

»Oh, wie ich sehe, haben wir ein kleines Problem.«

»Ist doch kein Problem. Ich erkläre dir den Weg und du fährst mich ohne Umwege nach Hause.«

»Mit dem platten Reifen fahren wir nirgendwohin.«

»Platter Reifen?«

Alan zeigte auf das rechte Vorderrad des Jaguars. Wie eine abgeworfene Schlangenhaut klebte das luftlose Gummigebilde auf den Steinplatten.

»Wie konnte das passieren? Können wir ihn wieder aufblasen?«, fragte ich entgeistert. Florence würde mich vierteilen.

»Das wird wohl kaum gehen, denn so, wie es aussieht, ist er zerstochen. Mit Aufblasen kannst du hier nicht viel ausrichten – jedenfalls nicht beim Reifen.«

Alan zeigte mit einem breiten Grinsen auf die kaputte Stelle im Reifen. Mir wurde noch heißer, so dass ich befürchtete, die Gummischicht könnte schmelzen. Ich wagte nicht, ihm in die Augen zu sehen.

Zur Ablenkung fluchte ich und trat mit voller Wucht gegen das schuldlose Rad.

»Wer macht denn so einen Scheiß?«

»Keine Ahnung«, antwortete Alan. »Wären wir in einem Krimi, würde der Kommissar dich jetzt fragen, ob du Feinde hast.«

»Sehr witzig, Alan. Vielleicht waren hier randalierende Jugendliche am Werk.«

»Jugendliche? Na klar«, Alan lachte. »Oder es war eine wütende Politesse, die dir einen Denkzettel fürs Falschparken verpassen wollte. Die Damen, die in der Hohenzollernstraße patrouillieren, sind für ihre derben Methoden bekannt. Fräulein Gellert, du bist süß.«

Hatte ich mich gerade verhört?

Die zweite wohlige Gänsehaut des Tages zog über meinen gesamten Körper hinweg, darauf konnte ich nicht antworten.

»Reserverad?«, fragte Alan zwinkernd.

Wortlos zuckte ich mit den Schultern und kämpfte gegen die Anzeichen der nächsten Ohnmacht.

»Geht ganz flott.«

Alan lief um das Auto herum, öffnete den Kofferraum und fand, was er suchte.

Als hätte er nie etwas anderes getan, griff er sich Wagenheber und Reserverad und wechselte mit sicheren Handgriffen den zerstochenen Reifen.

Die ganze Fahrt über sagte Alan nichts. Noch immer traute ich mich nicht, ihn anzusehen, und blieb ebenfalls stumm. Was dachte er jetzt von mir? Meine Fahrradlüge war aufgeflogen, und der Jaguar samt zerstochenem Reifen machte die Sache auch nicht einfacher.

Gelassen kutschierte er den Wagen vor die Garage.

»Sitzen bleiben«, befahl er. »Ist jemand bei dir zu Hause?«

Ich nickte. Mir war hundeübel. Er lief zur Haustür und klingelte. Rahel öffnete und strahlte Alan an. Ich konnte nicht verstehen, was die beiden sprachen, aber nach ein paar Sekunden lief Rahel zurück ins Haus und holte Florence. Als Alan ihr zu erklären schien, was passiert war, musterte sie ihn lächelnd und strich ihm dann versonnen über die Wange. Was hatte Florence sich jetzt wieder gedacht?

Die beiden halfen mir beim Aussteigen.

»Oh, Trixi, ist deine neue Arbeit so schlimm, dass du gleisch zusammenbrischst? Oder 'ast du vor Wut in die Reifen gebissen?«

Eidgenössischer Humor.

Rahel tänzelte aufgeregt neben uns her.

»Das ging ja voll schnell mit der Kontaktaufnahme.«

Ohne die Zähne zu zeigen, lächelte sie konspirativ. Ich warf ihr einen bösen Blick zu. Sie wusste, dass sie nicht weitersprechen durfte.

Als wir in der Wohnung waren, bugsierte Alan mich direkt zum Sofa.

»Danke, Alan. Tut mir leid. Ich kann dir das erklä–«

»Mach das morgen. Lass dich jetzt lieber gut pflegen. Ich muss leider wieder los.«

»Isch fahre Sie zurück zum Verlag, junger Mann«, säuselte Florence. »Danach bringe isch den Jagüar in die Werkstatt. Und Mademoiselle Ra-el wird sisch um ihre Tante kümmern.«

Die beiden verschwanden aus meinem Blickfeld.

Tante Trixi war nicht mehr nach Späßen zumute. Sie hatte ihren ersten Job vermasselt, nach nur zwei Tagen.

Zwei Flaschen Wasser, eine Portion Nudeln und eineinhalb Stunden später stand Betty vor mir. Sie war genauso blass wie ich und warf sich erschöpft in ihren Lieblingssessel.

»Bin ich im 24-Stunden-Dienst? Erst habe ich einen von den Arbeitstagen, die man lieber nicht erleben möchte. Mir sind nämlich heute Vormittag zwei Patienten gestorben, und kaum bin ich zu Hause, liegt hier schon die nächste Patientin vor mir.«

»Aber ich sterbe dir heute nicht weg«, witzelte ich. »Stattdessen können wir doch unseren Streit begraben.«

Ich fand, das war jetzt eine Eins-A-Versöhnungsgelegenheit.

»Zum Brüllen komisch, Trixi«, sagte sie müde und schloss mit einem tiefen Seufzer die Augen.

Nach gefühlten zehn Minuten fuhr sie fort.

»Ich habe wirklich lange über uns nachgedacht, Trixi. Es ist besser, wenn du dir eine eigene Wohnung suchst.«

»Aber Betty!«, schoss es aus mir heraus.

»Ja?«

»Du hast doch gar keine Ahnung, was in den letzten Tagen bei mir passiert ist. Ich habe einen RICHTIGEN ERNSTEN JOB!«

Jetzt konnte ich nicht mehr zurück. Wenn ich bei ihr punkten wollte, dann musste ich genau in diesem Moment zuschlagen. Ich wusste, sie nähme ihre Drohung zurück, wenn sie erfuhr, wo ich arbeitete. Sie würde sagen: »Wenn das so ist, Trixi, dann kannst du natürlich hier wohnen bleiben.« Ich hätte gewonnen, und nach Beendigung meines grandiosen Schreibjobs würde mir schon etwas Neues einfallen.

Doch stattdessen sagte sie: »Du hast eine Arbeit? Au fein, was machst du denn? Verkaufst du gegrillte Ameisen?«

Na warte, Betty, gleich wirst du staunen!, dachte ich stolz und erzählte ihr von Ediths Angebot und der einmaligen Chance, die sich mir bot.

Sie hörte geduldig zu und nickte anerkennend. Ich hatte es geschafft.

»Das klingt wirklich gut. Aber –«

Jetzt riss ich meinen Trumpf aus dem Ärmel.

»Halt dich fest, Betty. Ich verdiene 18 000 Euro, bar auf die Hand!«

»Du meinst in Form eines Schecks oder überwiesen? Und die Hälfte geht für Steuern drauf. Ist dir doch klar, oder?«

Betty, die alte Spielverderberin!

»Na und? Aber ich habe dann immer noch genug Geld, um dir die Miete für ein ganzes Jahr im Voraus zu zahlen.«

Betty schien beeindruckt, die kurze Wortpause bewies es.

»Ich habe da eine bessere Idee. Von diesem Geld kannst du dir prima eine eigene Wohnung suchen oder auch ein Zimmer in einer netten WG.«

Bamm. Meinte Betty das gerade ernst? Wenn ja, hatte sie einen ausgewachsenen Sumo-Ringer an den Füßen genommen und ihn mir soeben an den Kopf geschleudert. Mein Unterkiefer klappte herunter.

»Und dann?«

Mehr als zwei Worte konnte ich nicht sprechen.

»Wie? Und dann? Dann geht's dir bald besser, und du musst auch nicht mehr ständig mit mir streiten. Als Mama und Papa weggezogen sind, habe ich gedacht, dass wir beiden das gut hinbekommen. Immer wieder habe ich ein Auge zugedrückt, wenn du mit einer neuen Ausrede wegen der Miete um die Ecke kamst. Aber jetzt reicht es mir. Ich habe keine Lust mehr, auch für ein zweites Kind die Mutterrolle zu übernehmen – und schon gar nicht für ein dreißigjähriges.«

»Ich meinte doch, was nach Bellersen sein soll?«

Das waren immerhin acht Worte.

»Lass dir was einfallen. Ist doch sonst alles kein Problem bei dir. Willkommen im Leben!«

Ich schaute sie traurig an, meine große Schwester war schließlich verpflichtet, mir zu helfen.

»Ach ja«, fuhr sie gnadenlos fort. »Ich habe schon mit Sybille gesprochen. In sechs Wochen will sie einziehen. Sie braucht das Zimmer wirklich dringend. Im Moment ist sie im Frauenhaus und freut sich wahnsinnig, wenn sie wieder ein freies Leben führen kann. Falls du also schon eher etwas Passendes findest, sag bitte Bescheid. Je schneller sie da rauskommt, umso besser.«

Betty stand auf und blieb noch einen Moment vor mir stehen.

»Ich meine das nicht böse, Trixi. Und du hast recht, das ist doch jetzt wirklich eine einmalige Chance für dich. Ich helfe dir auch gern bei der Wohnungssuche.«

Sie schlenderte aus dem Raum, ich blieb wie versteinert auf dem Sofa liegen. Betty hatte soeben ihre dritte Patientin verloren. Mein Leben war vorbei. Ein befristeter Job im Kerker des Grauens, kaum noch Sport und Partys und alle Rechnungen allein bezahlen? So viel Demütigung hatte ich nicht verdient.

Wüterich

Der Wecker und mein Handy klingelten gleichzeitig. 6 Uhr 15 war für den Wecker nachvollziehbar. Ich hatte ihn auf diese frühe Zeit gestellt, damit ich kein zweites Mal verschlief. Für einen Telefonanruf um 6 Uhr 15 hatte ich keine Erklärung.

Es war Edith, wach und frisch wie Ernie, wenn er Bert aus dem Schlaf mobbte.

»Guten Morgen, Trixi!«, schrie sie in den Hörer.

»Edith! Guck mal auf die Uhr, hast du dich vertan oder hast du zu Hause auch einen Kontrollwecker fürs Hahnenkrähen?«

»Nix Kontrollwecker. Die Sonne scheint, und ich dachte mir, ideale Bedingungen für einen chinesischen Freitagmorgen.«

»He?«

»Tai Chi, du Dummchen. Das machen die Chinesen doch auch immer. Stehen im Morgengrauen im Park und lassen ihr Chi fließen. Komm schon, du bist doch eine Sportskanone, und wach bist du jetzt sowieso.«

»Poah, also ehrlich gesagt –«

Ich merkte, dass es sich so früh morgens deutlich schlechter nach glaubwürdigen Ausreden suchen ließ als beispielsweise nachmittags oder abends oder in der Nacht oder ...

»Was ist jetzt? Wir treffen uns um sieben im Stadtpark am

Eingang des Botanischen Gartens, und danach fahren wir fit und konzentriert zur Arbeit.«

»Von mir aus.«

Widerstand schien zwecklos, außerdem war mir seit gestern Abend sowieso alles egal. Da konnte Edith gern noch einen draufsetzen.

Auf dem Weg ins Bad traf ich Rahel. Weltschmerz und fast mütterliche Gefühle streckten ihre wehmütigen Fühler nach mir aus.

»Na, geht's dir heute besser?«, fragte sie besorgt.

Sie war so ein süßer, unschuldiger Schatz. Ich konnte mir gar nicht vorstellen, ohne sie und ihre pubertären Launen zu leben.

»Hm.«

»Ich habe dir schon Brote geschmiert und zwei Äpfel geschält. Damit solltest du den heutigen Arbeitstag schaffen.«

Sie grinste müde und verschmitzt.

»Liegt alles in der Küche. Dazu habe ich noch etwas Traubenzucker und eine Milchschnitte gelegt. Morgen ist Samstag, da kannst du schön ausschlafen und dein Wochenende genießen.«

»Du bist klasse, Rahel«, sagte ich traurig. Wie sollte ich nur ohne sie auskommen – und vor allem: wo?

»Mach ich alles nur, damit ich dir nicht noch mal Nudeln kochen muss, was glaubst du denn?«

Ich nahm sie in den Arm und drückte sie fest an mich. Das hatte ich nicht mehr getan, seit der fiese Nachbarsjunge Anselm sie gezwungen hatte, ein altes Kaugummi vom Asphalt zu kratzen und sich in den Mund zu stecken. Da war sie sieben gewesen und hatte Anselm anschließend den Kaugummi so schnell und kräftig auf seinen Scheitel geschmiert, dass ein sportlicher Glatzenschnitt notwendig war, um den Klebebelag restlos zu entfernen. Ich war so stolz auf dieses kleine gewitzte Mädchen, dass ich ihr gleich eine Packung Kaugummi gekauft hatte.

Jetzt war sie immer noch gewitzt, nur ein paar Nummern größer.

»Ey, Trixi. Da fällt mir noch was ein.«

Mit einem Schlag in meinen Bauch löste sich Rahel aus meiner Umarmung.

»Wie sanft und anmutig von dir«, hüstelte ich. »Was denn?«

»Ich habe gestern Abend ein bisschen im Internet recherchiert.«

War sie altklug oder gehörte »recherchieren« zum alltäglichen Wortschatz einer 14-Jährigen?

»Dieser tote Pressefuzzi, von dem du erzählt hast.«

»Meinst du Paul Wiltmann aus dem Verlag?«

»Ja, der. Also ich habe mal den offiziellen Polizeibericht studiert.«

»Moment mal, den Polizeibericht? Auf welchen Seiten treibst du dich denn herum?«

»Ist doch egal. Du meintest doch, der wäre so ein Pillenschmeißer gewesen.«

Pillenschmeißer? Nur weiter so, junge Frau.

»Ja und?«

»Ja nix! Der hatte weder was getrunken noch irgendwelche Drogen im Blut. Völlig clean der Typ. Das hat die Obduktion ergeben.«

»Obduktion, alles klar! Und was heißt das? Dass Wiltmann mit vollem Bewusstsein auf den Schienen stand, nachdem sein Motor durch den Zucker verreckt ist?«

»Keine Ahnung. Ich dachte nur, das könnte dich interessieren. Wäre doch ein spannendes Kapitel in der Bellersen-Chronik.«

Jetzt kicherte sie wie eine typische 14-Jährige.

»Das Einzige, das man in ihm gefunden hat, waren die Kopfhörer seines iPods in seinen Ohren. Florence meinte, dass Wiltmann den Zug vielleicht gar nicht hat kommen hören. Wir wissen nicht, warum er nicht ausgestiegen ist, aber das kriegen wir raus. Genau wie die anderen Todesfälle.«

»Die anderen Todesfälle? Florence und du? Hör mal, Rahel, verleg deinen Arbeitseifer doch lieber auf die Schule«, ermahnte ich sie.

»Hättste wohl gern«, winkte Rahel und drängte sich vor mir ins Bad.

Mit ihrem knallroten Trainingsanzug und ihren weißen Schühchen leuchtete Edith wie ein Fliegenpilz im Wald. Mit dem einzigen Unterschied, dass ein Fliegenpilz keinen Hampelmann hopsen kann.

Als sie mich erblickte, winkte sie aufgedreht und kreischte durch den noch friedlich schlummernden Park. Jetzt waren auch die letzten Eichhörnchen wach.

»Triiixiii, hier bin ich.«

»Wie wär's mit guten Morgen?«, flüsterte ich eindringlich.

»Ich habe schon ein schönes Plätzchen gefunden.« Sie zeigte auf eine sonnenbeschienene Lichtung, direkt am See. Die Wiese war tatsächlich ideal für ein paar morgendliche Übungen. Völlig unpassend zu ihrem Pilzkostüm und dem verträumten Morgen funkelten drei dicke Ringe an ihren Fingern.

»Ist das nicht ein bisschen overdressed für diesen Anlass?«

Ich dachte, sie verstünde meinen Scherz, aber sie wurde ernst und schnaubte: »Glaubst du, ich gehe ohne meine Identität aus dem Haus? Edelsteine haben schließlich eine Bedeutung. Schau mal dieser Granat hier.«

Sie hielt mir einen brombeerfarbenen Schmuckstein entgegen.

»Der gilt als Krisenhelfer in auswegslosen Situationen. Wunderbar!«

Entrückt betrachtete Edith ihren Ring.

Her mit dem Klunker. Wenn jemand einen Krisenhelfer gebrauchen kann, dann ich, dachte ich bei mir. Außerdem passte die Farbe nicht zu ihrem Trainingsanzug.

Ich zog meine Schuhe aus und fühlte den kalten Tau an meinen Füßen. Die morgenfrische Erde belebte auch den Rest meines Körpers, und mit einem tiefen Luftzug begann ich die erste Übung.

Edith schwang voller Elan ihre Arme in die Luft und atmete geräuschvoll stoßweise ein und aus. Ich schaute mich um und hoffte, dass kein vorbeilaufender Jogger Ediths Verzückung missverstehen würde.

Ich wusste zwar, dass stoßweise Atmung bei Meerschweinchen ein Zeichen für eine Bronchitis war, doch ich konnte mich nicht erinnern, diese Atmung in unserem Tai-Chi-Unterricht gelernt zu haben. Unauffällig stellte ich mich einige Meter weiter auf und versuchte, mich auf Loi, Jai und die Yin-Yang-Fisch-Figur zu konzentrieren. Hoffentlich hatte Edith sich bis zum Arbeitsbeginn ausgepustet.

Als wir unsere Übungen beendeten, fühlte ich mich überraschend wach und entspannt zugleich. Beschwingt setzte ich mich auf eine Bank und streckte die Beine in die Luft, um meine Füße in der Sonne trocknen zu lassen.

»Tolle Idee«, stimmte Edith mir zu, obwohl sie die ganze Zeit über ihre weißen Turnschühchen anbehalten hatte.

Der dünne Stoff war total durchnässt, und Edith zog

angewidert die Schuhe aus. Gerade als sie frische Söckchen und ein paar blaue Schuhe derselben Marke aus ihrem mitgebrachten Turnbeutel hervorkramte, schoss ein kleiner Beagle aus dem Gebüsch heran und schnappte sich einen der nassen Treter.

Edith sprang auf, doch der Beagle war samt Schuh genauso schnell verschwunden, wie er gekommen war. So als hätten sie sich abgesprochen, tauchte ein zweiter Hund auf. Es war ein kleiner Mischling und nicht annähernd so schnell wie der Beagle. Der zottelige Kläffer hatte nur drei Beine und humpelte ausgerechnet auf die aufgebrachte Edith zu.

»Guck mal, der arme Hund! Dem fehlt ein Bein«, rief ich erschrocken.

»Und auch ein Auge«, tönte Edith erbost. Der kleine Hund hinkte mit dem ihm möglichen halbblinden Schwung vor ihr Schienbein und schüttelte sich benommen. Edith stand wie angewurzelt, ihr Atem ging wieder stoßweise. Immerhin besaß der Hund noch eine funktionierende Schnauze, mit der er sogleich auf dem Boden herumschnüffelte. Als er den zweiten weißen Turnschuh witterte, biss er sogleich hinein. Zähne hatte er offenbar noch. Edith erwachte aus ihrer Schockstarre, griff blitzschnell mit der einen Hand den Schuh, mit der anderen ihren Turnbeutel und drosch auf den kleinen Schwerbehinderten ein.

»Edith, spinnst du?«, schrie ich, doch Edith schlug weiter zu, während der Schuhdieb seinerseits keine Anstalten machte, den mühsam erbeuteten Fang loszulassen.

Ich sprang zwischen die beiden ungleichen Kämpfer und entriss Edith den Turnbeutel.

»Der kommt doch sowieso keine zwei Meter weit«, brüllte ich Edith an.

Im selben Moment ließ der Hund den Schuh aus seinem Maul fallen und humpelte jaulend davon.

Wir schauten uns um, doch weit und breit gab es kein Herrchen zu diesem tierischen Bonnie-und-Clyde-Verschnitt.

»Halt du nur zu der giftigen Töle! Wenn ich den Besitzer finde, kriegt der ’ne saftige Anzeige!«, meckerte Edith und verstummte beleidigt.

Windböe

Nachdem wir uns im Verlag umgezogen und unsere Arbeitsplätze eingenommen hatten, begannen wir schweigend mit der Erfüllung unserer Aufgaben – jede auf ihre Art: Edith las eine Fachzeitschrift über Reiseliteratur, und ich packte mein Lunchpaket aus.

Es klopfte, und ich übernahm das förmliche »Herein«.

Alan öffnete zögerlich die Tür, und zwei zu lange Blicke flogen sich überkreuzend durch den Raum.

»Na, ausgeschlafen?«, erkundigte er sich und zwinkerte kurz. Nicht nur der Wärmegrad meiner Füße war inzwischen weit höher als auf Betriebstemperatur gestiegen.

Edith ließ ihr Fachblatt fallen und starrte zwischen Alan und mir hin und her.

»Ja, ich habe gut geschlafen, aber vorher habe ich noch richtig fett gegessen«, antwortete ich stolz. »Ich hatte einen Mordshunger. Nudeln.«

»Kohlenhydrate, die sind gut nach so einem Erlebnis.«

Edith schaute kopfschüttelnd zurück auf ihre Zeitschrift. Plötzlich beendete sie ihr Schweigegelübde.

»Falls ihr was zu besprechen habt, geht doch bitte in den Pausenraum oder sonst wohin. Ich muss mich hier wirklich konzentrieren.«

»Trifft sich gut«, stimmte Alan freudig zu. »Trixi, wenn du Zeit hast, komm doch einfach mit in mein Büro. Ich bin heute allein und habe etwas mit dir zu besprechen.«

Augenblicklich zitterten mir die Knie.

Ich schnappte mein Lunchpaket und freute mich. Wir gingen zu ihm.

»Alan?«

»Ja?«

Auf dem Weg zu seinem Büro marschierten wir relativ wortkarg nebeneinander her.

»Das mit gestern tut mir wirklich leid. Ich hatte den ganzen Tag nichts gegessen und war völlig durcheinander.«

»Ist schon o. k. Hauptsache, du bist wieder fit. Du musst mir auch nichts erklären wegen des Autos und so. Das geht mich gar nichts an.«

Ich war erleichtert, obwohl ich ihm aus irgendeinem Grund am liebsten mein ganzes Leben erzählt hätte. Dann konnte ich endlich die Frage stellen, die mich schon seit Tagen bewegte.

»Dein Name, der klingt so englisch. Ich wundere mich nur, dass du überhaupt keinen Akzent hast.«

»Ich bin ja auch kein Engländer. Ich bin ein halber Ire.«

»Und die Iren haben keinen englischen Akzent?«

Fiel mir eigentlich nichts Trotteligeres ein?

»Na ja, für gewöhnlich sprechen wir auch Englisch, und einige von uns beherrschen sogar noch Gälisch. Ich kann leider nur ein paar Brocken. Aber um deine Frage zu beantworten, mein Vater ist Ire, meine Mutter ist Deutsche und ich lebe seit meiner Geburt in Deutschland. Wenn du möchtest, könnte ich mir aber einen englischen Akzent zulegen. Findest du das aufregend?«

Alan schaute mich eindringlich an.

»Das kommt drauf an.«

Plump, plumper, am plumpesten. Kommando-Flirten war normalerweise kein Problem, aber Alan verunsicherte mich. Ich wollte mich nicht blamieren, tat es aber ununterbrochen. Bevor es noch peinlicher wurde, musste ich mich bremsen. Aber wie?

Alan besorgte uns zwei Tassen Kaffee, und wir betraten das Grafikbüro.

Ich schluckte, denn ich sah Bildschirme, die größer waren als die Leinwand in unserem Programmkino, coole Kunstdrucke und Bilder schmückten die Wände – alles top stylish, sogar die Drucker. Das war das schönste Büro, das ich je gesehen hatte.

»Also, Trixi. Wie weit bist du mit der Chronik?«

Die Chronik war ja auch noch da. Ich fühlte mich ertappt, setzte mich neben Alan an den stilvollen Besprechungstisch und biss ausweichend in mein Butterbrot.

»Ich fammle immer noch Informafionen«, gestand ich mümmelnd. »Warum fragft du?«

»Na ja, so langsam solltest du dich für einen Layout-Typ entscheiden.«

»Layout-was?«

»Na, du musst dir überlegen, wie die Chronik aussehen soll.«

»Wieso ich?«, fragte ich unsicher.

»Das ist hier immer so. Wenn ein Redakteur ein Projekt übernimmt, dann erwartet Bellersen innerhalb von zwei Wochen erste Musterseiten.«

»Davon hat er mir nichts erzählt. Ich dachte, ich muss nur den Text schreiben.«

Mir war schleierhaft, was Alan von mir wollte.

»Also, pass auf. Wir beiden überlegen uns zwei verschiedene Layouts, ich gestalte sie und setze dann deine ersten Texte in die beiden Entwürfe ein. Dann kann Bellersen entscheiden, welches Layout ihm besser gefällt.«

»Ahaaaa. Kapiert. Hast du schon eine Idee?«

Bloß nicht noch eine Blamage, nur weil ich keine Ahnung hatte, wie das Layout der ollen Chronik aussehen sollte.

»Ich habe mir schon Gedanken gemacht. Wir können zum Beispiel etwas Klassisches nehmen. Alles in Dunkelrot oder Braun und dazu eine verschnörkelte Schrift. Extrem angepasst an das Corporate Design.«

»Korbwie?«

»Das Erscheinungsbild des Verlags. Könnte mir vorstellen, dass Bellersen darauf abfährt. Das Ganze könnte aussehen wie die *New York Times* in Buchform. Alles in Zeitungsartikeln mit knackigen Headlines.«

Ups, Alan beeindruckte mich.

»Du guckst ja so skeptisch. Hast du noch eine andere Idee?«, fragte er erwartungsvoll.

O mein Gott, wie sexy er aussah, wenn er so aufrichtig und fleißig war – und kompetent. Ich hatte viele andere Ideen für ihn, aber die hatten nichts mit der Chronik zu tun.

»Mhhh, lass mich mal überlegen. Bisher habe ich darüber noch gar nicht nachgedacht.«

»Es geht aber auch ganz modern. Mit hellen Farben und dezenten Mustern und klaren Schrifttypen. Wäre mal was anderes.«

»Ja klar.«

Auch das noch. Bis auf ein paar mickrige Wörter hatte ich noch nichts zu Papier gebracht, da sollte ich mir auch noch über die Gestaltung Gedanken machen?

Anstatt über Schriften und Farben zu entscheiden, fixierte mein hormongesteuertes Sehzentrum Alans breite Schultern und seine makellosen Hände.

»Ach ja, und dann sind da auch noch die Bilder.«

»Welche Bilder?«

»Na, alte Fotos und überhaupt alle Bilder, die in der Festschrift erscheinen sollen.«

»Muss ich etwa noch welche knipsen?«

Bei mir brannten gerade alle Sicherungen durch.

»Nein, Powalowski hortet schränkeweise Bildmaterial. Wenn du ihn fragst, macht er sich bestimmt sofort an die Arbeit und sucht dir für jedes Jahr die besten Fotos raus. Aber lass ihn bloß nicht zu Wort kommen.«

Alan lehnte sich zurück und genoss sichtlich seine Tasse Kaffee.

»Und jetzt bist du dran«, lächelte er vergnügt.

Entweder ich riss mich jetzt zusammen, oder ich stürzte mich auf ihn, um auch den Rest seines Körpers zu sondieren.

»O. k. Ich finde deine beiden ersten Ideen gut. Die mit der Zeitung und die mit der modernen Gestaltung.«

Ging doch. Ich lächelte zurück und biss voller Stolz in mein Butterbrot. Es war Zeit, das Thema zu wechseln.

»Sag mal, Alan, ich habe da eine Frage zu Paul Wiltmann.«

»Meinst du die Geschichte mit dem Zucker in seinem Tank? Ist mir schleierhaft, was das zu bedeuten hat.«

»Das finde ich auch. Weißt du, ob Paul beim Autofahren manchmal Kopfhörer trug und laute Musik hörte?«

»Wie kommst du denn darauf?«

Alan lehnte sich vor und kam meinem Butterbrot gefährlich nah. Wenn ich es jetzt an meinen Mund führte, würde er dann folgen?

»Ach nur so. Ich habe irgendwo gelesen, dass bei seinem Unfall weder Drogen noch Alkohol im Spiel waren.«

»Sag ich doch.«

Alan schien erleichtert, da er seinen Kollegen schließlich besser kannte als die meisten anderen im Verlag. Nach einer kurzen Denkpause hakte ich nach: »Meinst du, er könnte so laut Musik gehört haben, dass er den Zug nicht bemerkt hat?«

»Schwer zu sagen. Immer wenn er genervt war, schnappte er sich seinen iPod und drehte die Musik auf – und zwar richtig laut.«

»War er denn am Abend des Unfalls genervt?«

»Keine Ahnung. Er war wegen der Programmkonferenz ziemlich im Stress, und ich weiß, dass am späten Nachmittag eine Redaktionssitzung stattfand, an der Paul teilnehmen musste. Danach ist er vielleicht noch ins Backstone gefahren. Donnerstags haben wir uns da oft getroffen, aber an diesem Abend hatte ich keine Zeit.«

Alan wurde plötzlich traurig, seine eisblauen Augen tauten.

»Wenn ich nicht noch unbedingt hätte trainieren wollen, wäre Paul vielleicht noch am Leben.«

Ich wusste nicht, was ich antworten sollte. Am liebsten hätte ich meine Hand auf seine gelegt. Prompt fielen mir noch weitere romantische Möglichkeiten ein, ihn auf meine Weise zu trösten. Ein tiefer Seufzer kam aus seiner Brust, und ich lächelte ihn unsicher an.

»Darf ich dich noch etwas anderes fragen?«

»Klar.« Alan hatte sich gefasst und richtete sich auf.

»Gab es hier im Verlag noch andere Todesfälle?«

»Und wie! Jede Woche kratzt hier einer ab. Man weiß nie, wer der Nächste ist.«

Ein kurzes Lächeln erhellte sein umwerfendes Gesicht.

»Mal im Ernst. Ich habe einen anonymen Anruf erhalten.«

»Wie bitte? Du? Hier bei der Arbeit? Hat dich jemand bedroht?«

»Bedroht nicht gerade. Das war so eine verzerrte Stimme, die meinte, dass ich auch die anderen Toten nicht vergessen sollte. Riekert und Sander oder so ähnlich.«

»Wie strange ist das denn?«

Wow, Alan sprach englisch – ein Wort reichte, und ich schmolz dahin.

»Es gab da eine Sanders in der Redaktion. Die hat sich umgebracht. Keine Ahnung, warum. Und Riekert kenn ich nicht. Moment, oder meinst du Rieken? Ich glaube, so hieß ein ehemaliger Hausmeister. Der ist ganz tragisch beim Antennenausrichten auf dem Dach abgerutscht. Armer Kerl.«

»Klingt ja nicht gerade spannend, oder?«

Mit diesen Informationen konnte ich nicht allzu viel anfangen.

»Aber warum ruft dich jemand an?«, hakte Alan nach. »Ist das ein irrer Mörder, der will, dass du ihm auf die Schliche kommst?«

»Ich dachte, das könntest du mir vielleicht sagen«, fragte ich.

»Guten Morgeeen.« Zeitgleich mit einem forschen Klopfen wurde die Bürotür aufgestoßen, und Frau Heyster stolzierte herein.

Die Chefsekretärin stellte sich kerzengerade vor den Tisch und sah auf mich herab.

»Hier sind Sie also! Herr Bellersen lässt fragen, wie es Ihnen geht. Wie ich sehe, sind Sie wieder wohlauf?«

Ich wusste nicht, warum, aber irgendwie hatte die Frau etwas Strenges und Herzliches zugleich. Auf meiner persönlichen Sympathieskala konnte ich sie beim besten Willen weder unten noch oben einordnen. Mit ihrer bewundernswerten Professionalität pendelte sie stolz im neutralen Mittelfeld.

»Es ist alles wieder o. k., Frau Heyster. Und, ähm, sagen Sie, wie geht es Frau Strowe?«

Auch wenn ich es lieber nicht wissen wollte, der Höflichkeit halber musste ich fragen.

»Sie hat nur leichte Prellungen am Bein und an der Hüfte. So schnell kommt Frau Strowe nicht unter die Räder. Dazu hätten Sie schon einen Radlader haben müssen.«

Ein winziges Zucken hob ihren rechten Mundwinkel für einen kleinen Augenblick nach oben.

Mir fiel eine komplette Steilküste vom Herzen.

»Da bin ich aber froh«, antwortete ich beflissen. »Ich werde gleich bei ihr vorbeischauen und mich entschuldigen. Außerdem hat sie noch eine Aufgabe für mich.«

»Vielleicht warten Sie bis heute Nachmittag. Frau Strowe ist noch ziemlich aufgebracht und sprach davon, Sie anzuzeigen.«

Mir verschlug es die Sprache.

»Möglicherweise hat sie sich nach dem Essen wieder beruhigt. Nur ein kleiner Tipp meinerseits.«

Frau Heyster schob ihre Brille zurecht und verabschiedete sich.

»Eine Anzeige? Ich habe sie doch nicht absichtlich angefahren.«

»Lass mal, Trixi. Ich rede gleich mit ihr. Eine Anzeige ist doch völliger Blödsinn. Manchmal muss man Yvonne einen Eimer Realität über den Kopf schütten, um ihr hitziges Gemüt abzukühlen. Ich kenne sie.«

Ich stellte mir seine Idee bildlich vor und musste lachen.

Alan stand umständlich von seinem Stuhl auf. Dabei berührten sich die Außenseiten unserer Oberschenkel. Meiner begann zu kribbeln. Mit welcher Energie war dieser Mann geladen?

»Ich muss jetzt die nächste Verlagsvorschau layouten. Wir sehen uns dann später, Trixi!«

Auch ich stand umständlich auf. Am liebsten wäre ich bei ihm geblieben, so wohl fühlte ich mich in seiner Gegenwart.

»Ciao, Alan.«

Wie benommen wandelte ich zurück in mein Büro.

Hätte ich gewusst, was mich an diesem Tag noch erwartete, wäre ich tatsächlich besser im Grafikbüro sitzen geblieben.

»Bist du eigentlich vollkommen durchgeknallt?«

Edith lief vor ihrem Schreibtisch auf und ab. Sie schwitzte und schüttelte ihr kleines Fliegenpilzköpfchen so, als wolle sie sich damit Abkühlung verschaffen.

Ich war relativ gelassen, denn ich hatte keinerlei Vorstellung, was ich angestellt haben sollte.

Sie begann hektisch, in ihren Schubladen zu kramen.

»Warte, ich hab's gleich!«

Kram. Schublade zu, Schublade auf. Kram. Nächste Schublade.

»Hier steht's.«

Edith zog ein vergilbtes Blatt hervor und hielt es mir unter die Nase. Als ich es nehmen wollte, riss sie es blitzschnell zurück und begann vorzulesen.

»Auszug aus der Hausordnung, Paragraph 21: Beziehungen unter Mitarbeitern, Kollegen und Vorgesetzten, die über das innerhalb freundschaftlicher Verhältnisse normale Maß hinausgehen, sind zu unterlassen.

Wenn Tendenzen zur Entwicklung einer sexuellen Beziehung erkennbar sind, obliegt es einem/einer der jeweiligen Partner/-innen, die Beziehung zu beenden oder den beruflichen Wirkungskreis zu wechseln. Ein Verstoß gegen diesen Paragraphen kann zu einer fristlosen Kündigung führen.«

Edith pfefferte mir das Blatt vor die Nase und stemmte die Hände in die Hüften.

»Ja und?«, sagte ich trotzig. Ich hatte Alan ja noch nicht

einmal geküsst. War so ein Paragraph überhaupt rechtmäßig?

»Wie, ja und? Glaubst du, ich habe nicht gesehen, wie du Alan anschmachtest? Hat Bellersen dir beim Einstellungsgespräch nicht gesagt, dass er keine Pärchen duldet?«

»Nein, hat er nicht! Außerdem sind wir kein ›Pärchen‹.«

In was für einen spaßlosen Haufen war ich hier bloß hineingeraten?

»Das hörte sich vorhin aber ganz anders an. *›Gut geschlafen?‹*, *›Mordshunger‹*. Euer Tempo ist nicht schlecht dafür, dass ihr euch erst seit ein paar Tagen kennt.«

Da hatte Edith sich aber einiges zusammengesponnen.

Ich erzählte ihr von meinem kleinen Unfall und dass Alan mich lediglich nach Hause begleitet hatte. Von meinen Ideen zur Trauerbewältigung erzählte ich nichts.

Edith beruhigte sich langsam.

»Ich kann dich trotzdem nur warnen, Trixi Gellert. Alan ist außerordentlich nett – zu JEDER Frau!«

Was sollte das nun wieder bedeuten?

»Die jüngeren Kolleginnen sind alle ganz verrückt nach ihm. Auch Yvonne Strowe hat es schon mal geschafft.«

Das hatte ich ganz vergessen.

»Die beiden waren letztes Jahr kurz zusammen. Und da gab es nur zwei Möglichkeiten. Einer von beiden hätte sich einen neuen Job suchen müssen oder Trennung.«

»Und nur wegen der Arbeit haben sie sich getrennt? Dann war die Liebe wohl nicht so groß.«

Meine Güte, warum waren hier alle so kompliziert?

»Ich würde sagen, die Vernunft hat gesiegt. Alan hat die Beziehung beendet. Aber das Flirten kann er trotzdem nicht lassen. Der bringt sich noch mal in gewaltige Schwierigkeiten. Bellersen und Frau Heyster passen da auf wie die Luchse.«

Ups.

»Danke für die Belehrung«, brummte ich und machte mich an die Arbeit.

Ich dachte nicht darüber nach, dass eine Liebe am Arbeitsplatz in diesem Betrieb verboten war, sondern über Alan und Yvonne. War Alan vielleicht kurzzeitig erblindet, oder hatte Yvonne sich mit ihrer herrischen Alphamasse Alans Gutmütigkeit zunutze gemacht? Ich wollte mir jedenfalls nicht vorstellen, dass Alan sich ernsthaft in sie verliebt haben könnte.

Frustriert wagte ich einen neuen Arbeitsanlauf. Dabei blätterte ich lustlos in den verstaubten Ordnern und versuchte, die wichtigsten Eckpunkte der Verlagsgeschichte zu skizzieren.

Mit nur siebenundzwanzig Jahren hatte Benno Bellersen 1960 einen kleinen Verlag für Reiseführer gegründet. Nachdem die mageren Nachkriegsjahre überstanden waren, entwickelte sich der erste Wohlstand. Bellersen erkannte, dass die Menschen anfingen, in ihrer wertvollen Urlaubszeit das Weite zu suchen.

1962 hatte er die Königsidee: *Weltenbummler Bellersen*, eine Reiseführerreihe für die ersten zahlungskräftigen Kunden mit Fernweh. Die Idee schlug in den Wirtschaftswunderzeiten ein wie ein Meteorit und brachte dem Verlag Erfolg und Reichtum.

Auf den vergilbten Fotos stand ein dicklicher Mann, der, wie viele Männer seiner Zeit, älter aussah, als er war. Sein Sohn Bernold hatte dieses Vermögen erfolgreich bis in die nächste Generation getragen.

Benno Bellersen schien ein Patriarch der alten Schule gewesen zu sein. Kein Foto, auf dem Bellersen nicht stolz und selbstbewusst in die Kamera grinste. So wie es schien, waren alle Ideen auf seinem Mist gewachsen. Bellersen, der erfolgreiche Unternehmer, Bellersen, der Autodidakt unter den Verlegern, der vom Konzept bis zur Gestaltung alles selber machte, sogar die Fotos der Buchreihe. Bellersen erhält das Bundesverdienstkreuz, Bellersen tätschelt einem verschüchterten Auszubildenden väterlich den Rücken. Dieser Mann musste ein Allroundgenie gewesen sein.

»Sag mal, Edith, hast du nicht Benno Bellersen noch kennengelernt?«

Vielleicht konnte sie mir mehr über diesen Mann erzählen.

»Bitte?«, fragte Edith abwesend. Sie war schon wieder in die Lektüretiefsee abgetaucht.

»BEENNO BELLERSEN! Der Alte!«, bohrte ich ungeduldig nach.

»Nicht in diesem Ton«, maßregelte Edith mich. »Nenn Benno nicht den Alten, das klingt verunglimpfend.«

Edith, die sprechende Mimose. Sie hatte einen eigenen Eintrag in einem Pflanzenlexikon verdient.

»Benno war ein ganz besonderer Mensch.«

Edith blinzelte aus dem kleinen Fensterchen. »Er war schlau, geistreich und ein echter Gentleman.«

Hatte sie das nicht schon einmal erwähnt? Sollte ich etwa in die Chronik schreiben: Benno Bellersen war ein toller, altmodischer Hecht? Wie konnte ich geschickt von Ediths Schwärmereien ablenken?

»Er ist ziemlich jung gestorben, nicht wahr?«

»Viel zu früh! Das war ein harter Schlag. Er war doch erst dreiundsechzig.«

»Woran ist er denn genau gestorben? Ich weiß nur, dass es ein Unfall oder so etwas war.«

»Ja, ein ganz besonders tragischer dazu. Es passierte im

Urlaub. Benno war ein großer Nordsee-Fan und für ein paar Tage auf Wangerooge. Dort hatte die Familie Bellersen eine Ferienwohnung. Seit dem Tod seiner Frau Inge fuhr er jedes Jahr mehrmals dorthin.«

»Hatte er einen Herzinfarkt, oder ist er vom Fischkutter gefallen?«

Ein bisschen Aufheiterung konnte nicht schaden. Doch Edith war nicht zu Scherzen aufgelegt.

»Er wurde von einem Baugerüst erschlagen. Und das war alles andere als witzig, meine Liebe.«

»Wie konnte denn das passieren?«

»Ich weiß es nicht. Jedenfalls kam Bernold kurz nach dem Unfall in den Verlag und erzählte, dass das Haus, in dem die Ferienwohnung lag, zu der Zeit für Renovierungsarbeiten eingerüstet war. Außerdem tobte ein schlimmer Herbststurm. Eine Windböe hatte einen Teil des Gerüsts losgerissen.«

Stiegen Edith gerade Tränen in die Augen?

»Bernold meinte, sein Vater hätte keine Chance gehabt. Woher er das wusste, ist mir ein Rätsel, schließlich war er ja nicht dabei. Benno fuhr immer allein an die See – um abzuschalten von seinen vielen Aufgaben. Und kaum war sein Vater tot, was tat Bernold?«

»Keine Ahnung. Eine Beerdigung organisieren?«

»Ja, natürlich, aber ich meine hier im Verlag. Einen Tag nach dem Tod seines eigenen Vaters stellte er sich vor die versammelte Belegschaft und übernahm alle Geschäfte.«

»Na ja, hatte er eine andere Wahl? Es musste doch weitergehen. Sonst hättet ihr doch womöglich eure Arbeit verloren, oder?«

»Ja, das schon, aber er zeigte augenblicklich fertige Organigramme und übernahm mit sofortiger Wirkung alle wichtigen Funktionen selbst.«

»Das nennt man führungsstark«, antwortete ich und ahnte, dass Edith meine Meinung nicht teilte.

»Ach was, Bernold hatte keinen blassen Schimmer von der Verlagsarbeit. Hast du mal eines seiner Vorworte gelesen? Stümperhaft. So ein Geschwafel hätte Benno niemals geduldet.«

Plötzlich bemerkte Edith, wie sehr sie sich echauffierte, und schaute sich um.

»Trixi, das behältst du aber alles für dich, o. k.?«

»Kein Problem. Aber sag mal, war Benno denn wirklich so ein Multitalent? Hat er damals im Verlag alles selbst gemacht?«

»Genau das hat er, Trixi. Als ich nach meinem Studium hier anfing, ist mir sofort aufgefallen, dass er von allen Bereichen eine unglaubliche Ahnung hatte. Das war zutiefst beeindruckend.«

Ist ja gut, Edith.

Würgegriff

Nach diesem ausführlichen Interview war Edith der Appetit auf das Mittagessen vergangen. Außerdem hatte sie zu viel Zeit verplaudert und wollte ihr Arbeitspensum schaffen.

Ich dagegen war mordshungrig. Mein Magen rumorte, und ich beschloss, allein in die Kantine zu gehen. Ich wollte nur noch essen und mir ein Herz fassen.

Nach einem großen Schollenfilet mit Kartoffelpüree war es so weit. Wenn ich früh ins Wochenende starten wollte, musste ich es gleich hinter mich bringen. Gestärkt und wagemutig schritt ich durch die dunklen Gänge, stieg die ausgetretenen Stufen hinauf und erreichte mit klopfendem Herzen die Chefetage. Eine gezwungene Entschuldigung auszusprechen und eine kleine Aufgabe mitzunehmen, war das Ziel meines Besuchs bei Yvonne Strowe.

Ich klopfte und wartete höflich. Keine Antwort.

Dann eben nicht, dachte ich erleichtert. Guten Willen hatte ich gezeigt, die Aufgabe konnte gern bis Montag warten.

»Da ist ja unsere große Aushilfstippse!«

Ich drehte mich um, und Miss Piggy stand in voller Breite vor mir.

»Dachte schon, dass Sie gar nicht mehr kommen. Dann hätten Sie Montag auch nicht mehr im Büro erscheinen müssen. Schade.«

»Also, Frau Strowe, das –«

»Frau Strowe, Frau Strowe«, äffte sie mich nach.

Für einen kurzen Moment bereute ich, dass ich beim Ausparken nicht mehr Gas gegeben oder die Stoßstange des Jaguars kein serienmäßiges Bolzenschussgerät aufzuweisen hatte.

»Kommen Sie rein und halten Sie einfach die Klappe. Ich bin stinksauer!«

Und stinkzickig, dachte ich trotzig.

»Sie haben Glück. Alan hat mich überredet, Sie nicht anzuzeigen. Dafür hat er zu gegebener Zeit noch etwas bei mir gutzumachen.«

Mit einem süffisanten Lächeln ließ sie sich in ihren Bürosessel fallen. Ihr Rock war so kurz, dass ich darunter Strümpfe mit Strumpfhaltern erkennen konnte. Selbst bei Pippi Langstrumpf sah so ein Ensemble eleganter aus als bei dieser zeternden Hormonschleuder.

»Noch mehr Stress kann ich im Moment wirklich nicht gebrauchen. Normalerweise bin ich nicht so großzügig, aber ... ach was, ich will und kann meine Zeit mit Ihnen einfach nicht vergeuden.«

Meine Nasenflügel bebten. Ich hatte Mühe, meinen Selbstverteidigungstrieb zu unterdrücken. Während sie in einem Stapel Unterlagen blätterte, stellte ich mir vor, wie umständlich sie mit den Strapsen hantieren musste, wenn sie auf die Toilette ging.

»So, da ist es, Fräulein Trixi.«

Das wurde ja immer schöner.

Fräulein Yvonne stand auf und drückte mir einen fetten Ordner in die Hand.

»Das sind Produktinformationen zu allen neuen Buchtiteln, die in diesem Herbst erscheinen. Ich möchte für jedes Buch eine fertige Pressemitteilung und einen knackigen Werbetext für unsere Internetseite – bis Montag!«

Ein maskenhaftes Lächeln zog tiefe Furchen in ihr Make-up. »Achtundzwanzig Titel sind ja nicht viel für eine schreibfreudige Journalistin wie Sie! Das machen Sie doch mit links.«

Sie stöckelte zu ihrem Garderobenständer und schaffte es, demonstrativ ein Bein nachzuziehen. Dann zupfte sie ihren Trenchcoat vom Haken und warf grundlos ihre blonde Mähne hin und her.

»Nach dieser bombastisch schlechten Woche habe ich mir ein bombastisch schönes Wochenende verdient. Und in Ihrer Nähe ist es mir sowieso zu gefährlich. Sie sollten lieber im Büro bleiben, anstatt Ihre Mitmenschen in Gefahr zu bringen.«

Mit einem Ruck zog sie die Tür auf und zeigte mir den Weg hinaus.

Im Treppenhaus bekam ich einen Schweißausbruch. Ich japste nach Luft. Wie ein praller Luftballon war ich kurz vorm Platzen. So konnte ich nicht an meinen Arbeitsplatz zurück, denn ich hätte meine Wut womöglich an der armen Edith ausgelassen oder den Ordner mit Miss Piggys Unterlagen angezündet und das ganze morsche Verlagshaus in Brand gesetzt.

Zuerst übergab ich mich in die Toilette. Um meinem Zorn selbstmitleidig noch etwas mehr Nachdruck zu verleihen, drückte ich noch einige Tränen heraus. So fühlte es sich also an, wenn man jemanden zum Kotzen fand.

Als nichts mehr kam, spülte ich ab und hockte mich erschöpft auf die Klobrille. Mit einem lauten Schluchzen tupfte ich meine Tränen trocken und fand nicht nur Yvonne Strowe zum Würgen. Ich hasste den Job, fühlte mich gefangen in diesem Verlies aus staubigen Büchern, verfluchte

Betty und ihre neue Busenfreundin Sybille und vermisste meine Eltern. Und was war mit Alan? Wollte dieser Schönste aller Schönen mehr von mir? Unter normalen Umständen hätte ich nicht eine Sekunde gezögert, mich von diesem Mann erobern zu lassen, ach was, ich hätte den ersten Schritt gewagt und zwar mit vollem Körpereinsatz. Doch die Umstände waren nicht normal. Keine Freundschaft am Arbeitsplatz, eine sadistische Exfreundin, ein namenloser Telefonfreak und irgendjemand, der mir wegen Falschparkens einen Denkzettel verpassen wollte. Wie sollte ich weiterleben, und vor allem wovon?

Ich wickelte eine halbe Rolle Toilettenpapier ab, um mich zu schnäuzen, als ich hörte, dass jemand zur Tür hereinkam und ausgerechnet die Toilettenkabine neben mir ansteuerte.

Bloß nicht mehr schluchzen, zwang ich mich aus meinem sanitären Selbstmitleidssumpf und hielt mir das Papierknäuel vor den Mund.

»So, heute warst du aber wirklich fleißig, meine Liebe. Da darfst du jetzt guten Gewissens austreten.«

Kein Zweifel, Edith.

Ich blieb still sitzen. Offenbar hatte sie nicht bemerkt, dass die Kabine neben ihr besetzt war.

»Puuuh, den unangenehmen Geruch ausatmen und dann nicht nur das Chi fließen lassen.«

Auf der einen Seite der Kabinenwand murmelte Edith leise vor sich hin, während auf der anderen Seite der Wand eine heulende Aushilfe hockte, die am liebsten lautlos durch das Abwassersystem von dieser Welt verschwunden wäre.

Wie immer hatte die misstrauische Edith ihre Handtasche mit zur Toilette genommen und ließ diese mit einem Seufzer auf den Boden plumpsen. Ich kannte ihre Angewohnheit bereits, denn Edith witterte überall Gefahr. Sie hätte ihre Tasche niemals unbeaufsichtigt im Büro gelassen.

Beim Plumpsen musste versehentlich ihre Tasche umgekippt sein, denn unter der Kabinenwand fielen ihr Lippenstift und ein paar Bons und Zettel heraus.

»Igittigitt, meine Liebe«, schimpfte Edith mit sich selbst, »du bist ja so überarbeitet, dass du schon die Tasche fallen lässt und alles auf diesen bakterienverseuchten Boden fällt.«

Wirklich, arme Edith. Ich schaute auf den Boden und überlegte. Sollte ich lieber anonym sitzen bleiben oder hilfsbereit ihre Utensilien unter der Wand zu ihr zurückschieben? Dann hätte sie bemerkt, dass jemand neben ihr war. Auch wenn sie gewusst hätte, dass ich es war, diese außerbürolichen Selbstgespräche waren ihr peinlich. Außerdem wollte ich nicht, dass sie mich beim Hinausgehen in meinem verheulten Zustand sah.

Mit einer hektischen Handbewegung versuchte Edith, alle Ausreißer unter der Trennwand hindurch auf ihre Seite zu fischen.

Ein Zettel war besonders weit in meine Kabine geflogen. Selbst wenn Edith Schimpansenarme hätte, konnte sie ihn nicht erreichen. Ich hob den Zettel auf, und bevor ich ihn für sie zum Greifen nah an die Kabinenwand legen konnte, schielte ich auf das Blatt. Mit krakeliger Schrift waren nur wenige Zeilen darauf geschrieben.

»Müssen uns dringend treffen. Sa. Abend, 19.30, Backstone, A.«

Backstone? Edith? Was war denn das für eine Geheimbotschaft? Das knittrige Papier erinnerte mich an die Briefchen, die ich mit meinen Freundinnen in der Grundschule durchs Klassenzimmer geworfen hatte. Mucksmäuschenstill legte ich den Zettel auf den Boden. Edith fingerte immer noch meckernd unter der Wand herum und bekam das Papier zu fassen. Ich wagte kaum zu atmen.

Nachdem Edith die Toilette verlassen hatte, blieb ich sicherheitshalber weitere fünf Minuten in meinem gekachelten Versteck. Mit dem mir noch im Kopf verbliebenen Restverstand versuchte ich fieberhaft, den Sinn der kleinen Notiz zu ergründen.

Hatte Edith ein Date? Das wurde aber auch Zeit. Soweit ich wusste, war Edith schon lange Single. Doch die Form des Zettels und die krakelige Schrift wirkten nicht wirklich wie eine romantische Liebesbotschaft. Andererseits war Edith eine Freundin klarer Ansagen und vor allem altmodischer Konversation, und ein verstohlenes Zettelchen gehörte zweifellos dazu. Vielleicht war Edith im Arbeitsleben eine fleißige Arbeitsbiene, doch in ihrer Freizeit brummte sie auf der Suche nach der großen Liebe durch die Kneipen und hatte endlich das ersehnte Rendezvous mit einem hübschen A.

Alan?

Wohl kaum. A.s gab es doch unzählige. Albert, Andreas, Arnd, Arend, August, Armin, Anton. Sicherlich hatte Edith keine romantische Verabredung mit Alan. Einen stürmischen One-Night-Stand der beiden konnte ich mir bei aller Phantasie nicht vorstellen, schließlich sah ich, wenn überhaupt, nur mich in der weiblichen Hauptrolle.

Wie konnte ich herausfinden, was es mit dieser Verabredung auf sich hatte? Ob Alan sich mit Edith treffen wollte? Stand er vielleicht nicht nur auf Miss-Piggy-Typen, sondern wollte seine Sammlung um eine reifere, schrullige Trophäe erweitern? Edith konnte ich schlecht fragen. Ich stopfte das vollgeschluchzte Toilettenpapier in die Schüssel. Mit einer Idee im Hinterkopf spülte ich ab und eilte an meinen Arbeitsplatz.

Hi, Alan, was macht die Kunst? T.

Viel zu tun. Und bei dir? Keine weiteren Verletzungen? Wenn doch, sag Bescheid, für dich lass ich mich gern zum Arzt umschulen. A.

Wollen wir uns morgen Abend treffen? So gegen acht? T.

Sorry, bin den ganzen Tag unterwegs und abends verabredet. A.

Enttäuscht schloss ich das Mailprogramm und fühlte mich hundeelend. Alans Frage, die kurz darauf in meinem Maileingang landete, konnte ich nicht mehr lesen.

Wie wär's mit Sonntag?

Ich starrte auf den schweren Ordner auf meinem Schreibtisch. Mir blieb nichts anderes übrig, als es Edith gleichzutun und mich in die Arbeit zu stürzen. Wütend schlug ich den Ordnerdeckel auf.

Edith fuhr erschrocken herum.

»Sag mal, Trixi. Irgendwie riecht es hier säuerlich.«

Wumms

Am nächsten Morgen erwachte ich mit einem gehörigen Muskelkater. Besser gesagt, mit Schmerzen, die sich anfühlten wie Muskelkater. Mein Nacken war vollkommen verspannt, und zwischen meinen Schulterblättern schien ein Messer zu rotieren wie eine Hilti in einer Stahlbetonwand. Solche Schmerzen waren mir bisher fremd gewesen. Schließlich hatte ich in meinem ganzen Leben noch nie so lange Zeit am Schreibtisch gesessen wie am Vortag. Bis zum frühen Abend war ich im Büro geblieben und hatte mich durch Yvonne Strowes Ordner gewühlt. Danach war ich nach Hause geradelt, hatte Florence, Gerd, Rahel und natürlich Betty keines Blickes gewürdigt und bis kurz nach Mitternacht ganze acht Pressemitteilungen zustande gebracht.

Als um zehn Uhr der Wecker klingelte, wollte ich nicht aufstehen. Die Schmerzen waren zu stark, die Mauer aus Angst und Wut gegenüber der vor mir liegenden Arbeit unüberwindbar.

Ich schlurfte in die Küche und grübelte darüber nach, wie ich diesen Tag überstehen konnte. Ich würde ARBEITEN müssen. Bei anderen hatte ich so eine Jammerei bisher immer mit einem Lächeln abgetan. *Selbst schuld*, lautete dann mein Kommentar. Doch jetzt war ich völlig unverschuldet in eine solche Misere geraten. Gab es eine Selbsthilfegruppe für Wochenendzwangsarbeiter?

Voller Groll legte ich mir einen Plan für diesen kümmerlichen Tag zurecht: Zuerst würde ich stundenlang am Schreibtisch hängen und danach Detektivin mit Hang zur Selbstzerstörung spielen. Ich musste zum Backstone fahren und ausspionieren, was es mit Ediths Verabredung auf sich hatte. Mit ansehen, wie sie sich mit Alan traf und die beiden sich nach einem anregenden Cocktail gemeinsam ein lauschiges Plätzchen suchen würden.

So tief war ich also gesunken. Das Leben der anderen war interessanter geworden als mein eigenes.

Gerade als mein Selbstmitleid zu Höchstform aufzulaufen begann, kam Betty herein.

»Guten Morgen, Schwesterlein.«

»Moin.«

»Na, gut geschlafen?«

»Hm.«

»Super, dann kannst du ja gleich einkaufen gehen. Wir haben keine Milch mehr und brauchen für heute Abend noch Nudeln und Brokkoli. Ich habe Sybille eingeladen. Dann können wir alle zusammen essen.«

»Moment mal, Betty.«

Mit einem Schlag war ich hellwach.

»Schon vergessen? Einkaufen gehört schließlich zu deinen Pflichten in diesem Haushalt. Ich fahre mit Rahel in die Stadt. Und nachher helfe ich Florence beim Fensterputzen. Habe ich ihr versprochen.«

»Tut mir leid, Betty, ich muss heute arbeiten. Ich habe noch zwanzig Texte, die ich –«

»Du hast es wirklich gut, Trixi. Wer kann sich seine Arbeitszeit schon so frei einteilen? Ein kleiner Einkauf zwischendurch sollte wohl drin sein.«

Betty schnappte sich ihr Handtäschchen und hämmerte an Rahels Zimmertür, die sich mit einem musikalischen

Geräuschpegel von gefühlten hundert Dezibel für den Stadtgang stylte.

»Und wer bezahlt den Einkauf? Etwa ich?«

Rumms. Tür zu.

Irgendwie schaffte ich es, bis zum frühen Abend weitere sechs Texte zu schreiben und den Einkauf zu erledigen. Statt Bettys Lieblingsgemüse Brokkoli besorgte ich Auberginen, von denen ich wusste, dass sie sie nicht mochte. Sollten Betty und Sybille sich doch einen konspirativen Freundinnenkochabend machen. Mit meiner Erkundungstour zum Backstone hatte ich ohnehin Besseres vor. Das Einkaufsgeld borgte ich mir von Florence.

Das Backstone war ein typischer In-Laden. Er lag mitten in der Stadt, in der Nähe des Kolbeplatzes. Früher war ich oft dort. Als ich noch studierte, verbrachte ich mehr Zeit im Backstone als im Hörsaal. Damals war das Backstone eine verqualmte Kneipe, doch nachdem vor einigen Jahren der Besitzer gewechselt hatte, wechselte auch das Publikum. Die armen Studenten suchten sich neue Pinten, denn ab dem zweiten Bier musste ein Normalo an sein Sparbuch gehen. Aber es war chic dort. Kein Zweifel. Ich mochte die Atmosphäre. »Cool und loungig«, wie Rahel immer sagte.

Zur besseren Tarnung hatte ich einen alten grauen Jogginganzug angezogen. Kurz bevor ich auf die Straße Richtung Backstone einbog, zog ich die Kapuze über meinen Kopf. Meine Sonnenbrille verhüllte den Rest meines Gesichts. Selbst meine neumongolische Mutter hätte mich in diesem Aufzug nicht erkannt. Ich trug den gleichen Gammellook wie Madonna beim Shoppingausflug.

Vor dem Busbahnhof stellte ich mein Fahrrad ab und

schlenderte unauffällig den schmalen Gehweg entlang. Zum Glück lag ein kleines bepflanztes Plätzchen genau gegenüber der Kneipe. Ich schlich durchs spärliche Unterholz und blieb lauernd hinter einem kleinen Gebüsch stehen, um einen ersten Blick auf das bunte Treiben der Gäste zu werfen. Wie ich erwartet hatte, liefen ein paar aufgehübschte Frauen vom Typ Yvonne hinein, gefolgt von frisch rasierten Männern, die ihnen galant die Tür aufhielten. Draußen standen kleine Bistrotische, doch da ein kühler Wind wehte, suchten die meisten Gäste Plätze im Inneren. Nur einige Unerschrockene genossen die letzten Sonnenstrahlen im Freien.

Und da entdeckte ich Edith. Genau neben dem Eingang saß sie allein an einem Tisch und wackelte auf ihrem Stühlchen hin und her. Sie trug ein orangefarbenes, hautenges Kleid und orangefarbene Pumps. Das Kleid war selbst für ihr sonst so modebewusstes Verständnis extrem kurz. Ein seitlicher Schlitz gewährte einen Blick fast hinauf bis zu ihrer Taille. Auch ihr Dekolleté sprach eine deutliche Sprache. Ich nahm die Sonnenbrille ab, um sie besser erkennen zu können, und traute meinen Augen nicht. Edith, die Büromaus, hatte sich tatsächlich für ein Rendezvous herausgeputzt. Mit ihrer extravaganten Interpretation einer Müllabfuhruniform passte Edith exakt in das Klischeebild einer typischen Backstonekundin. Nervös zog sie ihren Lippenstift nach, knallrot wie ihre Haare und der Ring, den sie schon beim morgendlichen Tai Chi getragen hatte.

Ach Edith, die Farben passen wieder nicht zusammen, dachte ich und schaute auf die Uhr.

19 Uhr 34 Uhr und noch immer kein Alan in Sicht.

Bitte, bitte, lass doch einen Andreas, einen Armin oder einen Anton auf der Bildfläche erscheinen, flehte ich innerlich. *Alle A.s dieser Welt, nur keinen Alan!*

Dies war mein letzter Gedanke, bevor der zerstörerische Knall das mondäne Wochenendtreiben beendete.

Wie von einem Blitz in die Augen getroffen, nahm ich den Lichtstrahl und die umherfliegenden Teile wahr. Die Explosion erschütterte die Vorderseite des Backstone und hinterließ ein erschreckendes Bild. Edith lag nur fünfzig Meter von mir entfernt neben ihrem Stuhl, bedeckt von brennenden und schwelenden Möbelstücken. Auch andere Gäste waren von den glühenden Geschossen getroffen worden und liefen schreiend umher.

Die Tür des Backstone flog auf, und die ersten Helfer stürzten heraus. Nach einem kurzen Moment der Schreckstarre sprang ich aus meinem dürftigen Versteck und rannte zu Edith. Wie nur wenige Sekunden zuvor brennende Teile flogen jetzt ohnmächtige Hilfeschreie durch die Luft.

Als ich Edith erreichte, lag sie auf der Seite und hielt ihre Arme schützend über ihren Kopf. Zum Glück. Sie lebte!

»Meine Haare brennen, tu doch einer was!«, schrie sie.

Da ihr Kopf verdeckt war, konnte ich nicht erkennen, ob ihre Haare wirklich Feuer gefangen hatten. Mit wenigen Griffen zog ich meine Sweatshirtjacke aus und warf sie über Ediths Kopf, um die Flammen zu ersticken.

»Aua«, tönte es erbost unter der Jacke hervor.

»Ich bin's, Trixi«, rief ich verzweifelt, während Edith unter meinem Feuerschutzschild strampelte.

»Ich ersticke!«

»Nein, ich lösche nur die Flammen.«

Hust, hust. Edith bewegte sich nicht mehr.

»EDITH?«

Ich zog die Jacke von ihrem Kopf, und da lag sie mit geschlossenen Augen und atmete leise hechelnd.

»Sag doch was, Edith.«

Ich wusste, man sollte Verletzte ansprechen. Bitte nicht das Bewusstsein verlieren.

»Was ist passiert?«, röchelte sie und öffnete vorsichtig die Augen.

»Ich weiß nicht. Irgendetwas ist explodiert. Hast du Schmerzen?«

»Mein Kopf tut so weh.«

Das konnte ich mir vorstellen und bekam auf der Stelle ein schlechtes Gewissen, Ediths kokelnden Schopf so unsanft auf den Boden gedrückt zu haben.

»Meinst du, du kannst dich aufsetzen?«, fragte ich vorsichtig.

»Ich bleibe lieber liegen, bis ein Notarzt kommt«, schluchzte Edith.

Plötzlich stierte sie mich an, und ihre Stimme wurde dynamischer.

»Was ist mit meinen Haaren?«

»Sieht so aus, als wären nur ein paar Spitzen angesengt.«

Ich zog es vor, ihr nicht die Wahrheit zu sagen. Ediths kurze rote Haare waren großflächig angeschmort. Dunkle Röstflecken hatten ein wildes Muster auf ihren zierlichen Schopf gebrannt – Barbie Barbecue.

»War das ein Anschlag?«

Ediths Misstrauen hatte sich zurückgemeldet. Ein gutes Zeichen.

Die ersten Martinshörner hallten durch den frühen Abend und kamen näher. Auch die anderen Verletzten wurden von Gästen und Passanten betreut und notdürftig versorgt. Mitten im wirren Tumult lag Edith wie ein kleiner leuchtender Bratapfel in meinem Arm. Ich hielt sie fest, bis der Notarzt eintraf.

»Bist du sicher, dass ich nicht mitfahren soll?«, fragte ich Edith, als der Sanitäter sie in den Krankenwagen hievte.

»Nein, nicht nötig. Dieser junge Mann scheint ein kompetenter Begleiter.«

Edith schaute den Rettungshelfer an wie einen Erlöser, und ich war froh, dass sie bis auf einen Schrecken und angeschmorte Haare glimpflich davongekommen war.

Ich hatte Ediths orangefarbene Pumps eingesammelt und reichte sie dem Sanitäter in den Wagen hinauf.

»Sagst du mir auch bestimmt Bescheid, wenn du weißt, was mit dir los ist?«, fragte ich besorgt.

Edith wirkte so klein und verletzlich zwischen den großen medizinischen Geräten des Rettungswagens.

»Ich rufe dich an. Dann kannst du mich im Krankenhaus besuchen und meine Krankmeldung im Verlag abgeben. Ach, und Trixi, danke für deine Hilfe.«

Unvermittelt richtete sich Edith noch einmal auf und blickte mich skeptisch an.

»Wieso warst du eigentlich gerade in der Nähe?«

Gute Frage. Ich winkte wortlos, und der Fahrer schloss die Tür.

Die Polizei hatte den Unglücksort abgesichert und arbeitete bereits auf Hochtouren. Ich sah mir die Verwüstung an und konnte mir keinen Reim auf einen möglichen Anschlag machen.

»Sie war im Papierkorb«, rief einer der Polizisten, während ein anderer Kollege alles fotografierte.

Wie ein neugieriges Tratschweib stand ich hinter dem Absperrband und reckte meinen langen Hals. War der Sprengsatz etwa im Papierkorb versteckt? Warum musste es immer die Unschuldigen treffen? Hatte jemand Edith in einen Hinterhalt gelockt?

Plötzlich bekam ich Angst. Nachdem ich Edith der sicheren Obhut der Sanitäter übergeben hatte, fühlte ich mich selbst schwach und begann zu zittern. Ich merkte, wie der Schreck der Explosion in meinen Gliedern nachwirkte, und wollte nach Hause. Mir war auch egal, ob die Polizei mich als mögliche Zeugin befragen wollte. Waren doch noch genug andere da, die bei der Explosion anwesend gewesen waren.

Erschöpft zog ich die wärmende Kapuze über meinen Kopf und schlich wie eine graue Katze in der Dämmerung davon.

Auf dem Weg zu meinem Fahrrad erblickte ich ihn.

Alan kam geradewegs auf mich zu. Er schaute konzentriert auf den Boden und schien intensiv in ein Handygespräch vertieft. Ich wusste, dass er mich nicht gesehen hatte.

Wie ein Zuflucht suchendes Erdmännchen wandte ich den Kopf hin und her und entdeckte einen Hauseingang wenige Meter hinter mir. Ich drehte mich um und bog ab.

Mein eben noch matt pulsierendes Blut gefror augenblicklich in meinen Adern. Mit dem Gesicht zur Tür presste ich mich in den Hauseingang. In meinem Kopf fochten Bilder und Fragen einen wirren Ringkampf aus: Alan auf dem Weg zum Backstone. Edith in ihrem gewagten Kleid davor wartend. Das Briefchen von A.

Waren die beiden tatsächlich an diesem Abend miteinander verabredet gewesen? Und wenn ja, warum? Hatten sie ein Verhältnis? Was wollte Alan von Edith? Die Explosion.

Sosehr ich mich auch bemühte, meine Gedanken fanden keine Ordnung.

Als Alan vorüber war, huschte ich aus dem Eingang und rannte so schnell ich konnte zu meinem Fahrrad.

Mit zitternden Knien stapfte ich die Stufen zur Wohnung hinauf. Als ich die Tür aufschloss, hörte ich albernes Kichern aus der Küche. Betty und Sybille schienen sich einen schönen Kochabend zu machen. Ich beschloss augenblicklich, mir einen schönen Weltuntergangsabend zu machen.

»Mensch Trixi, da bist du ja!«

Mit einem Ruck öffnete Betty die Küchentür.

»'n Abend.«

Mir war nicht nach Nudelkonversation. Ich zog meine Turnschuhe aus und schleuderte sie unter die Garderobe.

»Ist was passiert, oder warum machst du so ein Gesicht?«

Betty stand in der Küchentür und hielt ein Glas Rotwein in der Hand. Wie aus dem Nichts tauchte Sybille hinter ihr auf und winkte mir prostend zu.

»Komm doch erst mal rein. Wir kochen grade, und das Essen ist gleich fertig.«

Ach was!

»Danke nein, habe keinen Hunger!«

Konnten die beiden Neuverbündeten mich nicht einfach in Ruhe lassen?

»Stell dich nicht so an, Trixi!«

Jetzt stand auch Rahel in der Küchentür. Vielleicht sollte ich mich vor den Fernseher hängen und mir mit ihr einen stumpfsinnigen Teeniehorrorfilm nach dem anderen reinziehen. Das wäre der krönende Abschluss dieses gelungenen Tages. Doch auch Rahel schien das fröhliche Gemeinschaftskochen meiner Gesellschaft vorzuziehen.

»Also, ich freu mich schon aufs Essen. Gleich kommen auch die anderen.«

Mehr konnte Rahel nicht sagen, da es an der Wohnungstür klingelte. Sie stürzte an mir vorbei und öffnete.

Florence und Gerd. Florence trug ein Trägerkleid mit riesigen Mohnblüten darauf. Ihre Haare hatte sie zu kleinen

Zöpfchen geflochten. Dazu in jede Strähne eine Kornblume gesteckt. Wie ein wandelndes Ziergehölz stolzierte sie herein und schob majestätisch Gerd vor sich her.

Auch Gerd hatte sich fein gemacht und saß lächelnd in seinem quietschenden Zweitrollstuhl. Dieser Rollstuhl war ein altes Modell und hatte seinen festen Platz vor unserer Wohnungstür. Schließlich konnte Gerd keine Treppen hinaufrollen. Die Stufen überwand er mit einem selbstgebauten Lift, der am Geländer befestigt war.

»Vielen Dank für die Einladung«, rief er gutgelaunt und streckte Betty einen gigantischen Rosenstrauß entgegen. Eine weitere frische Blüte schielte aus seiner Hemdtasche.

»Mais oui, isch bedanke misch auch. Und! Wir freuen uns, dass wir endlisch unsere neue Bald-Mieterin kennenlernen, n'est-ce pas, Gerd?«

Waren jetzt alle durchgedreht? Beinahe war ich bei einer Explosion ums Leben gekommen, doch meine schlechte Verfassung schien hier niemand zu bemerken.

Wie die Manschette eines Blumentopfs zog sich die Muskulatur meines Halses zusammen. Irgendwie musste ich das Zittern meiner Mundwinkel unter Kontrolle bringen. Ich senkte den Kopf und überlegte, wie ich am schnellsten mein Bett erreichen konnte.

»Und wen 'aben wir denn da? Unser fleißiges Bienschen Trixi ist ja auch zu 'ause. Wenn auch nischt mehr lange.« Florence musterte mich kurz.

»Isch finde es ganz toll, dass du bald auf deinen eigenen großen Füßen stehen wirst.«

»Davon kann ich nur träumen«, scherzte Gerd.

Alle lachten, und ich stellte fest, dass niemand meine Sorgen erkannt hatte. Und was war mit Florence los? Normalerweise merkte sie sofort, wenn es mir nicht gutging.

»Endlisch wird Mademoiselle Trixi erwachsen!«, juchzte sie.

In ihrer blumigen Herzlichkeit drückte sie mich an sich. In dem Moment, als ich ihr vertrautes Parfum in meiner Nase und ihre warme knochige Umarmung an meinem Körper spürte, durchbrach meine Verzweiflung meine graue Schutzhülle.

Ich begann hemmungslos zu weinen und schluchzte ohne Pause.

Niemand sprach.

Irgendwann bemerkte ich, dass ich Florence' Haare mit meinem Tränen völlig durchnässt hatte. Blumengießen à la Trixi.

»Ich hole dir einen Fön«, winselte ich.

»Aber nein!«, entgegnete sie milde. »Vielleischt schlagen die Blumen jetzt Wurzeln. Isch schlage vor, wir ge'en jetzt in die Cuisine, und dann erzählst du mal ganz von vorn.«

Am großen Küchentisch hatte ich alles herausposaunt, was in den letzten Tagen vorgefallen war. Nur meine Schwärmerei und die Unsicherheit Alan gegenüber behielt ich für mich.

»Das ist ja alles dubios«, mischte Sybille sich ein.

Was interessierte mich der Kombinationsversuch dieser Klugschnacke?

»Finde ich auch«, fügte Rahel hinzu.

»Isch glaube, es stecken viele dunkle Machenschaften da'inter«, mutmaßte Florence.

Gerd schüttelte den Kopf.

»Wenn ihr mich fragt, so glaube ich, dass das alles nur Zufälle sind: Der zerstochene Autoreifen geht sicherlich auf das Konto übermütiger Jugendlicher ... einmal eine Bonzenkarre anstechen. Ist doch nichts Ungewöhnliches.«

»Na danke, Gerd«, prustete Rahel. »Immer auf die Kleinen.«

»Und die Explosion«, fuhr Gerd analysierend fort, »war bestimmt der Racheakt eines unzufriedenen Backstone-Kunden.«

Die hochbegabte Sybille tat ihre ganz eigene Theorie kund. »Vielleicht hat ein Lieferant die Bombe gezündet, weil er noch eine Rechnung mit dem Wirt offen hatte.«

Du bist ja eine ganz Schlaue, dachte ich, ohne Sybille weitere Beachtung zu schenken. Ging es hier um den armen Wirt oder um mich?

»Ich weiß einfach nicht, wie ich weitermachen soll«, fing ich weinerlich an zu philosophieren und knabberte ein Stückchen Brot. Ich brauchte Mitleid – und zwar so viel, dass Betty wieder mich statt der durchtriebenen Mietschmarotzerin in ihrer Wohnung haben wollte.

»Die Arbeit wächst mir über den Kopf. Ich schaffe die blöden Pressetexte nicht. Vom ersten Chronikkapitel, das ich nächste Woche abgeben soll, ganz zu schweigen! Und dann ist da auch noch Edith. Wenn ich nur wüsste, wie es ihr geht. Es ist wohl das Beste, wenn ich mich gleich zu ihr ins Krankenzimmer lege.« Schwarzsehen für Fortgeschrittene.

»Aber Trixi«, protestierte Florence, »so kennen wir disch ja gar nischt. Du bist doch sonst immer so zuversischtlisch! Lass dein Köpfschen nischt 'ängen. Isch glaube, morgen sieht alles schon wieder ganz anders aus.«

»Ich habe eine Idee!«, mischte Sybille sich wieder ungefragt ein. »Wenn du jetzt schlafen gehst, kannst du völlig entspannt zwölf Stunden pennen und morgen ganz in Ruhe schreiben.«

Ich warf das Brotstück auf den Tisch und stand auf. Als ich die Küche verließ, hörte ich die anderen noch tuscheln.

»Da hat Sybille recht.«

»Ausschlafen kann Wunder wirken.«

»Vielleicht ein bisschen zu viel für jemanden, der zum ersten Mal arbeitet.«

»Ein Prosit auf unsere Bald-Mitbewohnerin.«

Tür zu!

Wechselwirkungen

Die Sonne schien direkt in mein Gesicht. Kurz nach elf. Wirre Träume hatten meinen mehr als zwölf Stunden dauernden Schlaf durchpflügt.

Mich beschlich die dumpfe Ahnung, dass meine Mitleidsstrategie ein Rohrkrepierer war. Dann fielen mir die vierzehn Pressetexte ein, die darauf warteten, geschrieben zu werden. Sollte ich etwa nach dem missglückten Samstag auch noch den heiligen Sonntag mit Arbeit verschwenden?

Ich schlich in die Küche. Die Überreste des Verrätergelages verpesteten die Luft. Betty und Rahel schliefen noch, und ich wollte ihnen auf keinen Fall begegnen. Ein großer Kaffee und eine Schüssel Müsli weckten erste Lebensgeister.

Eine Viertelstunde später saß ich in meinem Zimmer und startete den Computer.

Sollte ich Edith anrufen? Vielleicht lag sie auf der Intensivstation und musste beatmet werden. Vielleicht hatte sie bereits eine Haartransplantation hinter sich und war nicht ansprechbar.

Die Gedanken an die leidende Edith machten mich traurig, und ich merkte, dass ich so früh am Morgen keine weiteren Hiobsbotschaften vertragen würde.

Erst schreiben, dann Edith anrufen und dann – Sport!

Um fünfzehn Uhr gab es einen Kickbox-Kurs. Wenigstens auf die Trainer im Fitnessstudio war Verlass. Wie gut, dass sie auch sonntags arbeiteten.

Ich versuchte mich zu konzentrieren und nahm mir den ersten Text vor, doch immer wieder sah ich die Bilder der Explosion vor mir. Warum musste Edith ausgerechnet neben dem Papierkorb sitzen? Hatte sie für ein lächerliches Date mit einem Playboy namens Alan ihr Leben aufs Spiel gesetzt? Neben dem Papierkorb ihres Büroschreibtisches wäre sie sicherer aufgehoben.

Und was war mit Alan? Ich bekam Herzklopfen, wenn ich nur an ihn dachte. So viel Zuneigung hatte er nicht verdient. Hatte er Edith absichtlich in diese Lage gebracht? Oder wollte er sich mit ihr treffen, eine heiße Nacht mit ihr verbringen und sie dann fallen lassen? Waren ihre Verabredung und die Explosion nur Zufälle?

Vielleicht hatte noch jemand mitbekommen, dass die beiden sich treffen wollten. Vielleicht jemand, der eifersüchtig war!

Bei dem Gedanken an die herrische Yvonne überschlug sich meine Phantasie. Warum war ich nicht früher darauf gekommen? Die hinkende Piggy wollte Alan wieder für sich. Skrupellos genug, die arme Edith auszulöschen, war sie auf jeden Fall. Hatte sie am Freitag nicht von einem bombastischen Wochenende gesprochen? In allen Einzelheiten malte ich mir aus, wie Yvonne Strowe diesen hinterhältigen Mordanschlag geplant hatte. Zu meiner eigenen Freude hängte ich noch einige Phantasiebilder an, in denen Yvonne nach einer spektakulären Verfolgungsjagd festgenommen und ihrer gerechten Strafe zugeführt wurde: Lebenslänglicher Schweinestall ohne Schönheitssalon!

Erst nach einer Stunde bemerkte ich, dass ich kein Wort geschrieben, aber vor allem keine Antwort auf meine wichtigste Frage gefunden hatte: War Alan an Edith interessiert?

Vollends verwirrt beschloss ich, erst nach dem Sport festzulegen, wie ich meine Recherche im Anschlagsfall Edith weiterführen würde.

Bis vierzehn Uhr hatte ich nur zwei Texte geschafft.

Ich suchte mein Handy, um Edith anzurufen. Zwei eingegangene SMS kamen meinem Vorhaben zuvor.

Nummer eins:

»Hallo, Trixi, schönster Sonnenschein!
Heute zusammen radeln?
Freu mich auf dich.
Ruf mich zurück. A.«

Dieser Schuft brachte mein Herz erneut an die Schnellschlagrekordmarke.

Mister A. wollte sich mit mir verabreden?

Ach ja, ich vergaß. Wahrscheinlich suchte er nach der explosiven Verabredung mit Edith sein nächstes weibliches Opfer.

Und dann auch noch Rad fahren? Das Letzte!

Alan bekam heute sicherlich keine Antwort von mir.

Nummer zwei:

»Was macht die Recherche, Frau Gellert? Depressive sind nicht zwangsläufig lebensmüde. Bis bald.«

Ach Gott, woher hatte der Schlaumeier-Anrufer meine Handynummer? Die letzte anonyme SMS war die einfallsreiche Einladung meiner Schulfreunde gewesen. Diese SMS kam sicherlich nicht von ihnen. Ich beschloss, dass heute nichts auszukundschaften war. Mein Wohlbefinden ging vor. Da musste der Gute sich bis morgen gedulden.

Ich wählte Ediths Handynummer und hoffte auf ihre Mobilbox, um sie gar nicht sprechen zu müssen. Im Krankenhaus waren Handys verboten. Wenn Edith auf der Haartransplantationsstation lag, würde sie sich sowieso keinen Hörer ans Ohr halten können. Ich könnte ihr dann eine Nachricht hinterlassen und würde nach dem Sport versuchen, im Krankenhaus anzurufen.

Zu meiner Überraschung hörte ich ein Freizeichen, und nach wenigen Sekunden meldete sich Edith.

»Hi, Edith.«

»Trixi, bist du das?«

Ihre Stimme klang leidend, trotzdem sprach sie sehr laut.

»Ja, ich bin's –«

»Lauter! Du musst lauter sprechen. Ich kann dich sonst nicht verstehen!«, brüllte sie auf der anderen Seite.

»WIE GEHT ES DIR? AUF WELCHER STATION LIEGST DU?«

»Auf keiner!«

»DU BIST NICHT IM KRANKENHAUS?«

»Nein, zu Hause.«

»SIND DEINE VERLETZUNGEN DOCH NICHT SO SCHLIMM?«, rief ich unglaublich erleichtert.

»Doch. Ich habe einige Schnittwunden, und meine Ohren sind fast taub. Das soll aber wieder weggehen. Und dann meine verbrannten Haare und nicht zu vergessen: der Schock!«

Ich hörte Edith sehr laut schluchzen. Lag das an ihrer Taubheit oder an der versengten Frisur?

»ABER WARUM BIST DU NICHT IM KRANKENHAUS GEBLIEBEN?«

»Trixi, ich bitte dich. Weißt du, was passiert, wenn ich meine Texte nicht rechtzeitig abgebe?«

»HÄ?«

Edith wollte lieber arbeiten als genesen? Dazu fiel selbst mir nichts mehr ein.

»Ich habe die Krankmeldung abgelehnt und mich auf eigene Verantwortung aus dem Krankenhaus entlassen. Die haben da absolut keine Ahnung, was es bedeutet, wenn der Hamburg-Band nicht rechtzeitig in den Druck geht. Alles Weitere erzähle ich dir morgen im Büro. Ich werde mich jetzt noch etwas hinlegen.«

Klick. Edith legte auf, und ich saß mit offenem Mund an meinem Schreibtisch.

Trotz des schönen Wetters war das YoFit gut besucht.

Als ich die schwere Holzeingangstür öffnete, betrat ich das Tor zum Trixihimmel. Laute Musik und fröhliche Menschen. Hier tobte das bunte, unbeschwerte Fitnessleben. Trixi's back in the house. Ich hatte das Gefühl, seit einer Ewigkeit nicht hier gewesen zu sein, und genoss den vertrauten Duftmix aus Schweiß, Gummimatten und Duschgel.

»Hi, Trixi. Lange nicht gesehen«, begrüßte mich Ulf, der immer gutgelaunte Chef. »Warst du krank oder im Urlaub?«

»Ich musste unheimlich viel arbeiten.«

»Du?«

Ulf hielt kurz inne. Glaubte er mir etwa nicht?

»Ja, was denkst du de–«

»War nur ein Scherz«, würgte Ulf mich lächelnd ab. »Du hast Glück. Dein Lieblingsschrank ist noch frei. Wie immer Nr. 179. Viel Spaß!«

Grinsend wippte ich zur Umkleide. Mit einem lockeren »Hallo, Mädels« begrüßte ich die anderen Sportkolleginnen und bekam sogleich ein mannigfaltiges »Hallo, Trixi«-Echo zurück.

Man hätte meinen können, die gute Laune in diesem Studio sei eine aufgesetzte Voraussetzung, um hier trainieren zu dürfen. Aber so war es nicht. Die Leute in meinem Kurs bekamen alle eine natürliche gute Laune, sobald sie das Studio betraten.

Hier war ich zu Hause. Ich wuchtete meine schwere Sporttasche auf die Bank und kramte meine Klamotten heraus.

Neben mir thronte Steffi, die ungekrönte Fitnessqueen. Wie ein längst ausgestorbenes Relikt aus vergangenen Zeiten beherrschte Steffi mit ihrem original Achtziger-Jahre-Outfit das Studio. Sie trug eine blondierte Vokuhila-Frisur, die sie unnötigerweise mit einem neonfarbenen Stirnband fixierte. Die weißblond gebleichten Haare waren zu keinem natürlichen Fall mehr in der Lage. Dazu zog sie sich ein plustriges T-Shirt über das bunte Köpfchen. Der Ausschnitt hatte den Durchmesser eines Hula-Hoop-Reifens, so dass ihr Shirt ständig verrutschte und wenigstens eine Schulter neckisch freilegte. Ich bewunderte ihren Mut in Modedingen.

Langsam begann ich mich zu verwandeln. Wenn ich meinen Sportdress anzog und die schwarzen Boxhandschuhe überstreifte, erwachte Trixi die Kampfmaschine zu neuem Leben.

Ich schnappte mir Handtuch und Trinkflasche und freute mich wie ein Kind auf die Trainingsstunde. Für den Fall, dass sich in dieser Stunde doch noch ein winziges Problem einschleichen sollte, würde ich es in Stücke schlagen.

Der Kursraum war überfüllt. Normalerweise störte mich zu großes Gedränge. Meine langen Arme und Beine verlangten nach ausreichend Platz. Da ich im Eifer des sportlichen Gefechts nicht zu bremsen war, musste ich höllisch aufpassen, keine Mitkämpfer zu treffen.

Heute war mir Enge allerdings egal, Hauptsache laute

Beats und dann nur noch treten und boxen, was die Trixi-Kondition hergab.

Pünktlich erschien Resi, die Trainerin. Ein kleines, drahtiges Sportknäuel. Warum war ich eigentlich nicht Fitnesstrainerin geworden?

Ich strahlte sie an und konnte es kaum erwarten, die ersten Takte zu hören. Wie ein Champion boxte ich ungeduldig in der Luft herum und tänzelte mich warm.

Resi warf die Anlage und meinen Adrenalinmotor an.

Leichte Schläge, ein bisschen hin und her springen, während des ersten Liedes fühlte ich mich leicht und befreit. Im wandgroßen Spiegel vor mir sah ich mich grinsen und hopsen. Mein blonder Zopf schwang von einer Seite zur anderen, und ich war wieder die Alte.

Leider hielt dieses Hochgefühl nicht lange an.

Bereits beim zweiten Lied fühlte ich eine seltsame Schwere in meinen Muskeln. Ich hatte viel zu lange pausiert. Die Schläge fielen mir schwerer als sonst. Normalerweise liebte ich es, Haken auszuteilen und mit voller Wucht in alle vier Richtungen zu treten.

Ohne Pause folgte das dritte Lied. Puh, nicht schlecht. Meine Mitkämpfer schienen noch keine Ermüdungserscheinungen zu haben. Kein Wunder, die mussten ja auch nicht wie Sklaven in einem staubigen Verlag schuften.

Als wenn dieser Gedanke das passende Stichwort gewesen wäre, wurde die Tür geöffnet.

Jemand steckte mit suchendem Blick den Kopf zur Tür herein. Die laute Technomusik ließ das Bild surreal wirken. Hatte ich Halluzinationen? Kein Zweifel: Im Türrahmen stand Alan.

Ich hopste verlegen auf der Stelle, mein Herzschlag hatte die Technobeatfrequenz überholt.

Hyper, hyper!

Alan entdeckte mich und winkte kurz. Wollte er, dass ich den Kurs verlassen und zu ihm rauskommen sollte?

Das konnte er vergessen. Und wie kam er überhaupt hierher?

Ich spielte die Unnahbare und versuchte krampfhaft, im Takt zu bleiben. Auch wenn ich Alan in diesem Moment nicht sprechen wollte, so sollte er wenigstens meinen sportlichen Kampfstil bewundern. Ich schlug härter zu und schaute mit konzentriertem Blick in den Spiegel.

Hyper, hyper! War er endlich weg?

Nein. Ich blieb standhaft. Wenn er noch länger dort wartete, würde Resi ihn rauswerfen. Sie mochte es nicht, wenn die Kurse durch neugierige Gaffer gestört wurden.

Einfach nur nach vorn schauen. Mein Atem wurde rasend, meine Bewegungen immer unkontrollierter.

»HEY, TRIXI!«

Auch das noch. Alan kam in einem schwarzen Kampfanzug direkt auf mich zu. Sein Outfit hätte selbst John Rambo in die Flucht geschlagen. Schwarze Hose, schwarze Turnschuhe und ein schwarzes, enganliegendes Tank-Shirt. Seit wann hatten Radfahrer solche Armmuskeln?

Die Musik war so laut, dass ich seine Worte kaum verstehen konnte. Ich starrte ihn strafend an. Bei seinem Anblick wurde mir jedoch schwindlig, und ich schaute wieder nach vorn. Im Spiegel konnte ich erkennen, wie alle weiblichen Blicke an Alan hingen. Doch was ich in ihnen sah, war nicht die Angst vor einem gefährlichen Kämpfer, sondern Feuer und Ekstase. Der Mann warf nicht nur mich aus der Bahn.

»WOLLTEN WIR NICHT ZUSAMMEN RAD FAHREN?«, schrie Alan zu mir herüber. Ich fuchtelte mit meinen Armen herum und verpasste den Einsatz zu einer schnellen Rechts-links-Kombination.

»NICHT DASS ICH WÜSSTE!«, schrie ich zurück.

Alan gab nicht auf. Athletisch legte er alle Schläge so hin, als wäre er Profiboxer. War er ein Naturtalent? Und warum sahen seine Bewegungen so unglaublich sexy aus?

Ende des Lieds. Kleine Pause. Was jetzt?

Alle hasteten zu ihren Handtüchern und tranken etwas.

Ich schloss mich an. Ohne Alan zu beachten, ging ich in eine Ecke und schnappte mein Handtuch, um mir den Schweiß abzuwischen.

»Was ist denn mit dir los?«, fragte Alan.

»Ja nix!«, brüllte ich zurück. Wie sollte hier und jetzt eine entspannte Konversation stattfinden?

Plötzlich riss Alan mir das Handtuch aus der Hand. Er griff beide Enden und warf mir das Tuch über den Kopf. Bevor ich reagieren konnte, zog er mich zu sich heran und küsste mich.

Ich bekam keine Luft, mein Puls explodierte. Sternchen tanzten ziellos über mein Sichtfeld.

Wummer! Wummer!

Das vierte Lied beendete unser kleines heißes Tête-à-Tête. Einige erstaunte, aber noch viel mehr neidische Blicke schossen direkt oder auf dem indirekten Weg über den Spiegel auf uns ein.

Stilikone Steffi machte eine Daumen-hoch-Geste und bewegte ihre Zunge lasziv über ihre Lippen. Ich sprang an meinen Platz zurück und begann mit holprigen Kniestößen.

Alan stellte sich wieder brav neben mich und kämpfte unbeirrt weiter.

Hilflos suchte ich Resis Blickkontakt, doch die schaute wie immer professionell in die Runde und würdigte alle

Kursteilnehmer mit gleicher Blickdauer. Alan boxte grinsend neben mir.

»DU BIST VIELLEICHT EIN SCHEISSTYP!«, schmetterte es plötzlich aus mir heraus.

Zwei imitierte Kinnhaken.

»WAS HAB ICH DIR DENN GETAN?«, grölte Alan zurück.

Ich schaute angriffslustig zu ihm hinüber. Seine Augen strahlten Ahnungslosigkeit aus. Schauspielern konnte er offensichtlich auch.

»MIR NICHTS, ABER EDITH! DIE HAST DU EINFACH IN DIE LUFT GEJAGT!«

»WAAAS?«

Vier Schritte vor, vier zurück. Sechzehn Kniestöße.

»ACH JA? GESTERN ABEND IM BACKSTONE! SCHON VERGESSEN?«

»WAS REDEST DU DA?«

Es folgten Kicks.

Zwölf nach vorn.

Zwölf nach hinten.

»ERST BAGGERST DU MICH AN, DANN VERNASCHST DU DIE ARME EDITH!«

»ICH HABE KEINE AHNUNG, WOV–«

Kick zur Seite. Déjà-vu, Trixi!

Wie einige Tage zuvor Simon, sackte diesmal Alan mit einem lautlosen Schrei zu Boden. Warum war er einfach stehen geblieben? Jetzt lag er gekrümmt auf dem schweißbenetzten Boden und hielt sich die Hände vor den Unterleib.

Resi sprang sofort herbei und versuchte zu helfen. Auch die anderen Kursteilnehmer umzingelten den gefallenen Rocky Alan Balboa.

Plötzlich tat er mir leid. Ich verspürte den Drang, mich

auf ihn zu werfen und seine Wunden auf meine Weise zu heilen.

Genauso plötzlich tauchten abstruse Bilder vor mir auf, und ich blieb wie versteinert stehen: Der Kuss, die Explosion, Sybille, Miss Piggy und sogar Bernold Bellersen drückten sich im Sekundentakt den visuellen Staffelstab in die Hände.

»Wie bist du denn drauf?«, raunzte Steffi mich an.

»Zuerst machst du dieses Prachtstück heiß, und dann trittst du ihm voll in die Eier? Sieht so euer besonderer Kick für einen erotischen Abend aus?«

Mit strafendem Blick schüttelte sie den Kopf, Haare und Stirnband ortsfest.

Zum Glück liefen im Studio jede Menge ausgebildete Ersthelfer herum. Sie brachten Alan ins Sanitäterzimmer, versorgten ihn mit einer speziellen thailändischen Prellungssalbe und legten ihm ein Kühlkissen in den ramponierten Schoß.

Als sie den Raum verließen, hielt ich ihm schuldbewusst eine große Flasche Mineraldrink hin. Geordnete Gedanken waren noch immer nicht in Sicht.

»Sorry, sorry«, stammelte ich.

»Ich hoffe, dass das keine Absicht war. Oh Maaaann, Trixi«, stöhnte Alan. Unter anderen Umständen hätten seine Laute mir besser gefallen.

Nachdem er die ganze Flasche mit einem Zug leergetrunken hatte, ging es ihm besser.

»Sag mal, warum hast du mich vorhin so angepfiffen?«, fragte Alan und wischte sich den maskulinen Schweiß aus dem Gesicht.

»Weiß nicht«, stammelte ich unsicher.

»Wie, du weißt nicht?«

Trotz seiner Blessuren schienen Alans Lebensgeister wieder zu erwachen. Ich spürte, er hatte schlechte Laune.

»Was sollte das heißen, ich hätte Edith in die Luft gejagt? Ich kapier hier gar nichts.«

Nicht schlecht, Alan beherrschte das Ausredenhandwerk.

»Du warst doch gestern Abend im Backstone, stimmt's?«, antwortete ich zickig.

»Ja, stimmt. Aber als ich eintraf, war der Teufel los. Polizei und Feuerwehr hatten alles abgesperrt.«

»Warum wohl?«, legte ich nach.

»Weil es dort gebrannt hat?«

»Gebrannt ist gut.«

Meine Halbsätze gaben mir das Gefühl, Alan in die Enge zu treiben.

»Ein Papierkorb ist explodiert. Und wen hat es getroffen? Edith. Jetzt tu doch nicht so, als wüsstest du von nichts.«

Alan schüttelte den Kopf und sah mich fragend an.

»Nein, ich weiß tatsächlich von nichts. Ist Edith etwas zugestoßen?«

»Jawohl, sie war im Krankenhaus und hat Schnitt- und Brandwunden.«

Nicht schlecht. Mister Tivendale verstand es meisterhaft, den Unwissenden zu spielen, und wagte sich sogar noch weiter vor.

»Die Arme. Aber warum war sie denn ausgerechnet im Backstone? Ich habe sie dort noch nie gesehen. Wollte sie sich zur Abwechslung mal besinnungslos betrinken?«

Das war doch die Höhe! Dreister ging es ja wohl nicht.

Es wurde Zeit für die alles entscheidende Frage.

»Na, weil ihr zwei dort gestern Abend eine romantische Verabredung hattet?«

Jetzt war es raus.

Alan ließ sich rücklings auf die Liege fallen, warf sich sein Handtuch über den Kopf und begann zu schluchzen.

Bingo! Ich hatte ihn entlarvt. Seine wohlgeformte Bauchdecke begann zu kontraktieren. In kurzen rhythmischen Bewegungen stießen seine Muskeln an den verschwitzten Stoff – ein Anblick, der mich normalerweise hätte schwach werden lassen. Jetzt musste ich stark bleiben.

Zuckend zog Alan das Handtuch von seinem Gesicht, und ich blickte in zwei Augen voller Tränen.

»Trixi! Das ist das Bescheuertste, was ich seit langem gehört habe!«

Alan prustete los und hielt sich schmerzverzerrt den Unterleib. Dicke Lachtränen bahnten sich auf schweißverschmierten Pfaden einen Weg seine Wangen hinab.

»Edith und ich? Romantisch? Im Backstone? Autsch!«

Ein neuer Lachschub durchzuckte seinen Körper.

Wenn ich Alan glaubte, dann wäre dieser Moment eine unglaubliche Erleichterung für mich. Doch was hatte es dann mit Ediths kleinem Verabredungszettelchen auf sich?

»Aber Alan«, versuchte ich es erneut. »Ich weiß, dass ihr verabredet wart.«

»Ich gehe jeden Samstagabend ins Backstone. Da treffe ich mich mit meinen Sportkumpels nach dem Training. Und ich weiß nichts davon, dass Edith jetzt zu unserem Radteam gehört.«

»Und was ist mit eurer Verabredung?«, stammelte ich irritiert.

»Ich habe jedenfalls kein Treffen mit der guten Edith vereinbart. Woher wusstest du denn von unserem romantischen Rendezvous? Hat Edith dir das erzählt?«

Treffer, Alan!

In diesem Moment wurde mir die Peinlichkeit meiner

abendlichen Verfolgungsaktion bewusst. Ich merkte, dass ich schleunigst das Thema wechseln musste.

Verlegen zupfte ich an meinem Zopf herum. Mein suchender Blick überflog den schwitzenden Adonis und stockte an jedem einzelnen Muskel.

Warum war alles so kompliziert? Warum hatte ich das Gefühl, Alan nicht vertrauen zu können? Zu viele Fragen bohrten erbarmungslos in meinem Kopf, doch mit jeder Sekunde, die ich Alan betrachtete, verlor der Bohrerakku Energie und meine Hormone schalteten von Not- auf Starkstrom.

Jetzt und hier, genau in diesem Moment bot sich uns die Gelegenheit für ein Abenteuer mit reizvollem Fitnessfaktor, und ich beschloss, Alan einen eindeutigen Blick zu schenken, dem er mühe- und schamlos standhielt.

Ich setzte mich neben ihn auf die Krankenliege.

»Geht es dir schon besser?«, fragte ich, ohne einen Gedanken an das Handicap, das ich ihm verpasst hatte, zu verschwenden.

»Na ja«, flüsterte Alan und schaute mitleidig an seinem durchtrainierten Körper herab.

»Zeig mal.«

»Das hättest du wohl gern, was?«, konterte Alan mit einem verschmitzten Lächeln.

»Weißt du was, Trixi? Wenn ich dich nicht so unglaublich attraktiv fände, würde ich mich fragen, was für ein Mensch du bist.«

»Wieso, ich bin doch ganz normal«, gab ich zurück.

»Du ziehst das Unglück geradezu magisch an. Und ich werde aus dir nicht schlau.«

Einen schlauen Alan wollte ich gar nicht. Scharf würde vollkommen reichen.

So als hätte er meine Gedanken gelesen, packte Alan meine Arme und zog mich zu sich heran. Diesmal nicht so stürmisch wie im Kursraum, sondern langsam und ein bisschen zögerlich.

Ich schloss die Augen. Unsere Lippen berührten sich. Ich lag quer über seinem Oberkörper und spürte seinen heißen Atem und seine ebenso heiße Brust unter meiner. Seine Hände schoben sich unter mein T-Shirt. Mein Kopf schaltete sich aus. Auch meine Hände wurden neugierig und ertasteten seinen Körper. Alan fühlte sich noch viel besser an, als ich es mir vorgestellt hatte. Wir atmeten schneller. Dann umfassten seine Hände meinen Po, und er zog mich zu sich hinauf.

Die Tür wurde aufgestoßen, und mit einem Schwall lauter Musik kamen Steffi und Ulf hereingeschwappt.

»Nicht schlecht, euer Trainingspensum!«, prustete Steffi los.

Wie ein beinamputierter Käfer kletterte ich stumm von Alan herunter. Bei Trixi findet jede Peinlichkeit ein Zuhause. Alans Gehirn hatte anscheinend nicht ausgesetzt und spuckte einen schlagfertigen Kommentar aus.

»Das ist doch erst das Aufwärmprogramm.«

»Von mir aus könnt ihr es treiben, wo ihr wollt, aber hier im Studio finde ich das nicht sehr appetitlich.« Ulf musterte uns eindringlich.

Ich fühlte mich wie ein Schulmädchen, das beim Rauchen auf der Toilette ertappt wurde. Und überhaupt – wie klang denn ›treiben‹? Ulf tat ja gerade so, als wären wir hormongesteuerte Kaninchen.

»Schon gut«, warf ich ein, »habe mich doch nur für den fiesen Tritt entschuldigt.«

Mit gesenktem Kopf half ich Alan aus seiner Liegeposition.

»Na, wenn das so ist«, hauchte Steffi Alan zu, »dann würde ich auch gern mal zutreten und mich hinterher dafür entschuldigen.«

»Vielleicht beim nächsten Mal«, schäkerte Alan zurück.

Wie war das noch mit den gutaussehenden Männern?

Nachdem Steffi und Ulf uns aus dem Sanitätsraum verscheucht hatten, suchten wir uns ein ruhiges Plätzchen an der Fitnessbar. Wir bestellten zwei Getränke, deren Namen nur ein Chemiker mit linguistischer Zusatzqualifikation hätte deuten können. Die beiden Drinks enthielten eine Nährstoffkonzentration, die alle dösenden Bären der Nordhalbkugel aus ihrem Winterschlaf erweckt hätte.

»Wieso bist du eigentlich hier aufgetaucht? Hast du mir nachspioniert?«

»Wie kommst du denn auf so einen Mist?«, blaffte Alan zurück. »Meinst du, ich bin ein irrer Stalker?«

Alan lachte laut los und warf dabei seinen Kopf in den Nacken. Nein, bitte nicht wieder so eine verführerische Geste.

»Falls du es noch nicht gemerkt hast. Ich habe dir eine SMS geschickt, um dich zu fragen, ob du mit mir Rad fahren willst. Dann hab ich vergeblich auf eine Antwort gewartet und mir Sorgen gemacht.«

»Sorgen gemacht?«, wiederholte ich stumpf.

Alan zwinkerte kurz und heftete seinen Blick auf mich.

»Trixi, bei dir weiß man nie, was im nächsten Moment passiert. Also bin ich zu dir nach Hause gefahren, um nach dem Rechten zu sehen.«

Seine Fürsorglichkeit schmeichelte mir.

»Dann hat mir deine süße Nichte erzählt, dass du zu deinem Lieblingssportkurs unterwegs bist.«

Wieder ein Zwinkern.

»Ach, da muss ich wohl mal ein Wörtchen mit Rahel reden. Erstens darf sie niemandem sagen, wo ich gerade bin. Du hättest ja schließlich auch ein mordender Psycho sein können. Und zweitens ist dein Auftritt im Club kein Grund, Resis Trainingsgruppe ins Chaos zu stürzen.«

»Ich habe nichts ins Chaos gestürzt, das sich nicht stürzen lässt«, entgegnete Alan gelassen und nippte an seinem Energiedrink.

Es war Zeit für eine kleine Abkühlung seines aufgeheizten Egos. Mit einem beherzten Ruck hopste ich von meinem Barhocker und wedelte mit meinem Handtuch ein paar Formen in die testosterongeladene Luft.

»Ich geh jetzt duschen«, warf ich dem verdutzten Alan leichthin zu. »Habe heute noch viel vor. ARBEITEN.«

Alan nahm meine Hand.

»Wie du willst. Eins musst du mir aber versprechen: Beim nächsten Mal gehen wir zusammen Rad fahren. Dann zeige ich dir mal meine Lieblingssportart.«

»Bestimmt nicht, Alan. Ich hasse Radfahren.«

Wie ein verschwitzter Pfau stolzierte ich Richtung Umkleidekabine.

»Ich weiß«, hauchte Alan mir nach.

Wochenanfang

Montagmorgen und es fehlten acht läppische Pressetexte. Nach dem Zwischenfall im Fitnessstudio hatte ich mir vorgenommen, noch am Sonntag alles fertigzustellen. Doch mit einem verlockenden Videoangebot namens »Biss zum Irgendwas«, das Rahel illegal runtergeladen hatte, brachte sie mein Zeitmanagement aus dem Gleichgewicht, so dass ich weniger schaffte als geplant.

Die Texte, die ich fertig hatte, schienen mir allerdings wirklich gelungen. Ich war mir sicher, dass ich Miss Piggy nicht nur überzeugen, sondern auch begeistern würde.

Um 8 Uhr 54 betrat ich das Büro. Meine Pünktlichkeit würde Edith umhauen. Doch sie war nicht da. Am Telefon hatte sie gesagt, sie wolle mir alle Einzelheiten aus dem Krankenhaus erzählen. Ich setzte mich an den Schreibtisch, startete den Computer und öffnete mein Mailprogramm. Drei neue Nachrichten blinkten im Posteingang. Ich fühlte mich fast ein bisschen wichtig. Nur zu, der Tag konnte kommen. Ich war gewappnet.

Nachricht 1 war Alans Verabredungsanfrage vom Freitag, Nachricht 2 eine Terminanfrage aus dem Chefsekretariat: Einladung zur heutigen Redaktionssitzung um 9 Uhr im Raum Wangerooge.

Wie bitte? Um 9 Uhr. Wer um alles in der Welt war auf die Idee gekommen, so kurzfristig eine Einladung zu verschicken? Mir blieben nur noch 2 Minuten, um die dritte Nachricht zu lesen.

Eine aktuelle Mail von Alan. Mein Herz machte einen unkontrollierbaren Hopser.

Guten Morgen, Trixi. Hast du Muskelkater? Wenn ja, dann kenne ich ein Mittel dagegen: Bewegung. Du schuldest mir noch eine Radtour. Wie wär's mit morgen Abend? Bis später. A.

Mit der verlockenden Aussicht auf unsere nächste Verabredung schnappte ich mir meinen Stapel fertiger Pressetexte und machte mich auf den Weg nach Wangerooge.

Auch dieser Besprechungsraum hatte wenig mit dem Ort gemein, nach dem er benannt war. Ich hoffte, dass Wangerooge wenigstens frische Luft bot. Stattdessen gab es überhaupt kein Tageslicht. Kaltes Neonlicht verlieh dem Zimmer eine deprimierende Note. Zum Glück kam ich gerade noch rechtzeitig. Die üblichen Verdächtigen versammelten sich um den großen Tisch. Auch Henner Claassen war anwesend. Nur Edith und Bernold Bellersen fehlten. Mit einem »Guten Morgen allerseits« begrüßte ich die Kollegen, als mein Blick auf Alan fiel. Er winkte kurz und bot mir einen freien Stuhl neben sich an. Ich zögerte nicht und setzte mich zu ihm.

»Schön, dass du da bist. Hab den Platz extra für dich freigehalten«, flüsterte er mir zu. Sein Aftershave war das Beste, das meine Nase seit langem einatmen durfte. Mein Herz machte einen kleinen Luftsprung. Yvonne Strowe hantierte hektisch an einem Laptop.

»Scheiß Kiste. Warum läuft das Ding nicht?«

»Ich denke, die Stromzufuhr ist unterbrochen«, antwortete Powalowski beflissen.

Frau Heyster betrat den Raum mit einem Tablett voller Tassen und einer großen Kaffeekanne. Als sie die schimpfende Miss Piggy sah, sagte sie beiläufig: »Sorry, Yvonne.

Der Akku ist leer. Einfach nur das Kabel anschließen und ab in die Steckdose.«

Sie stellte das Tablett auf dem Tisch ab und begann die Tassen zu verteilen.

»Super Idee mit dem Kaffee. Danke, Frau Heyster«, lobte ich sie und goss mir ein.

Yvonne schaute vom Rechner auf und schüttelte den Kopf. Noch ahnte sie nicht, dass ich ihr bald meine genialen Texte um die Schweineöhrchen hauen würde.

»So, ihr Lieben«, ergriff sie das Wort. »Bernold lässt sich entschuldigen. Er hat einen Interviewtermin beim *Westfalenkurier* und mich gebeten, ihn heute Vormittag zu vertreten. Wir fangen am besten direkt mit Tagesordnungspunkt eins an. Frau Gellert, wie sieht es mit den Pressetexten aus? Haben Sie alles geschafft?«

Sämtliche Augen waren nun auf mich gerichtet. Als ich die Texte nahm, begannen meine Hände zu zittern.

»Bitte schön«, sagte ich und schob Yvonne die Seiten entgegen.

»Ist das alles?«, fragte sie schnippisch.

»Ja, das sind zwanzig Pressetexte, der Rest folgt im Laufe des Tages.«

»Im Laufe des Tages?«

Yvonnes Augen verengten sich zu kleinen Schlitzen.

»Ähm, ja, es fehlen nur noch einige Angaben«, flunkerte ich. »Sobald ich sie habe, bringe ich sie Ihnen. Werfen Sie doch schon mal einen Blick auf die ersten Texte.«

»Habe ich es mir doch gedacht. Unfähig und unzuverlässig.« Yvonne Strowe sprang auf und pfefferte meinen Textstapel auf den Tisch.

»Ich weiß nicht, ob Sie mir am Freitag nicht zuhören konnten oder wollten. Die Aufgabenstellung lautete: ACHTUNDZWANZIG Pressetexte. Und zu jedem Produkt zusätzlich einen knackigen Werbetext für die Internetseite. Wo sind die, bitte schön?«

Heiliger Bimbam. Die Internettexte hatte ich total vergessen. Im Wochenendwirrwarr waren sie irgendwie untergegangen. Meine Herren, war die Strowe kleinlich. Ich brauchte eine schnelle Erklärung.

»Kein Problem. Sie liegen zu Hause fertig auf meinem Schreibtisch. Ich habe sie schon ausgedruckt.«

»So viel Dilettantismus habe ich noch nicht erlebt«, unterbrach mich Yvonne. »Sparen Sie sich Ihre faulen Ausreden. Sie können von Glück sagen, dass ich heute gute Laune habe. Ansonsten hätten Sie jetzt Ihre Sachen gepackt.«

Wie bitte? Wollte Miss Piggy mich rauswerfen?

»Sie wissen, dass nicht erbrachte Leistung ein Kündigungsgrund ist? Ich gebe Ihnen eine letzte Chance. Morgen früh liefern Sie mir A-L-L-E Texte komplett ab, ansonsten ...«

Ich schluckte laut und traute mich nicht, in die Runde zu schauen. Für einen kurzen Moment war es völlig still.

Plötzlich spürte ich eine sanfte Berührung an meinem Bein. Alans Fuß strich langsam über meine Wade. Es war fast wie in meinem Traum. Mir brach der Schweiß aus, und ich schaute ihn an. Er lächelte mir zu. Mehr musste er jetzt nicht tun.

»Dann weiter im Programm«, quiekte Piggy Strowe. »Weiß jemand, wo Edith ist?«

»Sie hatte einen Unfall«, sagte ich leise. »Eine Explosion im Backstone, Samstagabend. Gestern konnte sie das Krankenhaus verlassen.«

»WAS?«, rief Jens Powalowski dazwischen. »Wie kann denn so etwas passieren? Die Arme. Was gehen denn hier für seltsame Dinge vor –«

Der struppige Bildredakteur war sichtlich erschüttert. Doch Yvonne ließ ihn nicht ausreden.

»Sie wird sich sicherlich im Sekretariat melden. Oder, wenn sie so pflichtbewusst ist, wie sie immer tut, an ihrem Arbeitsplatz erscheinen und die Texte für den Hamburg-Band abliefern. Ich hoffe es jedenfalls für sie.«

Mir wurde noch heißer, denn ich drohte fast zu platzen.

Edith war das Opfer eines Anschlags geworden, und Yvonne Strowe fiel nichts anderes ein als der langweilige Hamburg-Band?

Alan schien meine Wallung bemerkt zu haben, denn er tätschelte kurz meine Hand und flüsterte: »Reg dich nicht auf. Das lohnt sich nicht.«

»Was gibt's denn da zu tuscheln?«, fuhr Yvonne dazwischen. »Alan, zeig uns bitte die Layout-Entwürfe für die Vorschau.«

Mit diesem Befehl löste Alan unsere Berührung und verteilte mit versteinerter Miene einige bunte Ausdrucke an die Kollegen. Ich sackte zusammen. Mein Arbeitstag war gelaufen.

Nach der Redaktionssitzung verließen alle zügig Wangerooge. Alan und ich blieben sitzen. Als wir allein waren, versuchte er mich aufzumuntern.

»Lass dich nicht ärgern. Yvonne macht sich nur wichtig. Ist ihr Hobby, jemanden vor anderen herunterzuputzen. Das kennen wir alle.«

Ich drehte mich zu ihm und schaute ihn fragend an.

»Wie hältst du das hier bloß aus?«

Alan warf einen kurzen Blick zur Tür, dann zog er mich an sich und küsste mich leidenschaftlich auf den Mund.

»So halte ich das hier aus. Ist doch ganz einfach.«

In diesem Augenblick trippelte Frau Heyster um die Ecke.

Mit einem lauten Klirren donnerte sie das Tablett auf den Tisch und begann das dreckige Geschirr abzuräumen.

»Frau Gellert, Ihre Kollegin Edith ist wieder im Büro. Sie war heute früh noch mal beim Arzt, kann aber wieder arbeiten. Ich denke, Sie sollten zu ihr gehen.«

Die Aufforderung war unmissverständlich. Alan und ich standen auf und verließen ohne ein weiteres Wort den Besprechungsraum.

Edith hockte an ihrem Schreibtisch. Sie trug einen wuchtigen Verband, der wie ein Turban um ihren Kopf gewickelt war.

Als sie mich sah, grüßte sie nur kurz, vertiefte sich, als wäre nichts passiert, in ihre Arbeit und nagte an ihrem Lineal.

»Huhu, Edith? Bist du unter die Schlangenbeschwörer gegangen?«

»Keine Zeit für Witze.«

War bei der Explosion der letzte Rest ihres Humors verpufft?

Ich entschuldigte mich brav und erkundigte mich nach Ediths Befinden. Sie erklärte, dass sie großes Glück gehabt habe. Nur ihre Haare waren versengt worden. Bis auf kleine Kratzer hatte ihre Haut nichts abbekommen. Ich wunderte mich trotzdem, wie pflichtgetreu die kleine Edith war.

»Stell dir vor, Trixi. Der Arzt wollte mich allen Ernstes krankschreiben.«

»Das wäre vielleicht gar nicht so schlecht. Möglicherweise stehst du noch unter Schock.«

»Ich bitte dich! Das Einzige, auf das ich jetzt achten muss, sind meine Schnittwunden. Ich möchte auf keinen Fall, dass sie sich entzünden. Guck mal, die habe ich aus der Klinik mitgebracht.«

Edith kramte eine Flasche Desinfektionsmittel aus ihrer Handtasche und begann augenblicklich ihren Schreibtisch, den Bildschirm und alle Stifte zu besprühen. Mit einem Tuch wischte sie alles trocken. Zuletzt entkeimte sie ihr Telefon und lächelte.

Damit war unsere Plauderei beendet. Ich setzte mich auf meinen Stuhl und wusste, dass ich bei den Texten Gas geben musste. Inzwischen hatte ich eine neue E-Mail erhalten.

Liebe Frau Gellert,

Frau Strowes Gebaren Ihnen gegenüber tut mir leid. Ich schäme mich für ein derartiges Verhalten in unserem Verlagshaus. Wenn ich Ihnen helfen kann, lassen Sie es mich wissen.

Henner Claassen

PS: Sie haben mich vor kurzem nach der verstorbenen Kollegin Sanders gefragt. Ich erzähle Ihnen gern mehr, möchte Sie aber nicht von der Arbeit abhalten. Wie wäre es in der Mittagspause mit einem Spaziergang im Apothekergarten?

Ich freute mich über die höfliche Geste und drückte gleich auf »Antworten«:

Lieber Herr Claassen,

helfen können Sie mir bei den Texten leider nicht, aber vielen Dank für das Angebot. Apothekergarten klingt gut. Um 12 Uhr 30 an der Sonnenuhr.

Ihre Trixi

Wenigstens ein netter Mensch, der weder arbeitsbesessen noch hinterhältig war. Voller Elan setzte ich mich an die Texte. Yvonne Strowe konnte sich warm anziehen.

Als Ediths Mittagswecker klingelte, sprang sie auf.

»Kommst du mit in die Kantine?«, fragte sie aufgedreht. Welches verbotene Mittel hatte der Arzt ihr verabreicht, dass sie schon wieder so fit war?

»Leider nicht«, antwortete ich. »Muss in der Pause etwas erledigen und mache noch einen kleinen Spaziergang.«

In dem Moment, in dem ich den Satz aussprach, bereute ich ihn auch schon.

»Tolle Idee«, jubelte Edith. »Frische Luft tut mir auch gut.«

Das konnte doch nicht wahr sein. Wie konnte ich Edith abwimmeln? Am besten mit der Wahrheit.

»Hör mal, Edith. Ich treffe mich mit Herrn Claassen. Wir sind verabredet. Er will mir ein paar Fragen zur Verlagsgeschichte beantworten.«

»Und warum geht ihr dafür in der Mittagspause spazieren?«

Edith starrte mich misstrauisch an. »Hast du etwa schon wieder ein Date mit einem Kollegen?«

»Date ist schön gesagt«, lachte ich auf. »Er hat ein paar Infos zur Chronik für mich, und ich möchte ihn nicht von der Arbeit abhalten. Das ist alles. Du würdest dich nur langweilen.«

»Schon verstanden. Wenn du mich nicht dabeihaben willst, gehe ich lieber mit Wilmering in die Kantine. Der kann mir wenigstens erzählen, wie die Vorbestellungen für meinen Hamburg-Band laufen. Viel Spaß dann, und sei vorsichtig. Ich weiß nicht, ob Claassen Tratsch und Fakten auseinanderhalten kann.«

Edith schnappte sich ihre Handtasche, richtete ihren flotten Turban und warf die Tür hinter sich zu.

Vom Verlag bis zum Apothekergarten brauchte ich nur zehn Minuten. Die frische Luft beflügelte mich, und ich genoss die wärmenden Sonnenstrahlen. Abwechselnd hopste, ging und lief ich. Ich musste mich einfach bewegen. Seltsam, noch nie war mir die Blütenpracht in den üppig bepflanzten Anlagen aufgefallen. Diese neue Wahrnehmungsfähigkeit musste am Bürogewahrsam liegen. Ich sog den Duft der Rosen ein. Nach so wenigen Arbeitstagen in einem geschlossenen Raum wusste ich, wie der Graf von Monte Christo sich gefühlt haben mochte.

Als ich an der Sonnenuhr eintraf, war Claassen noch nicht da. Ich setzte mich auf eine Bank und bestaunte die Wasserfontänen in den Zierteichen des Parks, die in kraftvollen Intervallen ihre nassen Muster in den Himmel spuckten. Das Rauschen beruhigte mich. So sehr, dass ich von dem kräftigen Schlag auf meinen Kopf nicht viel mitbekam.

Ich wachte von meinem eigenen Husten auf und lag auf dem Boden. Mein Gesicht berührte etwas Hartes, Trockenes. Mein Mund war voller Sand. Sämtliche Adern in meinem Kopf pulsierten. Als ich mich aufrichtete, fühlte ich ein warmes Rinnsal über mein Gesicht laufen. Ich wischte darüber und betrachtete meine Hand. Sie war rot.

Das Blut tropfte auf den staubigen Boden. Vorsichtig tastete ich über meine Haare. Am Hinterkopf bemerkte ich einen stechenden Schmerz.

Erst jetzt fiel mir auf, dass ich im Apothekergarten lag. Vor der Bank.

Benommen zog ich mich hoch und setzte mich hin.

»Oje, ein Notfall«, hörte ich eine krächzende Stimme hinter mir. »Haben Sie sich weh getan?«

Eine alte Frau mit grauen Haaren und einem angeleinten Pudel setzte sich zu mir. Sie nestelte in ihrer Handtasche, bis sie ein Taschentuch fand und es mir reichte.

»Danke, geht schon wieder. Keine Ahnung, was passiert ist. Ich habe hier gesessen und – rums – da lag ich.«

Die hutzelige Oma tätschelte meine Hand. Auf einmal erhellte sich ihr Gesicht.

«, rief sie mit brüchiger Stimme.
pfend, betrachtete ich ihr Gesicht,
ht erinnern, sie jemals gesehen zu

s junge Ding aus dem Fernsehen?«
Äuglein zusammen und grübelte.
ng, wen sie meinte.

»Aus dem Fernsehen? Nein, bestimmt nicht. Da müssen Sie mich verwechseln.«

Ich schaute mich um und überlegte, was ich jetzt tun sollte. Die Polizei rufen und Anzeige erstatten?

»Warten Sie, ich hab's gleich. Sie sind die Ferres!«

Hallo? Entweder die greise Dame hatte eine massive Hornhautverkrümmung oder nur noch ein letztes Espressotässchen in ihrem Schrank.

Mir fiel die Kinnlade runter.

»Könnte ich ein Autogramm von Ihnen bekommen? Sie sind so eine patente Schauspielerin.«

Das Grauen schüttelte mich so, dass mein Schädel noch stärker schmerzte.

»Es tut mir wirklich leid für Sie. Ich bin nicht die Ferres, ich bin die Gellert.«

Wäre die Dame nicht schon weit über achtzig gewesen, ich hätte mir überlegt, sie anstatt des Schlägers anzuzeigen.

»Aber sagen Sie, haben Sie vorhin jemanden gesehen im Apothekergarten?«

Die alte Dame war sichtlich enttäuscht. Sie holte ein zerknittertes Stofftaschentuch hervor und schnäuzte sich laut.

»Nein, hier an den Teichen habe ich niemanden gesehen.« Dann hielt sie kurz inne.

»Nur vorn, beim Durchgang zum Botanischen Garten, da waren Leute. Ein junger Mann so um die sechzig, das könnte der Ulrich Wickert gewesen sein.«

Da hatte aber jemand zu viele Klatschblätter gelesen.

»Dann noch eine Schulklasse – und zwei Frauen mit so neumodischer Kleidung. Ich kann Ihnen sagen. Schön sahen die nicht aus.«

Die Beschreibungen der verwirrten Oma halfen mir nicht weiter, und ich schnäuzte mich ebenfalls.

»Frau Gellert!«

Vor mir stand Henner Claassen. Er betrachtete meine Wunde und fragte mich entsetzt, was passiert sei.

»Wurden Sie bestohlen?«

Darauf war ich noch gar nicht gekommen. Ich griff in meine Jackentasche und ertastete Portemonnaie und Schlüsselbund. Auch mein Handy lag darin.

»Offensichtlich nicht. Aber ich kann mich an nichts erinnern.«

»Geht mir auch immer so«, funkte die promibewanderte Oma dazwischen. Dann starrte sie Claassen an und stand auf, so schnell ihre alten Knochen es zuließen. Mit einer umständlichen Handbewegung wedelte sie vor Claassen herum und machte einen Knicks. Claassen sah sie verdutzt an.

»Entschuldigen Sie, ich muss gehen«, säuselte sie unterwürfig. »Wenn ich meiner Schwester erzähle, dass ich Sie hier getroffen habe, wird sie mir das nie glauben. Aber eins sage ich Ihnen: Die Diana hätten Sie nicht betrügen dürfen. Das haben wir Ihnen ziemlich übelgenommen.«

Sie verbeugte sich noch einmal kurz und hinkte davon.

»Danke für Ihre Hilfe«, rief ich ihr nach.

»Ich verstehe nur Bahnhof«, sagte Claassen und betrachtete meinen Kopf von allen Seiten.

Dann erzählte ich ihm von den Geschehnissen, so gut ich mich erinnerte. Zum Glück war Claassen mit dem Auto zum

Apothekergarten gekommen. Er stützte mich und brachte mich zum Parkplatz.

»Die Wunde muss sich ein Fachmann ansehen. Wer ist Ihr Hausarzt? Ich bringe Sie hin.«

Von Ärzten und Kopfwunden hatte ich heute schon genug gehört, und auf stundenlange Wartezeiten in einer überfüllten Praxis hatte ich absolut keine Lust. Gegen Claassens Willen bat ich ihn, mich im Verlag abzusetzen.

»Sie müssen auf jeden Fall Anzeige erstatten. Wenn im Stadtpark irre Schläger ihr Unwesen treiben, muss die Polizei alarmiert und die Bevölkerung gewarnt werden.«

Claassen schüttelte den Kopf und seufzte.

Während der Fahrt fragte ich ihn nach Juliane Sanders.

Aus seiner Erzählung erfuhr ich, dass sie eine begabte Redakteurin war. Sie hatte einige besonders erfolgreiche Buchprojekte entwickelt. Mit nur 34 Jahren ernannte der alte Bellersen sie zur Chefredakteurin, und wenige Monate später war sie tot. Claassen erwähnte, dass sie immer wieder in schwere depressive Phasen gefallen war, die sie mit Medikamenten in den Griff zu bekommen versuchte.

»Und eines Tages«, bemerkte Claassen, »kam sie nicht mehr wieder. Benno Bellersen verkündete, Juliane habe eine Überdosis ihrer Tabletten genommen. Ob versehentlich oder absichtlich – darüber spekulierte das gesamte Kollegium.«

»Und was glauben Sie?«, fragte ich Claassen.

»Weder noch.«

Claassen bog auf den Verlagsparkplatz ein und stoppte elegant seinen Wagen.

»Was soll das heißen?«, hakte ich nach.

»Die medikamentöse Behandlung schlug gut an, und Juliane war bei der Einnahme übervorsichtig.«

»Woher wissen Sie das?«

»Sie hat es mir bei einer Betriebsfeier kurz vor ihrem Tod erzählt. Juliane sagte, dass sie mit der kleinsten Dosierung auskam, sich gut fühle und sogar eine Therapie begonnen hatte. Sie freute sich über ihren Posten als Chefredakteurin.«

Ich schaute Claassen ungläubig an.

»Vielleicht hatte sie einen schlimmen Rückfall«, mutmaßte ich. Zugegebenermaßen hatte ich keine Ahnung von Depressionen.

»Wer weiß«, schloss Claassen seine konspirative Informationsstunde und half mir aus dem Auto. »Ich wollte Ihnen nur offenlegen, wie ich die Sache damals gesehen habe. Das hat natürlich in der Verlagschronik nichts zu suchen«, sagte er milde lächelnd.

Mit pulsierendem Schädelinneren schlich ich die Stufen ins Verlagsgebäude hinauf – noch immer unschlüssig, was ich tun sollte. Im Erdgeschoss stand plötzlich Poltergeist Bernold Bellersen vor uns.

»Hier geht es zu wie in einem Irrenhaus«, schrie er Claassen und mich an. »Jeder macht, was er will!«

Ich stellte fest, dass dies kein idealer Zeitpunkt war, um ihm von meinem Unfall zu berichten. Claassen sah das anders und beging einen folgenschweren Fehler.

»Bernold, ich dachte, daran hättest du dich längst gewöhnt«, scherzte er, scheinbar ohne jeden Respekt für das tobende Verlagsoberhaupt.

»Fräulein Gellert muss Anzeige erstatten.«

Was fiel Claassen ein? Der Schlag auf meinen Schädel hatte schließlich nichts mit meiner Arbeit zu tun.

»Wieso Anzeige?«, faselte Bellersen, während er zwischen Claassen und mir hin- und herschaute und sein schwabbeliges Kinn wie ein verrutschter Hahnenkamm schaukelte.

Claassen zeigte auf meinen Kopf, auf dessen Rückseite sich mittlerweile eine Blutkruste gebildet hatte.

»Jemand hat sie in der Mittagspause im Apothekergarten niedergeschlagen. Wir holen ihre Unterlagen, und dann bringe ich sie zur Polizei.«

Warum mutierte Claassen jetzt zum Fürsorgemeister? Ich wusste schließlich besser, was ich zu tun hatte. Bellersens Gesicht passte sich dem Hahnenkamm an und lief von unten nach oben dunkelrot an.

»Eine Anzeige?«, presste er atemlos heraus.

Während ich krampfhaft überlegte, welche Komplikationen auf mich zukommen konnten, ergriff Claassen abermals das Wort für mich.

»Ein tätlicher Angriff darf nicht ungestraft bleiben. Fräulein Gellert hat den Täter zwar nicht gesehen, aber eine Anzeige ist des Bürgers Pflicht. Nicht wahr, Fräulein Gellert?«

»Vermutlich«, pflichtete ich meinem Sprecher schulterzuckend bei.

Bellersen schien meine Unsicherheit bemerkt zu haben und lächelte mich an.

»Ahaa! Wenn Sie sowieso niemanden gesehen haben, macht eine Anzeige doch gar keinen Sinn, meine Liebe. Wie viel Ärger wollen Sie sich denn noch einhandeln?«

Claassen schüttelte den Kopf und verdrehte die Augen.

»Kommen Sie mit in mein Büro. Ich denke, wir beide besprechen diesen kleinen Zwischenfall in Ruhe.«

Bellersen legte seinen speckschweren Arm um meine Schulter und führte mich ab.

»So wie ich das sehe, ist das nur ein kleiner Kratzer«, trompetete Bellersen. Er schob mich hastig an Frau Heyster vorbei direkt in sein Büro.

»Tut aber höllisch weh«, versuchte ich zu kontern.

»Das ist nur der Schreck des ersten Moments. Ich schlage vor, Sie beobachten Ihre Beschwerden und sehen auf jeden Fall von einer Anzeige ab. Wenn die Schmerzen stärker werden, bestelle ich meinen Hausarzt in den Verlag.«

Meine Augen füllten sich mit Wuttränen, denn erst jetzt dämmerte es mir.

»Ihr Job in unserem Hause ist ja nicht gerade betonsicher«, sprach er weiter und kratzte sich am Bauch.

Wählte Bellersen absichtlich diese plumpe Mafia-Anspielung?

Bevor ich antworten konnte, fuhr er fort: »Sehen Sie, Frau Gellert. Unpünktlichkeit und nicht erledigte Aufgaben – alles Gründe für eine fristlose Kündigung.«

So lief also der Bellersen-Hase.

»Außerdem haben Sie doch selbst die unglückliche Berichterstattung zu Wiltmanns Tod miterlebt. Dazu die Explosion, in die Frau Muns verwickelt war. Weitere schlechte Presse kann der Verlag nicht vertragen. Oder wollen Sie dem Gaul, der Sie füttert, etwa in die Hand beißen?«

Meine Güte, was faselte Bellersen da? Sprichwörter waren auch nicht seine Stärke. Ich unterließ es aber, ihn darauf hinzuweisen. Meine Situation war in diesem Moment alles andere als hoffnungsfroh.

»Also, Frau Gellert, Sie fahren jetzt nach Hause und kurieren sich aus. Morgen erwarten wir Sie wie gewohnt im Büro.«

Bellersen öffnete die Tür zum Vorzimmer und bedeutete mir zu gehen.

»Ich freue mich, dass wir zwei uns so gut verstehen«, fügte er freundlich hinzu, während ich durch Frau Heysters Büro schlich. »Und was machen die Chroniktexte? Bin schon gespannt auf die ersten Entwürfe.«

Ich nickte nur kurz und verließ die Chefetage.

»Das ist doch Erpressung!«, herrschte Florence mich an.

»Der Typ ist ja übelst link drauf«, gab Rahel ihren Senf dazu.

Ich war, ohne ein Wort mit Edith zu wechseln, nach Hause gefahren. Als ich meine Sachen zusammengepackt hatte, wollte sie wissen, was passiert war, aber auf ihre schlauen Kommentare konnte ich bestens verzichten. Stattdessen hatte ich mir meine fertigen Texte und die Ordner mit Yvonne Strowes Arbeitsvorgaben geschnappt und die Tür hinter mir zugeworfen. Irgendwie tat Edith mir leid, aber ich war einfach nur wütend.

»Isch würde zur Polizei ge'en. Aber wenn du nischt willst? Mon Dieu, es ist deine Leben, Trixi.«

Florence hatte sich meine Wunde angesehen und einen Wickel aus Kräutern und Blüten daraufgelegt. Der betäubende Effekt zeigte sofort doppelte Wirkung: Das Pochen an meinem Hinterkopf ließ nach, und ich fiel in einen seltsamen Dämmerzustand. Was hatte Florence da zusammengebraut? Rahel saß neben mir auf dem geblümten Sofa und strich mir über die Stirn. Wieder betüterte sie ihre Tante. Ich kam mir ein bisschen erbärmlich vor, doch es war mir egal.

»Hey, Trixi. Lass mich deine Texte schreiben!«, rief sie plötzlich. »Zeig mir, was zu tun ist.«

»He?«

»Guck nicht so blöd«, fuhr sie mir über den Mund. Sie sprang auf und freute sich, als hätte sie gerade den Oscar für den ›Besten Einfall einer 14-Jährigen‹ bekommen.

»Los, mach schon. Ich erledige das für dich. Echt!«

»Aber du weißt doch gar nicht, was du schreiben musst«, entgegnete ich leicht lallend.

»Was du kannst, kann ich schon lange!«

Rahel kramte die Unterlagen aus meiner Tasche. Sie blätterte interessiert darin herum und nickte kurz.

Mir fielen kurzzeitig die Augen zu.

»Habe schon eine Idee«, ließ sie mich wissen, nahm die Texte unter den Arm und brach auf. Im Türrahmen blieb sie stehen.

»Das hätte ich fast vergessen. Florence und ich haben gestern eine Zusammenfassung aller Todesfälle und unheimlichen Geschehnisse im Bellersen Verlag geschrieben.«

Jetzt kicherte sie.

»Habt ihr nichts Besseres zu tun?«, fragte ich sie schon im Dämmerzustand. Ich war zwar froh, dass Rahel mir bei den Texten helfen wollte, aber so viel Engagement musste sie wirklich nicht an den Tag legen.

»Wart's ab, Trixi«, säuselte sie im Gehen. »Die bringe ich dir nachher. Du wirst staunen, wie viele Ungereimtheiten es in diesem Laden gibt.«

Ich schloss die Augen, der Kräuterwickel entfaltete seine volle Wirkung, und ich schlief ein.

Brrr – brrr – brrr. Als meine Hosentasche vibrierte, schreckte ich aus einem wirren Traum auf. Wie lange hatte mein Nickerchen gedauert? Ich kramte mein Handy hervor und schaute auf die Uhr. 18 Uhr 30. Scheiße – der Nachmittag war futsch.

Das Brummen meldete eine eingegangene SMS. Ich öffnete sie und stellte fest, dass wieder keine Absendernummer zu erkennen war:

»IHR UNFALL IM APOTHEKERGARTEN WAR EIN WARNSCHUSS. WARUM PASSEN SIE NICHT BESSER AUF? WISSEN SIE NICHT, WELCHE GEFAHR NEUGIERDE BIRGT?«

Na, klasse. Mein anonymer Freund war wirklich ein schlaues Kerlchen. Irgendwie musste er von der Attacke erfahren haben. Wahrscheinlich hatte jemand den Bellersen-Flurfunk auf Lautsprecher gestellt. Oder war er selbst der Schläger? Diese feigen Sperenzchen konnten mir gestohlen bleiben.

Ich setzte mich auf. Die Kopfschmerzen waren verschwunden, und ich fühlte mich irgendwie ausgeschlafen.

Glücklich über diese Spontanheilung stand ich auf und machte mich auf die Suche nach Florence. Sie saß in der Küche auf der Eckbank und schälte Kartoffeln. Dabei summte sie ein Liedchen und wog ihren schmalen Kopf hin und her. Als sie mich sah, lächelte sie.

»Geht es dir besser, meine liebe Trixi?«

»Und wie! Ich habe keine Ahnung, was du mir vorhin zusammengemischt hast, aber es hat gewirkt«, bedankte ich mich brav bei ihr.

»Dann bin isch beru'ischt. Mon Dieu, isch glaube, du musst wirklisch vorsischtiger sein. Gerd, Ra'el und isch machen uns große Sorgen um disch. Wir 'aben alle diese merkwürdigen Vorgänge bei Bellersen zusammengetragen und glauben, dass disch jemand an deinen Rescherschen 'indern will. Das Detektivspielen solltest du lieber uns überlassen, ma chérie.«

In diesem Moment erinnerte Florence mich eher an ein westfälisches Großmütterchen als an meine schweizerische Vermieterin.

»Keine Angst, so schnell komme ich nicht unter die Räder«, beruhigte ich sie. »Jetzt wird es doch erst richtig spannend.«

Apropos spannend. Plötzlich fiel mir die Arbeit ein, die ich noch zu erledigen hatte. Ich verabschiedete mich von

Florence und drückte ihr einen festen Kuss auf die weiche Wange.

Oben angekommen, stürmte ich in Rahels Zimmer. Sie saß mit hochrotem Kopf vor ihrem Bildschirm.

»Nicht stören!«, maulte sie mich an. »Ich bin mitten im Schreibfluss.«

»Hallo, junge Frau. Das sind immer noch meine Texte«, raunzte ich zurück.

»Schon, aber wenn du es nicht gebacken kriegst, muss ich das wohl für dich erledigen«, säuselte Rahel überheblich.

Wieder meldete sich mein Handy mit einem Klingeln. Die Rufnummer war unterdrückt, und ich zögerte. Was wollte dieser Gestörte eigentlich von mir?

»Geh schon ran«, meckerte Rahel und gab mir mit einem energischen Wink zu verstehen, ihr Zimmer zu verlassen.

Der Anrufer blieb hartnäckig und legte nicht auf.

Ich warf die Tür hinter mir zu und holte eine große Portion Mut machender Luft.

»Was sollen Ihre bescheuerten Andeutungen?«, schrie ich in den Hörer. »Entweder Sie sagen mir endlich, was Sie mir sagen wollen, oder Sie lassen mich in Ruhe! Ich habe keine Lust mehr auf Ihr albernes Katz-und-Maus-Spiel!«

»Katz und Maus?«

Die Stimme kannte ich doch.

»So nennst du das also? Für mich ist das kein Spiel. Aber wenn du meinst, dann steht es gerade 1:0 für dich.«

Meine Knie wurden weich. Alans Worte verwandelten meine Wut auf wundersame Weise in angenehme Erregung.

»Entschuldige«, stammelte ich. »Deine Telefonnummer war nicht zu erkennen und –«

»Du dachtest, ich sei der anonyme Anrufer, stimmt's? Tut mir leid, meine Handynummer zeige ich grundsätzlich nicht. Ist so eine Marotte von mir. Ich finde jedenfalls, du klingst ziemlich sexy, wenn du wütend bist.«

Mein Puls begann ansatzlos zu rasen. Leider konnte Alan am anderen Ende der Leitung das Grinsen in meinem Gesicht nicht sehen.

»Was meinst du mit 1:0?«, fragte ich betont lässig.

»Unser kleines Sportdate. Schon vergessen? Wollte dich nur noch mal an morgen Abend erinnern. Um 19 Uhr machen wir beiden eine Radtour – dann steht es 1:1. Danach lade ich dich zu mir nach Hause ein, und wir gehen in die nächste Runde.«

Aufgelegt. Das musste man Alan lassen. Im Vergleich zu dem anonymen Anrufer verschafften mir seine Andeutungen die angenehmere Gänsehaut.

Den Rest des verkorksten Abends arbeiteten Rahel und ich parallel. Ich widmete mich den Presseartikeln, Rahel ließ sich an den Werbetexten aus. Kurz vor Mitternacht setzten wir beide den letzten Punkt, und ich war mächtig stolz auf meine kleine Nichte. Bis zu diesem Abend hatte ich nicht geahnt, welches Schreibtalent in diesem unberechenbaren Teenager schlummerte. Rahel formulierte so professionell wie ein alter Schreibhase.

»Woher kannst du das?«, fragte ich sie.

»Wenn man nur will, kann man vieles«, gab sie altklug zurück. »Wozu gibt es das Internet? Noch nie etwas von der AIDA-Formel gehört? Action – Interest – Desire – Attention. Ist doch völligst easy.«

Nur weiter so, an Selbstbewusstsein mangelt es dir nicht, dachte ich bei mir, während Rahel alle Seiten ausdruckte und sie in den Ordner heftete.

Prompt setzte sie noch einen drauf.

»Und wenn es dich interessiert, gebe ich dir noch die Aufzeichnungen, die Florence und ich gestern gemacht haben. Zu den Todesfällen bei Bellersen. Soll ich es dir kurz erzählen?«

»Nein, danke«, gab ich kopfschüttelnd zurück.

»Leg sie mir einfach in meine Tasche. Ich lese sie mir morgen durch.«

Dieser Tag hatte seine Spuren hinterlassen, und eine ungekannte Müdigkeit übermannte mich. Nach dem Knockout wollte ich nichts mehr hören von kriminalistischen Ermittlungen. Mein Denkakku war für heute leer.

Werbetexte

Um Punkt neun klopfte ich an Miss Piggys Tür. Meine Zeit war gekommen. Ich trug den Ordner unter dem Arm und wartete auf eine Antwort. Dann klopfte ich noch mal. Als sich nichts tat, drückte ich die Klinke hinunter. Die Tür war nicht verschlossen, und ich trat ein.

Yvonne Strowes Büro war leer. Ich überlegte, ob ich ihr den Ordner auf den Schreibtisch legen sollte.

So einfach mache ich es dir nicht, Piggy-Schatz, dachte ich bei mir. Den riesigen Stapel fleißig und pflichtbewusst erledigter Arbeit musste ich ihr schon persönlich in die Hand drücken, schließlich wollte ich mir ihren verblüfften Gesichtsausdruck nicht entgehen lassen.

Ich fand einen Block mit gelben Klebezetteln und schrieb:

»Liebe Frau Strowe, die angeforderten Presse- und Marketingtexte sind fertig und liegen zur Abholung in meinem Büro bereit. Mit freundlichem Gruß, Beatrix Gellert«

Voller Genugtuung patschte ich den Zettel an ihren Bildschirm, als mein Blick auf einen Stapel Papiere fiel.

Obenauf prangte eine handgeschriebene Liste, die neonpink markiert war.

Selbst ein Mitglied der Schweizergarde hätte dieser Versuchung nicht widerstehen können.

– ~~Gellert~~ – Alan Rosen – ~~van Gendt, 19.30~~

– Nagelstudio, Di. 9 Uhr – Genesungskarte Edith – Strähnchen und bo to go, Di. 12 Uhr

Ich begann zu rätseln, was es mit ihren Notizen auf sich hatte. Mein Name war durchgestrichen. Mir schwante nichts Gutes. Doch wenn ich ihr die Texte zeigen würde, hätte sie nichts mehr gegen mich in der Hand. Allein die Rosen für Alan machten mich wütend. Ich stapfte aus ihrem Büro geradewegs über den Flur zu Frau Heyster.

»Frau Gellert, gut, dass Sie kommen«, rief Frau Heyster betont freundlich. Als ich eintrat, sprang sie auf, zog mich in ihr Büro und warf die Tür hinter meinem Rücken ins Schloss.

»Wo ist Frau Strowe?«, fragte ich sie ohne Umwege.

»Heute nicht da«, antwortete Frau Heyster harsch. »Und Sie setzen sich jetzt dort hin.«

Sie wies mir denselben Platz zu, auf dem ich schon am Tag meines Bewerbungsgesprächs auf Herrn Bellersen gewartet hatte. Bevor ich weitere Fragen stellen konnte, versank ich wieder im Leder.

»Ich verstehe nicht ganz«, sagte ich.

Frau Heyster rollte ihren Bürostuhl zu mir heran und setzte sich mir gegenüber. Mit einem Räuspern schob sie ihre Brille zurecht und blickte mir streng in die Augen.

»Sie wissen, warum ich mit Ihnen sprechen will?«, fragte sie.

Ich zuckte kurz mit den Schultern.

»Wegen der armen Edith?«, gab ich beflissen zurück. Als ich sah, dass ich falsch lag, startete ich einen zweiten Versuch.

»Ah, Sie meinen die Texte. Wenn Sie so gut wären, Frau Strowe den Ordner zu überreich –«

»Blödsinn, Frau Gellert.«

Frau Heyster wurde ungeduldig. Was konnte ich dafür, wenn das Fräulein Strowe nicht in ihrem Büro war? Wir hatten schließlich verabredet, dass ich ihr die Texte bringen sollte.

»Ihre Liebelei mit Herrn Tivendale ist mir nicht verborgen geblieben.«

Eieiei. Ich blickte zu Boden und überlegte, was ich sagen sollte. Auf die Schnelle wollte mir einfach nichts Vernünftiges einfallen. Dummerweise konnte ich nur auf Frau Heysters Puppenpumps achten, die bedrohlich vor meinen großen Füßen auf- und abwippten.

»Wissen Sie, Frau Heyster«, versuchte ich zu beschwichtigen. »Das ist keine Liebelei im herkömmlichen Sinn ...«

»Sondern?«, hakte sie spitz nach.

»Wir verstehen uns einfach nur gut. Mehr nicht.«

»Wenn Sie sich mit Herrn Tivendale so gut verstehen, dann werden wir beide dies hoffentlich auch tun. Mir ist egal, mit wem Sie sich in Ihrer Freizeit vergnügen. Auch für Herrn Bellersen ist das unerheblich. Ich kann Ihnen nur raten, trennen Sie Berufliches und Privates, denn wenn Herr Bellersen etwas davon mitbekommt, sieht es für Ihren Arbeitsvertrag nicht gerade rosig aus. Und dieser ganze Kündigungskram bedeutet für mich eine Menge zusätzlicher Arbeit.«

Frau Heyster erhob sich und öffnete ihre Bürotür.

Ich hievte mich aus dem Sessel und schritt hinaus. Die Tür flog hinter mir ins Schloss.

Ich pfefferte den Ordner auf meinen Schreibtisch, so dass Edith erschrak und zusammenfuhr.

»Meine Güte«, quiekte sie. »Schlechte Laune ist das Letzte, was ich jetzt gebrauchen kann.«

Dieses Gebäude war das Hauptquartier aller militanten Mimosen.

»Kannst du mir vielleicht verraten, was gestern mit dir los war?«, fragte sie.

Widerwillig erzählte ich ihr von meinem K.o. im Apothekergarten.

Mit einem lauten »In was für einer Welt leben wir bloß?« schlug sie die Hände über dem Kopf zusammen. In ihrer Entrüstung hatte sie nicht an den Verbandsturban gedacht. Dieser bekam einen kräftigen Hieb und plumpste zu Boden. Ich hatte freie Sicht auf Ediths Haare. Besser gesagt, auf das, was von ihrer trendigen Frisur übriggeblieben war. Teile ihrer Kopfhaut waren verbrannt und von Krusten überzogen. Dazwischen lugten Reste roter Haarfussel hervor. Irgendwie erinnerte mich ihr Kopf an einen explodierten Mettigel. Ich sprang auf und hob den Verband auf.

Mit einem lauten Schluchzen riss sie mir den Turban aus der Hand, warf ihn sich schnell über den Kopf und rannte aus dem Büro.

Arme Edith. Ich beschloss, ihr nicht zu folgen. Es war schon peinlich genug, dass ich ihre Verletzungen gesehen hatte.

Der ganze Schlamassel wurde mir langsam zu viel. Ich griff zum Hörer und wählte mit zitternden Fingern Alans Büronummer.

»Wann und wo treffen wir uns heute Abend?«

»Warum so stürmisch, Trixi?«, fragte Alan hörbar überrascht.

»Keine Fragen, wo?«, gab ich verschwörerisch zurück.

»Ich verstehe zwar nichts, aber bitte: Ich hole dich um 19 Uhr ab, damit du nicht ausbüxen kannst. Moment, es klopft. Guten Morgen, Herr Bellersen ... ja gern, setzen Sie sich ... Dann bis heute Abend, Trixi. Und zieh dir was Schönes an. Ich freue mich schon.«

Was für ein Trottel! Bei dem Stichwort hatte ich eine Idee. Ich wählte eine zweite Nummer.

»*Westfalenkurier*, Heitkämper.«

»Hey, Simon! Trixi hier«, sprach ich in den Hörer.

»Das ist ja Gedankenübertragung«, rief er sogleich zurück. »Ich schreibe gerade einen Beitrag über weibliche Wrestler, und da musste ich an dich denken.«

Sein quiekendes Lachen klang wie eine Störung in der Leitung.

»Die Sache vor Berkenkötters Scheune tut mir immer noch leid. Wie kann ich das je wiedergutmachen?«, fragte ich versöhnlich.

»Mal überlegen, schöne Frau. Wenn du mich schon so direkt fragst«, fuhr er zögernd fort.

Ich verdrehte die Augen. Dieser Vollpfosten glaubte doch nicht ernsthaft an eine Wiederholung unserer missratenen Verabredung. Ich musste ihn schnellstmöglich in die Realität zurückkatapultieren. Schließlich brauchte ich einfach nur seine Hilfe, und ich wusste, wie ich die bekommen konnte.

»Weißt du was, Simon? Als ich hörte, dass du bei meinem Lieblingssender arbeitest, bin ich vor Neid fast geplatzt.«

Das war nicht mal gelogen.

Am anderen Ende vernahm ich ein stolzes Hüsteln.

»Das glaube ich dir gern«, gab Simon zurück.

»Und ich finde, du machst einen ganz tollen Job.«

Das war hundertprozentig gelogen.

»Du bist bei Antenne 102,5 gelandet und ich bei Bellersen. Da sind wir doch quasi Kollegen, nicht wahr?«, säuselte ich weiter. »Vielleicht sollten wir beide einfach mal unsere Erfahrungen austauschen – von Journalist zu Journalistin.«

»Klar, gern, immer. So wie ich dich kenne, hast du schon eine Idee, stimmt's?«

Von Kennen konnte keine Rede sein, aber Simon hatte recht.

»Wie wäre es, wenn ich dich heute Nachmittag im Studio besuche?«

»Passt. Ich erwarte dich um 15 Uhr bei Kaffee und Kuchen. Bis dahin mache ich mich noch ein bisschen frisch«, witzelte Simon.

Nachdem ich aufgelegt hatte, kramte ich die Aufzeichnungen, die Rahel und Florence gemacht hatten, aus meiner Tasche und begann zu lesen.

Paul Wiltmann:

Blieb mit seinem Wagen auf den TWE-Schienen stehen. Ohne Drogen, aber mit Kopfhörern im Ohr. Konnte den herannahenden Zug nicht hören. Rätselhaft ist, dass ihm jemand Zucker in den Tank gestreut hatte. Wie konnte die Person bestimmen, dass der Motor genau auf den Schienen ausgehen würde? Florence und Rahel meinen einstimmig: Das war Mord!

Beim Lesen musste ich schmunzeln. Auch wenn es hier um tragische Todesfälle ging, fand ich ihre kriminalistische Sammlung unterhaltsam. Ich fuhr fort.

Juliane Sanders:

Ehemalige Redaktionsleiterin. Starb an einer Überdosis Tabletten. (Anmerkung: Rahel muss recherchieren, ob es Schlaftabletten oder Antidepressiva waren.) Sanders war offensichtlich depressiv, hatte aber eine tolle Karriere vor sich. Claassen glaubt nicht an Suizid. Florence und Rahel schließen sich dem an.

Benno Bellersen:

Wurde vor seiner Ferienwohnung auf Wangerooge von herunterstürzenden Gerüstteilen erschlagen. In der Nacht war es stürmisch. (Anmerkung: Uneinigkeit zwischen den Ermittelnden: Rahel glaubt, das war ein ganz übelst krasser Unfall, Florence findet, man müsse dem noch mal nachgehen.)

Rieken (Vorname ist den beiden Ermittlerinnen unbekannt):

Hausmeister des Verlags, rutschte beim Antennenausrichten vom Dach. Fazit: Es gibt zu wenige Informationen, um ein kriminalistisches Urteil zu fällen. Florence glaubt allerdings, ein versierter Hausmeister falle nicht einfach vom Dach.

Edith Muns:

Opfer eines Sprengstoffanschlags, knapp dem Tod entgangen. Sie hat keinen Freund, scheint sich aber mit Powalowski gut zu verstehen. Galt das Attentat ihr?

Kein Zweifel. Die beiden hatten ihre Berufung gefunden. Hier reimten sich eine schrullige Rentnerin und ein vorwitziger Teenager ihre eigene Krimiwelt zusammen. Solange sie niemanden belästigten, fand ich ihre Bemühungen putzig. Auch wenn die beiden die zahlreichen Ungereimtheiten nichts angingen, gab mir ihre Zusammenfassung zu denken. Besonders der letzte Absatz.

Trixi Gellert:

Geht den Dingen auf den Grund. Macht sich bei einigen Kollegen unbeliebt. Wird Opfer mehrerer Anschläge: Jemand sticht die Reifen des Jaguars kaputt (Anmerkung Florence: Wenn ich den erwische, kann er sich warm anziehen, der Wagen gehört zum Weltkulturerbe), später wird Trixi niedergeschlagen. Heldenhaft setzt sie ihre Arbeit fort. (Anmerkung Rahel: Beim Texteschreiben muss sie noch üben, aber mit der Pünktlichkeit klappt es langsam besser. :o)

Hier war Schluss mit lustig. Die Bemerkungen zu meiner Person konnten die beiden sich sparen. Außerdem klang es so, als wären Edith und ich die Nächsten auf der Todesliste. Mir fiel außerdem auf, dass ich bis auf Alans Aussage keinerlei Informationen über den toten Hausmeister hatte.

Ich beschloss, die Archivunterlagen nach ihm zu durchforsten, und begann, in den alten Pressemeldungen zu blättern.

Innerhalb einer Stunde fand ich zwei kleine Hinweise. Nach seinem Unfall hatte der Verlag eine Todesanzeige geschaltet. Im Namen des gesamten Kollegiums verabschiedete sich Bernold Bellersen von Hans Rieken, dem treuen »Mann für alles« und Freund der Familie.

Informationsgehalt gleich null.

Interessanter war ein altes Foto, das auf der Rückseite der Zeitungsseite klebte. Es zeigte den Seniorchef Benno Bellersen, seinen schmierigen Sohn Bernold in jungen Jahren und einen hochgewachsenen, sportlichen Mann auf einem Boot. Die drei standen stolz hinter einem riesigen erlegten Fisch. Bernold posierte wie Mohammed Ali in seinen besten Zeiten. Benno und der stattliche Mann hatten die Arme umeinandergelegt. Die beiden wirkten wie zwei richtig gute Kumpels.

Edith saß inzwischen wieder an ihrem Platz. Mit frisch gerichtetem Turban und etwas zu buntem Make-up war sie ins Büro zurückgekehrt und tat so, als sei nichts passiert. Ich beschloss, sie nach dem Unbekannten zu fragen. Ein Foto aus der guten alten Zeit würde sie aufmuntern.

»Sieh mal, Edith, was ich gefunden habe.«

Ich lief zu ihrem Tisch und hielt ihr das Foto unter die Nase.

Sie schaute auf das Bild, und sofort erhellte ein Lächeln ihr zerkratztes Gesichtchen.

»Weißt du, wer der Mann in der Mitte ist?«, fragte ich sie.

»Natürlich, das ist Hans Rieken.«

Ihre Stimme klang gar nicht mehr wehleidig. Bingo. Ich hatte Edith eine Freude gemacht.

»Woher hast du das Foto?«, wollte sie wissen.

»Aus dem Pressearchiv«, gab ich zurück. »Fuhren Rieken und Bellersen zusammen angeln?«

»Nicht nur das. Benno und Hans waren eng befreundet. Was für ein schönes Foto«, begann Edith zu schwärmen. »Sieh doch nur, Benno – wie aus dem Ei gepellt.«

Ich fand, dass Rieken die deutlich bessere Figur machte, der alte Bellersen war stämmig und hatte Ähnlichkeit mit Heinz Erhardt. Aber das wollte Edith nicht hören. Einzig Bernold war einen Lacher wert. Er wirkte wie ein Fremdkörper neben den beiden Männern, hatte einen Fuß auf den armen Fisch gestellt und streckte seine Angel in die Luft.

»Weißt du etwas über Hans Riekens Tod?«

Die Gelegenheit war günstig. Wenn Edith mir Auskunft gab, könnte ich mir vielleicht den Besuch beim Radioschreck Simon sparen.

Doch Edith war nicht in Plauderlaune. Sie starrte unentwegt auf das Foto, so als führe sie gerade einen inneren Dialog mit ihrem alten Chef Benno.

»Ach ja, Hans, der war ganz nett. Ich hatte nicht viel mit ihm zu tun. Am Ende hatte der arme Kerl ziemliches Pech. Es gab ein Problem mit der Antenne. Er kletterte aufs Dach und rutschte ab. Mehr weiß ich auch nicht. Zum Glück hat Benno das nicht mehr miterlebt. Überhaupt kann Benno froh sein, dass er das alles hier nicht mehr mitbekommt. Es würde ihn zu sehr treffen. Wirklich!«

Da war sie wieder, die gute alte Edith. Ihre schonungslose Entrüstung blühte wieder auf, und ich war fast ein bisschen froh.

»Darf ich das Foto behalten?«, fragte sie. »Es ist eine wundervolle Erinnerung an die alten Zeiten. Ich wüsste nicht, wer Bennos Andenken hier sonst in Ehren halten sollte.«

Sie verdrückte eine kleine Träne und schien sichtlich gerührt.

»Vielleicht sein Sohn?«, antwortete ich. Übertreiben musste sie nun auch wieder nicht.

»Pah!«, blaffte Edith und lief langsam zu Höchstform auf. »Ich wünschte, alles wäre wie damals. Die Arbeitsbedingungen sind kaum noch auszuhalten, und krankhafte Kriminelle bedrohen unschuldige Menschen. Das ist doch nicht mehr lustig, oder?«

Edith schaute mich mit funkelnden Augen an. Sie hatte recht und brachte mich auf eine Idee. Ich beschloss eigenmächtig, das Foto zu kopieren und ihr das Original zu überlassen. Die Kopie heftete ich in den Ordner und war stolz auf meine gute Tat.

Um halb drei verabschiedete ich mich von Edith. Durch unseren nostalgischen Exkurs hatten wir wertvolle Arbeitszeit verloren und – wie üblich – das Mittagessen ausgelassen. Von mir aus konnte Edith auf die Nahrungszufuhr verzichten. Ich beschloss, auf dem Weg zu Simon einen kurzen Stopp an der Sandwichbar in der Fußgängerzone einzulegen. Gut gestärkt traf ich in den heiligen Hallen von Radio Antenne 102,5 ein.

Bei diesem Sender zu arbeiten, stellte ich mir wie das Paradies vor. Vielleicht konnte Simon mir helfen, dort nach Beendigung meines Bellersen-Jobs anzuheuern.

Ich klingelte, und eine kleine, blonde Frau öffnete die Tür.

»Herr Heitkämper hat schon viel von Ihnen erzählt.«

Mit flotten Schritten führte sie mich durch das Gebäude.

Dabei konnte ich einen Blick in die einzelnen Studios erhaschen und war begeistert. Die Moderatoren arbeiteten im Stehen. Das war eindeutig mein Ding. Keine langweilige Sitzarbeit. Und dazu dieser Kick, live auf Sendung zu gehen. Ich beschloss, noch in diesem Leben als Radiomoderatorin wiedergeboren zu werden.

Wäre da nur nicht Simon – der geradewegs auf mich zugesprungen kam. Mit ausladendem Gebaren nahm er mich in die Arme und drückte mich an sich, als wäre ich eine seiner Silikongenossinnen. Mit einem Schaudern wurde mir wieder bewusst, wie weich und quabbelig er sich anfühlte. Sein Aftershave war mehrere Spuren zu würzig, und nun klebte der Geruch an meinen Haaren und meiner Kleidung.

»Trixi, meine Liebe, bitte nicht treten oder schlagen«, protzte er laut. »Keine Angst, ich habe meiner Kollegin Nina schon von unserem letzten Treffen erzählt. Darf ich vorstellen? Das ist Trixi, meine Ex und amtierende Boxgroßmeisterin.«

Er hob demonstrativ meinen linken Arm hoch, so als hätte ich gerade einen Kampf gewonnen.

»Hast du sie noch alle?«, funkte ich dazwischen und riss mich los.

Kollegin Nina schaute sich unsicher um und verabschiedete sich mit einem wortlosen Winker in eins der Büros.

»War nur ein Scherz. Du kennst mich doch, Trixi!«

Simon schien völlig ungerührt.

Ich versuchte, mich zu erinnern, warum ich mich in die Höhle des Peinlichkeitslöwen gewagt hatte.

»Wo können wir ungestört sprechen?«, fragte ich ihn direkt. Ich gab mir Mühe, professionell aufzutreten. Simon sollte auf keinen Fall auf die absurde Idee kommen, dass ich aus privaten Gründen seine Nähe suchte.

Doch dieser Plan ging nicht wirklich auf. Simon und ich

betraten ein hübsches, modern eingerichtetes Büro. Ich war einigermaßen beeindruckt, denn es war um Klassen freundlicher als die Arbeitsverliese bei Bellersen. Mein Neid wuchs sekündlich.

»Ist das dein Büro?«, eröffnete ich unser Gespräch.

»Na klar!«, sagte Simon und reichte mir unaufgefordert ein Glas Wasser. Dabei legte er einen schlaffen Arm um mich, den ich energisch von meiner Schulter wischte.

»Schon verstanden, du Wilde! Magst es lieber in kleinen Schritten. Das kannst du haben.«

Noch so ein Ausrutscher, und Simon sollte mich wirklich wild erleben. Ein kurzer Blick aus dem Fenster sagte mir, dass er beim Sturz aus seinem geöffneten Bürofenster mindestens acht Meter tief fiele.

Immerhin bot er mir einen Stuhl an.

»Was machst du eigentlich genau beim guten alten Bellersen?«, fuhr Simon mit einem leicht beleidigten Unterton fort.

»Ich arbeite in der Redaktion«, gab ich zurück. Was ging es ihn an, in welcher Position ich dort arbeitete.

»Trifft sich gut.«

»Wieso?«

Irgendwie lief unser Gespräch nicht in die gewünschte Richtung.

»Vielleicht hast du ja die eine oder andere interessante Information für mich«, flüsterte Simon, während er sich gefährlich nah zu mir vorbeugte. »Paul Wiltmann und so.«

»Gute Idee«, log ich ihn an. »Allerdings bin ich erst seit ein paar Tagen dort, und wie du weißt, schreibe ich an der Verlagschronik.«

»Da hast du sicherlich Zugang zum Archiv, oder?«, folgerte Simon. Wie schaffte dieser Büffelkopf es bloß, meinen genialen Rechercheplan zu durchkreuzen? Bleib cool, Trixi.

Ich lehnte mich vor und schaute möglichst konzentriert drein.

»Schon, aber auf dem verstaubten Dachboden gibt es nichts Interessantes. Nur alte Bücher. Und darum habe ich an dich gedacht.«

Es war an der Zeit, den Spieß umzudrehen.

»Wieso an mich?«, fragte Simon entgeistert.

»Du bist ein guter Journalist und berichtest regelmäßig über den Fall Wiltmann.«

Meine Lügen verursachten mir ein mittelschweres Unbehagen. Hoffentlich fing meine Nase nicht an zu wachsen.

»Vielleicht kommst du an Informationen, die ich für die Chronik verwenden kann. Meine Kollegen haben wenig Zeit, mir alle Zusammenhänge zu erklären. Und auch die Polizeimeldungen kommen gefiltert über die Leitung, stimmt's?«

Simon sah mich fragend an. Sein wulstiger Mund stand offen. Diesen wunderbar unästhetischen Zustand musste ich nutzen.

»Sagen dir die Namen Hans Rieken und Juliane Sanders etwas?«

Endlich war es raus. Offensichtlich begriff Simon erst jetzt den Grund meines Besuchs, denn sein Mund schnappte mit einem hohlen Plopp zu. Schnelle Auffassungsgabe war nicht gerade seine Stärke, und ich fragte mich, welche Kompetenzen ihn überhaupt zu diesem Job befähigten.

»Ahaa! Nein, diese beiden Namen sagen mir gar nichts.«

Er machte eine Pause.

»Du hast recht, vielleicht habe ich ja die eine oder andere Informationsquelle, die für dich interessant sein könnte. Zum Beispiel die Polizeiakte über deinen Chef Bernold Bellersen. Er ist bei den Kollegen nicht ganz unbekannt. Aber so einfach, wie du dir das vorstellst, ist das natürlich nicht.«

Unvermittelt zwinkerte er mir zu. Mit diesem plumpen

Ekel war einfach kein vernünftiges Gespräch möglich. Ich wusste, worauf er hinauswollte.

»Komm schon, Simon«, versuchte ich einen letzten Anlauf. »Du weißt, dass ich deine Anmache nicht mag. Und unser One-Night-Stand ist Jahre her. Ich dachte, wir wären weiterhin Freunde – und jetzt eben auch Kollegen.«

»Also, Freundschaft klingt gut – mir schwebt da aber schon etwas mehr vor. Wie wäre es mit einem zweisamen Dinner im Parkhotel? Wir hätten einen ganzen Abend Zeit für uns und, wenn es sein muss, auch die Nacht.«

Jetzt lehnte er sich siegessicher zurück und verschränkte die Arme vor der Brust.

Ich sprang auf und schnappte meine Tasche.

»Armer Wicht«, murmelte ich.

»Überleg es dir, Trixi. Ich rufe dich morgen an. Ansonsten gehe ich gern mit deiner Vorgesetzten Yvonne Strowe aus. Wir verstehen uns auf vielen Ebenen. Vielleicht interessiert es sie, mit welchen Methoden ihre Mitarbeiterin arbeitet. So von Journalist zu Journalistin.«

Das saß. Simon grinste, und ich hastete aus dem Studio.

Wapelstern

Ich war viel zu nervös wegen meiner Abendverabredung, als dass ich mich lange über Simons Erpressungsversuch aufgeregt hätte. Nach unserem kurzen unfruchtbaren Gespräch sauste ich direkt nach Hause. Da Yvonne Strowe nicht im Verlag war, brauchte ich auch nicht mehr dort hinzufahren. Es reichte, wenn ich ihr die Texte am nächsten Tag in die Hand drückte. Allein der Gedanke an Bellersens polizeiliche Vergangenheit beschäftigte mich noch.

Florence und Gerd saßen im Garten unter einem Schatten spendenden Kirschbaum und luden mich auf eine Tasse Melonentee mit Zitronengras ein. Beschwingt sagte ich ab. Bis 19 Uhr hatte ich noch einiges zu erledigen.

Ich zog meine Laufschuhe an und lief meine übliche Runde. Auch wenn Alan und ich am Abend Rad fahren würden, musste ich mich vorher abreagieren. Während ich über die Felder joggte, verdrängte ich, dass meine Kondition merklich nachgelassen hatte. Die Aussicht auf einen Abend mit Alan brachte mich allerdings schnell in Hochstimmung. Ich hopste über Baumwurzeln und sprang sogar über den Schlangenbach, der zum Glück wenig Wasser führte. Nach dem Lauf stand ich vor meinem Kleiderschrank und brauchte eine Viertelstunde, um mich zwischen der schwarzen und der auberginefarbenen Spitzenunterwäsche zu entscheiden. Der Ärger der letzten Tage war verflogen, und ich verschwendete keinen Gedanken an Büroneurotiker, Todesfälle und schnarchige Textarbeiten. Erst als ich aus der Dusche stieg und von Schweiß- und Simons restlichen After-Shave-Gerüchen befreit war, landete ich wieder unsanft in der Realität. Betty stand vor der Tür und klopfte.

»Beeil dich, Trixi.«

»Warum sollte ich?«, gab ich in schwesterntypischer Manier zurück.

»Gleich kommt Sybille. Wir wollen abmessen, ob ihre Waschmaschine ins Bad passt. Dann brauchen wir zum Waschen nicht mehr in den Keller zu laufen.«

Betty und ihr Waschweibchen konnten warten. So wie es aussah, würde Sybille mitsamt ihrer Maschine niemals einziehen. Ich wusste, dass ich mit Rahels Hilfe einen guten Job gemacht hatte. Wenn ich am nächsten Tag die Texte bei Miss Piggy ablieferte, würde ich nach einer ersten Vorauszahlung meines Honorars fragen. Damit hatte sich das Thema Sybille für mich erledigt. Und das war nur der Anfang. Ab diesem Abend hatte ich – nach mehr als zwei Jahren – wieder einen Freund. Und zwar den hübschesten in der Stadt.

Ich brauchte eine geschlagene Stunde, um meine Beine zu rasieren, mich einzucremen, zu frisieren und das geeignete Parfum auszuwählen. Schließlich lag ein besonderer Abend vor mir, und den hatte ich mir bereits in allen Einzelheiten zurechtgeplant.

Rad fahren – nein danke. Auch wenn Alan eine Sportskanone war, wusste ich, wie dieser Abend verlaufen sollte. Beim Anblick meines alten Hollandrades würde Alan zwar lachen, sich dann aber auf eine gemütliche kleine Rundfahrt einlassen. Aus diesem Grund beschloss ich, meine verschlissenen Sportklamotten im Schrank zu lassen und mich mit einer engen Jeans und einem ebenso engen, weißen T-Shirt aufs Rad zu schwingen. Nach einer viertelstündigen Radelei würde ich eine Rast im Café des Wapelbades vorschlagen. Dort gab es eine köstliche Spezialität: den berühmten Wapelstern. Immerhin wurde diesem Pfannkuchen eine aphrodisierende Wirkung nachgesagt. Tja, und den Rest des Abends malte ich mir in unterschiedlichsten Varianten aus.

Bis Alan um 19 Uhr 02 vor unserer Haustür stand.

Meine Beine zitterten – sie waren nicht nur müde vom Laufen, sondern weil mir das Blut in den Kopf schoss. Ich zupfte ein letztes Mal an meinen Haaren und meinem T-Shirt herum und öffnete die Tür.

»Hi, Süße!«

Alan sprang herein, um mich mit einem leidenschaftlichen Kuss zu begrüßen. Autsch, was war das? Ich war mit voller Kusswucht vor seinen Fahrradhelm gestoßen. Meine Knie wurden instabil, und ich sackte leicht zusammen.

Alan stand in perfekter Tour-de-France-Montur vor mir. Na gut, der Helm war nicht gerade vorteilhaft, aber bei seinem Aussehen konnte er auch in einem Müllsack herumlaufen und ich wäre ihm gefolgt. Als mein Blick an ihm heruntergliitt, blieb er an seiner Radlerhose hängen. Eine interessante Beule zeichnete sich ab, und ich versuchte, ein Schmunzeln zu unterdrücken. Alan hielt sich die Hände vor den Schoß und sah mich durchdringend an.

»Das ist deine Schuld«, sagte er mit einem frechen Grinsen. »Und was ist mit deinem Fahrraddress?«

»Von mir aus können wir losfahren. Ich bin fertig«, gab ich zurück.

»Aber nicht so«, sagte er mit strenger Stimme. Dann lief er aus dem Haus und kam mit zwei Rennrädern zurück, die er neben sich herschob.

»Eins für dich – eins für mich!«

Ich hatte keine Chance. Alan gab mir fünf Minuten zum Umziehen, und erst als ich in meinen letzten sauberen Sportklamotten vor ihm stand, war er zufrieden.

Er hatte sogar an einen zweiten Helm gedacht, den er mir sorgfältig anpasste. Danach stellte er Sattel und Lenker auf meine Größe ein. Ich stand neben ihm und fühlte mich wie ein Kind, dem gerade das Radfahren beigebracht wurde.

»Und jetzt setze ich mich aufs Rad und du schiebst mich«, witzelte ich.

»Wie du möchtest. Hauptsache, du fährst. Das bist du mir schuldig. Zuerst haben wir deinen Lieblingssport ausprobiert, heute ist meiner dran.«

Ich wollte mir nicht die Blöße geben und unsportlich wirken. Also schwang ich mein Bein über den Sattel und tat so, als würde es mir gefallen, auf einem Renndrahtesel zu sitzen.

Voller Neugierde beobachtete ich, wie elegant und kraftvoll Alan sein Rad bestieg. Die kurze Radlerhose betonte seine strammen, glänzenden Oberschenkel. Sein muskulöser Rücken war eine Augenweide. Und dazu seine gebräunten Arme, die sich auf den Lenker stützten. Alan war bestens durchtrainiert, und ich spürte eine wohlige Erregung in meinem Unterleib.

»Wollen wir zum Wapelbad fahren?«, fragte ich, als wir vom Hof rollten. Ich wollte keine Zeit verlieren.

»Erst die Arbeit, dann das Vergnügen«, gab Alan grinsend zurück. »Ich habe mir eine leichte Route überlegt, mit einer schönen Aussicht.«

Aussicht? Im gesamten flachen Gütersloher Umland existierte kein Aussichtspunkt.

»Wir fahren bis zum Teutoburger Wald, einmal den Berg rauf und runter und dann wieder zurück. Das sind höchstens 50 km.«

Ich hustete.

Voller Elan trat Alan in die Pedale und sauste los.

Nach zehn Minuten meldete sich mein Po. Er tat höllisch weh. Welcher Knallkopf hatte bloß den Rennradsattel erfunden?

Mit Hilfe der Gangschaltung versuchte ich, möglichst mühelos Alans Tempo zu halten. Vergeblich. Ich war völlig außer Atem, und auch meine überanstrengten Beine quittierten langsam ihren Dienst.

Alan radelte fröhlich weiter. Von hinten bestaunte ich sein Können. Sein Oberkörper blieb völlig still, nur die Beine trieben ihn kraftvoll und in gleichmäßigem Rhythmus voran. Von Zeit zu Zeit fuhr er im Stehen. Dann bewunderte ich sabbernd und nach Luft ringend seinen makellosen Po.

Hätte der Schweiß, der mir in die Augen lief, nicht meinen Blick getrübt, hätte ich vor so viel testosterongeladener Reizüberflutung einen Juchzer gemacht. Aber selbst dazu fehlte mir die Puste.

Nach einer gefühlten Erdumrundung drehte Alan sich zum ersten Mal um. Nie im Leben hätte ich hinter ihm hergerufen, dass er langsamer fahren sollte. Als er sah, wie weit abgeschlagen ich war, machte er kehrt und wartete.

»Was ist los? Ungewohnte Bewegung?«, fragte er provozierend. Ich entdeckte kein einziges Schweißtröpfchen auf seiner Haut.

»Bin heute schon gelaufen. Alles gut«, gab ich zurück.

»Wenn ich dir zu schnell bin, kannst du das Tempo bestimmen. Ich bleibe ab jetzt einfach hinter dir.«

Auf diese Weise legten wir fast die gesamte Strecke bis zum Teutoburger Wald zurück. Alan beschwingt und locker radelnd, ich kämpfte gegen leichte Windböen und fluchte bei jeder Bodenwelle. Den Pazifik mit einem rostigen Tretboot zu überqueren konnte nicht anstrengender sein.

Nach einer Stunde hatte ich die Nase voll und bog in einen Feldweg ab.

»Ich muss mal«, flunkerte ich. Endlich eine Pause. Mit wackeligen Beinen schlug ich mich in die Büsche, wartete eine Minute und kam mit gespielt erleichterter Miene zurück.

Bei jedem Schritt brannte mein Po. Ich wollte gar nicht wissen, wie meine Haut an den schmerzenden Stellen aussah.

Schwitzend ließ ich mich ins Gras fallen. Alan legte sich neben mich und lächelte. Dann beugte er sich zu mir, nahm vorsichtig erst meinen, dann seinen Helm ab und küsste mich.

Wie eine gestrandete Qualle versank ich in der Wiese. Alan begann, mein Gesicht zu streicheln, dann glitt seine Hand über meine Brust. Ich spürte das Blut in Wellen meinen Körper durchfluten. Nur in den Beinen fühlte ich nichts. Sie lagen betonschwer im Gras und waren zu keiner Bewegung mehr fähig.

»Feuchte Kleidung ist gefährlich.«

Alan schob mein Shirt hoch und tastete sich auf meiner Haut vor.

»Ich möchte nicht, dass du dich erkältest.«

Diese Idee leuchtete mir ein, und ich streifte mein T-Shirt ab. Auch Alan zog seinen Sportdress aus. Beim Anblick seines Oberkörpers verlor ich fast die Besinnung. Der laue Abendwind zog über uns hinweg, und ich vergaß meine Pläne von Wapelsternen und langsamer Radelei.

Ein durchdringendes Hupen riss uns aus unserer zwischensportlichen Ekstase. Es gehörte zu einem Mähdrescher, der direkt auf uns zufuhr.

Alan sprang auf und stellte sich dem Blechmonster mit

seinem nackten Körper in den Weg. Der Fahrer bremste, wich aus und übersah Alans Rad, das im hohen Gras lag. Mit einem gedämpften Knirschen und Knacken kam der Mähdrescher zum Stehen.

»Habt ihr kein Zuhause?«, schrie der Fahrer aus seinem Führerhaus. »Perverse Jugend«, schimpfte er weiter, setzte sein Gefährt zurück und fuhr über den Feldrand an uns vorbei.

Ich saß total benommen im Gras und presste verschämt Alans Trikot an meine Brust. Hilfsbereit hielt ich ihm seine Hose hin, doch Alan stand wie angewurzelt vor den Überresten seines Rades.

»Scheiße!«

Eine Stunde später waren alle vor unserem Haus versammelt. Ich hatte Florence um Hilfe gebeten. Sie war mit ihrem Jaguar zum Feldweg gekommen und hatte die Rennradruine und mich eingeladen. Alan radelte auf dem Zweitrad zurück. So verschwitzt wie er bei uns eintraf, hatte er einen Wutspurt hingelegt.

Florence, Gerd und Rahel rätselten, wie das hatte passieren können.

»Der Bauer hat euch nicht gesehen – das ist schon klar«, hakte Rahel neugierig nach. »Aber warum habt ihr den Mähdrescher nicht bemerkt?«

Alan und ich warfen uns einen verstohlenen Blick zu, und ein neuer wohliger Schauer überrollte mich. Die Wahrheit war wirklich noch nichts für Rahel.

Alan versuchte, die Situation zu retten. Glaubwürdigkeit ging allerdings anders.

»Wir haben uns verfahren, sind abgestiegen und zu Fuß dem Feldweg gefolgt. Wir konnten den Mähdrescher gar nicht hören.«

Florence und Gerd lächelten sich an und luden uns zum Essen ein.

Zuerst duschte Alan. Ich tat es ihm gleich, wartete jedoch züchtig, bis er fertig war. Immerhin war Rahel in der Nähe, und ich war mir sicher, wenn Alan und ich allein gewesen wären, hätten wir unter der Dusche fortgesetzt, was wir auf der Wiese angefangen hatten.

Betty und Parasiten-Sybille saßen im Wohnzimmer und machten sich einen gemütlichen DVD-Abend. Ohne sie eines Blickes zu würdigen, marschierten wir nach unten.

Eine große Portion Bratkartoffeln wartete auf uns.

Während des Essens erzählte ich den anderen von meinen neuesten Erkenntnissen. Rahel holte sich einen Block und begann, alles zu protokollieren.

»Verstehe ich das richtig? Bernold Bellersen ist bei der Polizei bereits aktenkundig?«

Ihre Ausdrucksweise überraschte mich schon wieder. Aktenkundig. Vielleicht sollte Rahel die Schule abbrechen und sofort studieren. War ich mit 14 auch so schlau gewesen?

»Simon sprach davon. Alan, hast du eine Ahnung, was da vorgefallen ist?«

Alan nahm einen großen Schluck Wasser. Dann blickte er lächelnd in die Runde.

»Ich bin schwer beeindruckt, wofür ihr euch so interessiert. Seid ihr eine Detektiv-Hausgemeinschaft? Wenn ihr es unbedingt wissen wollt: Bellersens Ausrutscher ist im Verlag sowieso ein offenes Geheimnis. Niemand darf darüber sprechen, aber alle wissen es. Der Vorfall ist schon einige Jahre her. Er hat in einem Bielefelder Hotel angeblich seine damalige Geliebte verprügelt.«

Hotel? Bielefeld? Ich schaute zu Gerd, und er nickte mir lächelnd zu.

»Warum hast du nichts gesagt? Du hast letzte Woche doch schon eine Andeutung in diese Richtung gemacht?«

»Wenn ich dir von dem Vorfall erzählt hätte, wärst du vielleicht gar nicht erst zum Bewerbungsgespräch gegangen. Ich fand, du solltest dir ein eigenes Bild von Big Ben machen.«

»Big Ben?«

»Das war Bernolds Spitzname bei uns im Hotel. Er traf sich dort gelegentlich mit seinen Freundinnen und benahm sich – wie soll ich sagen – alles andere als zurückhaltend.«

»Bellersen ist eine Kotzbrocken! Das ’ast du wortwörtlisch gesagt«, unterbrach Florence ihren Mann. Gerd nickte und nahm einen Nachschlag Kartoffeln.

»So kann man es auch ausdrücken«, pflichtete Alan ihm bei. »Ich werde aus ihm nicht schlau. Heute Nachmittag war im Verlag der Teufel los. Keine Ahnung, was Bellersen geritten hat. Sei froh, Trixi, dass du nicht im Büro warst.«

»Was gab es denn?«, mischte sich Rahel ein.

»Zuerst bekam Edith so eine Art Nervenzusammenbruch. Bellersen hat ihre Hamburg-Texte vor der versammelten Redaktion auseinandergenommen. Sie ist dann keifend rausgelaufen und faselte etwas von Dilettantismus und Arschloch. So habe ich Edith jedenfalls noch nie erlebt.«

Oje, Edith bekam es knüppeldicke von allen Seiten. Gleich morgen würde ich ihr eine Schachtel Pralinen mitbringen.

»Als Nächstes war Powalowski dran. Bellersen putzte ihn runter und drohte, ihm die Bildredaktionsleitung zu entziehen.«

In diesem Moment war ich wirklich froh, nicht dabei gewesen zu sein.

»Tja, ich fürchte, ich bleibe auch nicht verschont.«

»Was meinst du damit?«, wollte ich wissen.

»Da Bernold vor Wut kochte, aber dringend zu einem

anderen Termin musste, hat er mich kurzerhand für morgen früh um 7 Uhr 30 zu sich einbestellt. Ich schätze, es geht um die Vorschau-Layouts.«

Alan schien extrem gelassen und nahm sich ein zweites Spiegelei.

»Sehr lecker, Florence«, lobte er mümmelnd, während sich seine linke Hand unter dem Tisch meinen Oberschenkel aufwärtstastete. »Das gibt einen kurzen, aber derben Rüffel, und danach gehe ich wieder an die Arbeit. Diese Art von Mitarbeitermotivation kenne ich schon.«

Alle schauten sich bedrückt an. Mir wurde heiß.

Wie konnte Alan so cool bleiben? Sich ein dickes Fell zuzulegen war jedenfalls nicht die schlechteste Idee, wenn man es bei Bernold Bellersen aushalten wollte.

Wahnsinn

Nach einer kurzen, traumlosen Nacht stand ich wie gerädert vor dem Spiegel. Alan und ich hatten bis weit nach Mitternacht bei Florence und Gerd gesessen. Rahel war pünktlich ins Bett gegangen. Zuvor hatte sie ihre Aufzeichnungen assistentinnengleich auf den neuesten Stand gebracht und mir die Ausdrucke unaufgefordert in meinen Ordner gelegt.

Der Abschied fiel Alan sichtlich schwer. Nach einem langen Kuss löste er sich aus der Umarmung und fuhr nach Hause. An ein seelenruhiges Einschlafen war nicht zu denken gewesen. Müde wusch ich mir die Haare und schminkte mich. Mein Geist erwachte nur langsam, und ich versuchte, meinen Tag zu planen.

Punkt 9 Uhr wollte ich Miss Piggy meine Texte präsentieren. Ich stimmte einen inneren Siegesgesang an und ahnte nicht, dass der Gott der Überraschungen mich heute schon wieder als Versuchsobjekt auserkoren hatte.

Nach einem winzigen, appetitlosen Frühstück brach ich pünktlich auf. Als ich mich auf mein Hollandrad schwang, erinnerte mich mein wunder Po an die misslungene Radtour. Zum Glück war mein Sattel weich gepolstert. Meine Umhängetasche samt Ordner hatte ich auf dem Gepäckträger verstaut. Am Rathausplatz gab es in meiner Lieblingskonditorei die besten Pralinen, und ich stellte für Edith eine exklusive Auswahl an Trüffeln und Nussbaiser zusammen.

Sie hatte in den letzten Tagen so viel Schlimmes erlebt, dass ich es als meine Kolleginnenpflicht ansah, sie großzügig zu beschenken. Sobald mein erstes Gehalt eintraf, konnte ich das Soll auf meinem Konto locker ausgleichen. Für Alan suchte ich ein Marzipanfahrrad aus. *Wenn das keine Fügung ist*, dachte ich und ließ die Süßigkeit in Geschenkpapier einpacken.

Um zehn vor neun betrat ich das Verlagsgebäude und stellte fest: Ich hatte mich in meiner kurzen Amtszeit wirklich zu einer Spitzenmitarbeiterin gemausert.

Pfeifend betrat ich das Büro. Edith saß noch nicht an ihrem Platz. Sicherlich würde sie wegen ihres gestrigen Rückschlags später zur Arbeit kommen. Ich legte die Pralinenschachtel auf ihren Schreibtisch und zog meine Jacke aus.

Gerade als ich zu Piggy Strowe aufbrach, klingelte mein Telefon. Ungeduldig nahm ich ab. Es war mein anonymer Freund. Was gab es nun schon wieder?

»Guten Morgen. Haben Sie gut geschlafen?«

»Danke der Nachfrage. Wollen Sie mir etwas mitteilen?«, fragte ich provozierend.

»Ich denke, für Sie ist Gefahr im Verzug. Seien Sie wachsam.«

Klick. Wieder nervte die geschlechtslose Stimme mit ihrem Gesülze. »Gefahr im Verzug.« Blabla. Schwülstige Andeutungen war ich endgültig leid. Ich schnappte mir Alans Marzipanpräsent und verließ das Büro.

Auf dem Weg zu Yvonnes Büro klopfte ich sanft an seine Tür. Mein Herz klopfte dagegen stürmisch. Ich musste nachsehen, ob Alan den Abend gut überstanden und was Bellersen ihm vorzuwerfen hatte.

Als ich vergeblich auf ein freundliches »Herein« wartete,

öffnete ich die Tür. Niemand zu sehen. Ich schaute mich um und merkte, dass irgendetwas anders war als vorher. Sämtliche Poster und Kunstdrucke waren verschwunden. Auch Alans Schreibtisch war komplett leergeräumt – bis auf eine Vase mit einem üppigen Rosenstrauß. Das Büro wirkte völlig verlassen. Alan nicht da – stattdessen Rosen?

Ich sprang die Stufen in die zweite Etage hinauf und hämmerte an Yvonne Strowes Tür.

»Heereein«, tönte es mir entgegen.

Als ich Yvonnes Gesicht sah, erschrak ich. Ihre Oberlippe sah aus wie ein aufgeblähter Regenwurm. Eine prallgefüllte Hautwurst klebte über ihren Zähnen. Was war denn hier passiert?

In diesem Moment fiel mir die Liste ein, die ich auf ihrem Schreibtisch entdeckt hatte. bo to go.

Wäre ich nicht so aufgebracht gewesen, hätte ich an dieser Stelle einen Lachkrampf gekriegt. Die Botoxbehandlung war noch missratener als alle peinlichen Operationsergebnisse der Z-Promis zusammen. Vielleicht hatte der Puppenbauer der Muppet Show versehentlich Miss Piggys Schaumstofflippen mit einem ihrer Speckarme verwechselt.

Yvonne holte tief Luft, um mir etwas zu sagen, doch sie schaffte es nicht, auch nur ein Wort zu artikulieren.

Stattdessen zog sie mich am Ärmel aus ihrem Büro.

»Wo ist Alan?«, fragte ich aufgebracht und entzog mich ihrer Umklammerung. Yvonne antwortete nicht.

Mit einem lauten Rums warf sie die Tür zu Frau Heysters Büro auf. Diese winkte uns direkt zu Bernold Bellersen durch, der, als er uns sah, von seinem Stuhl aufsprang.

Da stand ich nun um kurz nach neun mitten in der Hölle. Zwischen einem verunstalteten Dolly-Buster-Double und einem despotischen Chef.

»Wie Sie sehen, geht es Frau Strowe heute nicht besonders gut«, gab Bellersen überflüssigerweise zum Besten. Seine großporige Hasennase zuckte ohne Unterbrechung.

»Wir beiden, also Frau Strowe und ich, sind sauer. Auf Sie!«

Was meinte Bellersen genau? War mein Treffen mit Alan aufgeflogen? Die Texte konnten es nicht sein, denn die wollte ich ja gerade fristgerecht abliefern.

»Es geht um Ihre Arbeitsergebnisse, Frau Gellert.« Bellersen blickte mich streng an. Eine schmantige Haarsträhne fiel über seine Stirn. Piggy nickte mit ihrem schweinchenrosafarbenen Kopf. Mir rutschte ein großer Stein vom Herzen. Wenn es mehr nicht war.

»Alle Texte sind fertig. Genau so, wie Sie es wollten. Sowohl die 28 Pressetexte zu den Neuerscheinungen als auch die dazugehörigen Marketingtexte für die Website.«

Jawoll, dieser Satz verfehlte seine Wirkung nicht. Bellersen und Strowe schauten erst einander und dann mich an.

»Na schön, da sind wir mal gespannt. Und wo sind die Texte? Sie wissen, wir möchten vollständige Ausdrucke vorgelegt bekommen.«

Plötzlich fiel mir auf, dass ich den Ordner in meinem Büro vergessen hatte. Stattdessen hielt ich das Marzipanrad in den Händen. Spontan reichte ich es Bellersen.

»Bitte schön, das ist für Sie. Die Texte liegen in meinem Büro. Einen Moment, ich hole sie schnell. Trinken Sie doch eine Tasse Kaffee in der Zeit. Ich bin sicher, die Texte werden Ihnen gefallen.«

Mit diesem Satz wollte ich mich gerade auf den Weg machen. Doch Yvonne Strowe versperrte mir den Weg, und Bellersen marschierte zu seinem Schreibtisch und griff zum Telefonhörer.

»Frau Heyster, bitte holen Sie unverzüglich den Ordner mit den Pressetexten aus Frau Gellerts Büro.«

Was sollte das? Versuchten die beiden Frankenstein-Nachfahren etwa, mich hier oben festzuhalten? Dachten Sie, ich log und nutzte die Gelegenheit zur Flucht?

Yvonne Strowe baute sich vor mir auf und verschränkte die Arme vor ihrer Wunderbrust. Ihre Armlänge reichte dafür kaum aus.

Während ich auf Frau Heysters erlösendes Eintreffen wartete, versuchte ich es ebenfalls mit einer selbstbewussten Körperhaltung. Ich stemmte die Hände in die Hüften und blickte abwechselnd zwischen Bellersen und Strowe hin und her.

»Entschuldigung. Weiß denn jemand von Ihnen, wo Alan, das heißt Herr Tivendale, steckt?«

Eine kleine Zwischenfrage war wohl erlaubt.

»Wir haben ihn gefeuert!«, spie Bellersen heraus.

Mir blieb im wahrsten Sinne die Spucke weg. Mein Mund fühlte sich trocken an, und ich musste mich setzen.

»Wie, gef–?«

Mehr brachte ich nicht hervor. In meinem Kopf schwirrten Bilder von Alan herum. Ich dachte an unser erstes Zusammentreffen in Frau Heysters Büro, das strahlende Lächeln, seine doppeldeutigen Sprüche und an seinen unglaublichen Körper. Alan war doch sicher gewesen, dass Bellersen nur seine Wut an ihm auslassen wollte.

»Warum sind Sie denn so geschockt?«, wollte Bellersen wissen. »Sie beiden kannten sich doch gar nicht gut, oder?«

Yvonnes Augen verengten sich, und ihre Nasenflügel bebten. Bellersen schien von unserer Beziehung nichts mitbekommen zu haben.

»Nicht wirklich«, gab ich unsicher zurück. Was wusste Bellersen? Hatte Frau Heyster dichtgehalten? Ich riss mich zusammen.

»Warum musste Herr Tivendale gehen, wenn ich fragen darf? Gestern war er noch im Büro. Da hat er nichts erwähnt. Er wollte mir heute die ersten Layoutentwürfe der Chronik zeigen.«

»Fragen dürfen Sie«, schmetterte Bellersen. »Aber eine Antwort bekommen Sie ni– Ach was soll's. Eigentlich darf ich Ihnen das nicht sagen, aber ich kann mir vorstellen, dass diese Kündigung eine abschreckende Wirkung hat, gerade auf unsere jüngeren Kollegen. Und Abschreckung kann nie schaden.«

Ich schaute ihn ungläubig an. Yvonne Strowe schien mit den Tränen zu kämpfen. Hoffentlich zerfraß das Salzwasser nicht ihre aufgeplusterten Lippen.

»Wir haben gestern Drogen in seinem Schreibtisch gefunden. Wahrscheinlich Kokain.«

»Nie im Leben!«, platzte es aus mir heraus. »Alan ist Sportler. Der nimmt keine Drogen.«

»Ich wüsste nicht, wie Sie das beurteilen könnten.« Bellersen schlug mit der Faust auf den großen Holztisch. Yvonne und ich schraken zusammen. Im selben Moment nahm er sich wieder zurück.

»Es gibt zwei Dinge, die ich in diesem Unternehmen nicht dulde: Liebesbeziehungen unter Kollegen und Drogen. Wie Sie sehen, existiert ab sofort kein Herr Tivendale mehr im Hause Bellersen. Die Grafikabteilung übernimmt Frau Schuster.«

Yvonne Strowe wandte verstohlen ihren Kopf ab. Von der Seite wirkte ihre Oberlippe noch wuchtiger. Man hätte sie als Stiftablage nutzen können.

»Und ich denke, Herr Tivendale – oder Alan, wie er von unserer weiblichen Belegschaft liebevoll genannt wurde – kann froh sein über die Lösung, die ich ihm angeboten habe. Wie Sie wissen, bin ich für mein sozialverantwortliches Verhalten gegenüber meinen Mitarbeitern bekannt und kein Unmensch. Herr Tivendale nutzt die nächste Zeit, um sich über seinen Fehltritt klarzuwerden.«

»Welche nächste Zeit?«, fragte ich bockig.

»Ich habe ihm ein Ultimatum gestellt. Wenn er heute noch Gütersloh verlässt, werde ich von einer Anzeige absehen. Er ist ein junger, talentierter Grafiker und fähig, aus seinen Fehlern zu lernen. Sollte er das verstanden haben, ist die Verbannung Strafe genug. Herr Tivendale weiß meine Großzügigkeit zu schätzen und wird diesem Vorschlag nachkommen.«

Wie auf Knopfdruck zerfiel Alans Bild vor mir in tausend Scherben. Das konnte nicht sein. Alan nahm keine Drogen. Basta. Ich kannte ihn wirklich nicht gut, aber das traute ich ihm nicht zu. Auch die Kündigung wollte ich nicht wahrhaben. Das Schlimmste daran war Bellersens Ausweisung aus der Stadt. Der Pate hatte zugeschlagen. Florence hatte recht gehabt.

Mit einem untypischen Poltern stürmte Frau Heyster in Bellersens Büro. Sie warf meinen Ordner auf den großen Tisch und blieb davor stehen. Ich überlegte, was jetzt wieder passiert war. Schlimmer konnte es eigentlich nicht kommen. Diese Annahme sollte sich als Fehleinschätzung erweisen, denn als Frau Heyster den Ordner aufschlug, fiel mein Blick auf die erste Seite – Rahels Aufzeichnungen.

Frau Heyster riss das Blatt aus dem Ordner und hielt es Bellersen vor die Nase. Blinzelnd las er die Zeilen, die Rahel säuberlich zusammengetragen hatte.

Ich ahnte, dass ich mit einem erklärenden »Das habe ich nicht geschrieben« in diesem Moment nicht punkten konnte. Also blieb ich sitzen und wartete ab.

Bellersen schüttelte den Kopf. Dieser verwandelte sich

langsam in einen knallroten Ballon. Ich hatte Angst, er könne platzen. Dann reichte Bellersen die Seite an Yvonne Strowe weiter. Vorsichtshalber atmete ich tief ein. Die Stille erdrückte mich fast, und ich begann zu schwitzen und zu zittern.

Miss Piggy überflog die Seite, nahm den Ordner und blätterte auch die nächsten Seiten durch.

Mich beschlich ein Anflug von Hoffnung. Bellersen und Strowe mussten froh sein über die kriminalistischen Recherchen. Schließlich hatte sich bisher niemand die Mühe gemacht, alle Einzelheiten zu den verstorbenen Mitarbeitern so erstklassig zusammenzutragen. Es war Zeit für meinen Triumph.

»Herr Bellersen, das ist mein Beitrag zur Aufklärung aller Todesfälle im Verlag«, brachte ich stolz hervor. Je länger ich darüber nachdachte, desto logischer fand ich meine Argumentation. Warum sagten die beiden nichts?

Dann kam mir die Königsidee.

»Diese Zusammenfassung habe ich selbstverständlich außerhalb meiner Arbeitszeit angefertigt. Ich glaube, man nennt das »Einsatz über das übliche Maß hinaus«.

Diesen Satz hatte ich mal irgendwo gelesen. Ich konnte ihn mir gut als Zusatz auf meinem Arbeitszeugnis vorstellen.

Pfeilschnell drehte Bellersen sich um und trat mit gewaltiger Wucht gegen seinen Schreibtisch. Der Bildschirm, der darauf stand, kippte um und zerbrach. Ich schreckte zurück, und auch Miss Piggy schien in Deckung zu gehen. Was danach passierte, glich dem Ausbruch des Vesuvs, als ganz Neapel verschüttet wurde. Bernold Bellersen schnappte sich meinen Ordner und schleuderte ihn durch das geschlossene Fenster. Die Glasscheibe zerbarst mit lautem Scheppern.

Als Nächstes griff er sich einen der schweren Lederstühle und wirbelte ihn durch die Luft.

»Bernold, nein!«, schrie Yvonne, die sich unter den Tisch verabschiedete. Ich tat es ihr gleich und konnte gerade noch sehen, wie Bellersen den Stuhl vor die Bücherwand pfefferte und dabei einen seiner Design-Klassiker – eine Messingstehlampe – zu Boden riss. Welche Kraft steckte in diesem schwabbeligen Kerl? Die Bücher purzelten aus dem Regal, und Bellersen schnaufte wie ein tollwütiger Stier.

Nichts wie raus hier, dachte ich und schaute zur Tür. Doch dort stand Frau Heyster und beobachtete seelenruhig Bellersens Treiben. Sie zuckte mit keiner Wimper und stemmte die Arme in die Seite.

Ich war gefangen und bekam Todesangst. Yvonne Strowe krabbelte weiter unter den schweren Eichentisch und stammelte: »Verdammt, verdammt, kackverdammt!«

Das klang nicht gerade wie geschliffenes Marketingdeutsch.

Mein letztes Aushilfsstündlein hatte geschlagen.

Bellersen stampfte wie der aufgebrachte Godzilla durch sein Büro. Ich zitterte und war kurz davor, mir in die Hose zu machen.

Mit einem Mal marschierte Frau Heyster auf ihren Chef zu und holte aus. Sie verpasste ihm eine klatschende Ohrfeigensalve. Rechts – links – rechts – links.

»Bernold, jetzt reicht's!«

Hatte sie überhaupt keine Angst vor diesem Ungetüm? Seltsamerweise zeigte ihre Maßregelung Erfolg, und Bellersen erstarrte wie ein Kind, das man gerade aus einem Traum gerissen hatte. Er erinnerte mich an einen verwirrten Schlafwandler. Mit leeren Augen schaute er Frau Heyster an und rieb sich die rotgeschlagenen Wangen.

»Meine Güte, immer diese Ausfälle. Reißen Sie sich zusammen.«

Frau Heyster schüttelte distinguiert ihr Pagenköpfchen und schluckte.

»Ja, genau«, stimmt Yvonne aus ihrem Versteck zu.

So schnell wie sie unter den Tisch geflohen war, kam sie wieder zum Vorschein, baute sich vor Bellersen auf und richtete ihre verrutschte Kleidung wieder her.

Ich hockte noch immer bibbernd unter der schweren Tischplatte und traute dem Verlagsbraten nicht.

»Ich denke, wir wissen, was zu tun ist«, verkündete Frau Heyster, drehte sich um und marschierte in ihr Büro.

»Raus da«, befahl Yvonne.

Wie hatte sie sich so schnell wieder gefangen? Ich krabbelte aus meinem hölzernen Bunker und setzte mich auf einen der unversehrten Stühle. Ein leichter Luftzug wehte durch das kaputte Fenster.

Bevor Godzilla etwas sagen konnte, kam Frau Heyster zurück – in der Hand eine blaue Akte. Ich kannte diese Akte, denn darin lag mein Arbeitsvertrag.

»Wir wünschen Ihnen alles Gute auf Ihrem weiteren Arbeitsweg.«

Mit diesen Worten wurde ich von Bernold Bellersen verabschiedet. Er hatte sich in der Zwischenzeit wieder in ein behäbiges Dickerchen verwandelt und mir ganz professionell die fristlose Kündigung wegen Einmischung in Unternehmensinterna und wiederholter Nichteinhaltung von Terminvorgaben ausgesprochen. Yvonne Strowe schenkte mir nur ein verächtliches Botoxlächeln. Die Genugtuung, mich endlich los zu sein, stand ihr ins deformierte Gesicht geschrieben.

Frau Heyster bemühte sich erst gar nicht, mich freundlich zu verabschieden. Sie war bereits damit beschäftigt, die Scherben aufzusammeln und die zerstörten Möbel wieder hinzustellen.

W wie Wo

Heiße Tränen der Wut fluteten mein Gesicht. Ich konnte keinen klaren Gedanken fassen. Gestern war noch alles in Ordnung. Auf dem Weg nach draußen begegnete ich Henner Claassen. Er sah mich mitleidig an und erkundigte sich höflich wie immer nach meinem Befinden.

»Hab's vermasselt. Tschüs!«, sagte ich leise.

Was sollte ich Claassen erzählen? Mein Abgang war jämmerlich. Edith war noch immer nicht aufgetaucht, und Alan hatte ebenfalls seinen Job verloren. Ich schluchzte so laut, dass es im Treppenhaus widerhallte.

»Soll ich noch mal mit Bernold sprechen?«, fragte Claassen besorgt. »Manchmal meint er es gar nicht so. Bernold neigt zu Überreaktionen.«

Dieser Hinweis kam eindeutig zu spät. Für mich war nichts mehr zu kitten.

»Vielen Dank, Herr Claassen. Wenn Sie wüssten, was vorgefallen ist, nähmen Sie Ihr Angebot zurück.«

Ich schaute ihn lange an. Seine sonst so strahlenden Augen schwiegen.

»Und ehrlich gesagt – die Arbeit in diesem Unternehmen ist lebensgefährlich. Das habe ich selbst erlebt.«

»Hätten Sie doch nur auf mich gehört«, bedauerte Claassen meinen Abschied.

Ich wusste nicht, was er meinte, nahm ihn aber ungeniert in den Arm.

»Meine liebe Trixi, ich werde Sie vermissen. Sie haben so viel Frische in den Verlag gebracht.« Mit diesem Kompliment zauberte Claassen ein schwaches Lächeln auf mein Gesicht.

»Können Sie mir einen Gefallen tun?«, fragte ich ihn. »Passen Sie auf Edith auf. Ich habe Angst, dass sie unter die Räder kommt. Gestern hatte sie angeblich einen Nervenzusammenbruch.«

»Keine Sorge, Edith ist zäher, als Sie glauben. Aber ich passe auf sie auf, das verspreche ich Ihnen.«

Ich schlurfte die Treppen hinab auf die Straße. Die Sonne gab ihr Bestes, doch ich spürte nichts.

Auf dem Weg nach Hause versuchte ich Alan zu erreichen. Sein Handy war ausgeschaltet. Weinend quasselte ich ihm auf die Mailbox und bat um Rückruf. Wenn ich nicht bald mit ihm sprach, drehte ich durch. Wo war er? Stand er mit ein paar Tütchen am Bahnhof und vertickte Koks, oder war er nach Bellersens Drohung direkt ausgewandert und saß in einem Flieger nach Galway? Warum hatte er mich nicht angerufen?

Ich schloss die Haustür auf, und etwas Wuchtiges versperrte mir den Weg. Ein großer Karton prangte mitten im Flur.

Bücher Sybille

Heulend brach ich auf der Treppe zusammen.

Als ich wieder einigermaßen vernehmungsfähig war, fand ich mich auf Florence' Sofa wieder. Sie hatte mir eine bunte Häkeldecke umgelegt und hielt meine Hand.

»Was ist los, Mademoiselle? Gestern war deine Welt doch noch 'eile.«

Ein weiterer Weinkrampf schüttelte mich, und ich begann mit Satzfragmenten um mich zu werfen.

»Pleite – obdachlos – Godzilla – kranke Edith – Alan – dicke Lippen – alles kaputt – Simon spinnt – A-ha-laaan – Sybille töten – Mongolei!«

Rahel erschien auf der Bildfläche und warf vor Schreck ihre Schultasche in einen der großen Blumentöpfe.

»Rufen wir einen Krankenwagen«, schlug sie vor. »Oder Mama bringt eine Valiumspritze aus dem Krankenhaus mit!«

Sie rannte aufgeregt durch die Wohnung.

In meinem Dämmerzustand sah ich nur noch Umrisse.

»Trixi, wir müssen wissen, was passiert ist!«, ermahnte mich Gerd mit tiefer Stimme. Erst jetzt fiel ein erster Schockschleier von mir ab. Mit großer Mühe versuchte ich zu berichten. Florence drückte mich immer wieder an sich und verabreichte mir einen säuerlichen Tee. Die Wärme tat mir gut, und langsam taute mein schockgefrorenes Sprachvermögen wieder auf.

»Wir brauchen einen Plan«, beschloss Florence.

Ich verstand nicht, was sie damit meinte, doch Rahel begriff sofort.

»Erstens: Wir werden Alan finden, das schwöre ich. Zweitens: Wir müssen herausfinden, wie es Edith geht. Wenn sie wieder fit ist, geht es Trixi auch besser. Drittens: Bellersen und Strowe haben Dreck am Stecken. Da muss etwas unternommen werden. Und den toten Wiltmann haben wir auch noch auf dem Plan.«

Rahel wirkte irgendwie ratlos, aber aufzugeben kam für sie nicht in Frage – im Gegensatz zu mir, denn ich fiel plötzlich in einen tiefen, verzweifelten Schlaf.

»Wie scheiße ist das denn? Sind alle wie vom Erdboden verschluckt?«, meckerte Rahel. Ich lag noch immer auf dem Sofa, und Florence und Rahel saßen neben mir. Rahel hatte ihren Laptop auf dem Schoß und tippte wild darauf herum.

Florence diktierte: »Wir 'aben 5-mal versucht, Edith anzurufen. Rien – ohne Ergebnis. Im Kranken'aus ist sie auch nischt. Das 'at Betty über den Stationsleiter 'erausgefunden. Alan geht immer noch nischt an seine 'ändy. Ra'el war bei ihm zu 'aus, doch dort öffnet niemand die Tür. Oh, Trixi wird wach – meine Spezial-Baldrianrezept 'at gewirkt.«

Wie lange hatte ich geschlafen? Die beiden schienen fest entschlossen, mir zu helfen. Doch was sollte das noch bringen? Ich fühlte mich überflüssig – in diesem Haus und auf dieser Welt.

Um kurz vor sieben klingelte mein Handy mit einer unterdrückten Rufnummer.

»Frau Gellert?«

Es war eine bekannte Stimme, aber nicht die des anonymen Anrufers. Zum Glück hatte ich kein Geruchstelefon, denn am anderen Ende sprach Powalowski.

»Wie gut. Sie leben noch.«

»Wie bitte?«, fragte ich zurück.

»Entschuldigung, dass ich Sie störe. Ich weiß, Sie haben heute Ihren Job verloren, aber ich habe eine sehr dringende Frage.«

»Wenn's sein muss.«

Powalowski war völlig außer Atem. Er schnaufte ins Telefon, als hätte er gerade die Zugspitze erklommen.

»Wir befürchten das Schlimmste.«

Schnauf.

»Denn wir haben einen Brief gefunden. Besser gesagt, er wurde am frühen Abend Frau Heyster zugestellt.«

»Ja und?«, funkte ich dazwischen. Alter Umstandsfritze. Frau Heyster bekam doch jeden Tag Post.

»Wir wissen nicht, wer ihn verfasst hat, aber wir sind sehr besorgt.«

Schnauf, schnauf.

»Es ist eigentlich nur eine kurze Nachricht. Mit dem Computer geschrieben. Darin steht ... warten Sie, ich lese vor: *Ihr wollt mich loswerden! Macht Euch nicht die Mühe, mich zu suchen. Ich gehe dorthin, wo alles begann. Denn nur dort finde ich endgültig Ruhe.*«

Schnauf. Kurze Pause.

Mein Herz begann zu rasen.

»Haben Sie eine Ahnung, ob Edith diesen Brief verfasst haben könnte? Wir wissen, dass sie gestern ziemlich aufgelöst ihr Büro verlassen hat und heute nicht zur Arbeit erschienen ist. Oder könnte Herr Tivendale diesen Brief geschrieben haben? Ja, und Ihnen wurde schließlich auch gekündigt. Herr Bellersen, Frau Strowe und ich – wir sind gleichermaßen besorgt und ratlos.«

Bellersen und Strowe konnten bleiben, wo der Verlagspfeffer wächst. Dieser Abschiedsbrief klang verdammt nach Edith. Alan war doch viel zu cool für eine solche Aktion. Oder nicht?

Ich zitterte wie am Vormittag, als ich unter Bellersens Tisch gehockt hatte.

»Hören Sie, Herr Powalowski. Ich weiß leider nicht, wo Edith steckt. Aber wenn ich eine Idee habe, melde ich mich bei Ihnen. Und wo Alan ist, danach können Sie ja Herrn Bellersen noch mal fragen.«

Ich legte auf und schaute Rahel und Florence an, die alles mitgehört hatten.

»*Dort'in, wo alles begann*«, zitierte Florence. »Das klingt très pathétique. Isch schließe Alan aus. Er ist so eine lässige Mann und findet überall einen neuen Job. Non, isch bin mir sischer, das ist die 'andschrift einer Frau.«

»Vielleicht ist das ein Hinweis auf Ediths Geburtsort«, rätselte Rahel.

Ich hatte keine Ahnung, wo sie geboren worden war. Überhaupt stellte ich fest, dass ich über Edith nicht wirklich viel wusste. Sie war nicht verheiratet und hatte keine Kinder. Das war nichts Außergewöhnliches. Wenn sie verreiste, dann stets in ferne Länder. China, Indien, Mexiko waren ihre letzten Ziele, von denen sie mir erzählt hatte.

»Hat Edith keine Eltern und Geschwister? Oder wenigstens einen Lover?«, hakte Rahel noch mal nach.

»Einen LOVER? Allein das Wort würde Edith Pusteln ins Gesicht treiben. Soviel ich weiß, gibt es niemanden. Bei der Arbeit hat sie manchmal vom alten Bellersen geschwärmt. Aber das war die pure Nostalgie. Ich glaube, Edith hat große Sehnsucht nach der guten alten Zeit. Der Verlag ist ihr Leben. Sie steckt alle Zeit und Energie in die Arbeit.«

Es war schon erstaunlich, wie oft Edith von früher sprach. Benno hier, feste moralische Werte da. Verwandte und Freunde erwähnte sie nie. Irgendwie lebte sie in ihrer eigenen Welt.

»Gibt es denn Orte, die für den Verlag wichtig waren?«, fragte Florence. »Wurde das Unternehmen in Gütersloh gegründet?«

»Ja. So viel habe ich immerhin bei meinen Recherchen herausgefunden. Die einzigen Orte, die mir einfallen, sind die Namen der Besprechungsräume. Wuppertal, Wolfsburg und Wangerooge.«

»W wie witzig. Alle Orte beginnen mit einem W«, kicherte Rahel und begann gleich zu singen. »Wer, wie, was? Wieso, weshalb, warum? Wer nicht fragt, bleibt dumm.«

Die drei Orte sagten mir nicht viel. Ich wusste lediglich, dass Benno auf Wangerooge gestorben war. Mehr nicht.

»Lass mich das machen«, bot Rahel an und surfte im Internet.

Florence und Gerd kümmerten sich derweil ums Abendessen. Jedes Mal, wenn ich an Alan dachte, wurde mir flau, denn ich machte mir langsam große Sorgen um ihn.

Am späten Abend waren wir nicht viel schlauer. Rahel hatte herausgefunden, dass die Familie von Benno Bellersens früh verstorbener Frau Inge aus Wuppertal stammte. Warum sollte Edith also nach Wuppertal reisen? Es blieben noch Wolfsburg und Wangerooge.

Walhalla

Die ganze Nacht über rief ich alle zwei Stunden abwechselnd auf Alans Handy und auf seiner Privatnummer an. Ohne Ergebnis. Auch Edith ging nicht an ihr Telefon. Ich fühlte mich ohnmächtig und war so aufgewühlt, dass ich nicht schlafen konnte.

Um halb fünf zwitscherten die Vögel, und ich starrte unter meine Zimmerdecke.

»Triiiiixiiiiii! Komm schneeeeell!«

Ich sprang aus dem Bett. Rahels Stimme ließ für einen kurzen Moment die Vögel verstummen.

Mit großen Sätzen stolperte ich in Rahels Zimmer. Sie saß vor ihrem Computer und schrie: »Da ist sie!«

Ich kapierte nichts – außer, dass Rahel offensichtlich die Nacht am Computer verbracht hatte. Sie trug dieselbe Montur wie am Vorabend. Ihre Haut war blass, vier Flaschen Cola, die leer neben dem Rechner standen, mussten sie wach gehalten haben.

»Da!«, schrie sie noch lauter und zeigte auf ihren Bildschirm.

Ich beugte mich vor und sah nur ein verschwommenes Foto.

»Ist das Edith oder ist das Edith?«, rief Rahel total übermütig.

»Wo?«, fragte ich. Ich brauchte zwar keine Brille, aber auf dem Bild konnte ich in meiner Aufregung nichts erkennen.

»Die Frau mit dem Turban. Du hast doch gesagt, Edith trägt einen Turban – wegen ihrer Verletzung.«

Jetzt erkannte ich sie auch. Edith!

»Woher hast du diese Aufnahme?«, fragte ich Rahel.

»Aus dem Internet, du Doofchen«, gab Rahel triumphierend zurück. »So etwas nennt man Webcam-Foto. Das Bild wurde gestern Abend geschossen – um 18 Uhr 30.«

»Weißt du, wo das ist?«

Auf dem Foto war Edith auf einer schmalen Straße zu erkennen. Kein Zweifel. Leicht gebeugt schlich sie mit ihrem bunten Turban durch eine Fußgängerzone.

»Dreimal darfst du raten. Wuppertal, Wolfsburg oder Wangerooge?«

Ich tippte richtig. Altklug erklärte Rahel mir, dass die meisten Städte eigene Webcams haben. Sie hatte alle Internetseiten der drei Orte durchforstet. Als sie nach vielen Stunden mit ihrer Suche nach Verbindungen zum Bellersen Verlag nicht weiterkam, fing sie an, die Webcam-Bildarchive zu durchstöbern. Und zack – mitten auf Wangerooge entdeckte sie Edith.

»Rahel! Du bist –. Also, du bist wirklich die – BESTE!«, juchzte ich und knutschte sie auf die Wange.

Genervt zog sie sich aus meiner Umarmung und witzelte: »Lass gut sein. Was kriege ich dafür?«

»Das überlege ich mir später«, antwortete ich, während meine Gedanken schon fieberhaft losrasten.

Wenn Edith nach Wangerooge gefahren war, um sich umzubringen, dann lief mir die Zeit davon. Hoffentlich lebte sie noch.

Ich konnte doch nicht den Bürgermeister anrufen und sie wie ein Kind, das in einem Kaufhaus verlorengegangen war, auf der Insel ausrufen lassen. Schon gar nicht um kurz vor fünf in der Frühe.

»Fährzeiten suchen, hinfahren, Edith finden«, schlug Rahel vor.

»Du bist witzig. Wie komme ich wohl am schnellsten dorthin? Mit meinem Fahrrad?«

Bei diesem Stichwort durchschoss ein stechender Schmerz mein Herz. Ich vermisste Alan.

Eine Sekunde später war ich mir sicher, dass Edith die Verfasserin des Abschiedsbriefs war. Die kitschige, dramatische Formulierung, eine wehmütige Reise zum Todesort ihres heiligen Chefs – das alles passte zusammen. Die Arbeit im Verlag war ihr schließlich das Wichtigste. Was hatte sie nicht alles erlebt in den letzten Wochen? Kein Wunder, dass Edith am Ende ihrer Kräfte war.

Jedenfalls war Alan nicht der Verfasser des Briefs. So viel Verzweiflung hatte ich ihm auch nicht zugetraut. Vielleicht hatte er sich tatsächlich für ein paar Tage abgesetzt, um zu überlegen, was er tun sollte.

Ich atmete tief ein und wusste: Jetzt musste ich Edith retten – ihr Leben war in Gefahr.

»Um 7 Uhr 30 und 13 Uhr 45 fahren Schiffe ab Harlesiel.«

Rahel hatte blitzschnell die Überfahrtzeiten herausgefunden.

»Mehr Fähren gibt es nicht?«, fragte ich entsetzt.

»Fähren vielleicht schon, aber keine Abfahrtszeiten.« Teenagerhumor.

»Schmeiß Florence aus ihren geblümten Kissen und frag sie, ob sie mit dir hinfährt.«

Rahel grinste und gefiel sich offensichtlich in der Rolle der Oberkommandeurin.

»Was guckst du so? Ich habe schließlich weder Führerschein noch Auto und darf gleich todmüde zur Schule fahren – sonst würde ich dich gern hinkutschieren.«

Rahel hatte recht. Ihre Hartnäckigkeit war bewundernswert. Wenn ich wieder zurück war, würde ich ihr etwas ganz Besonderes spendieren – egal, was es kostete.

Eine Stunde später tuckerten Florence und ich im Jaguar über die Autobahn. Mit 90 Stundenkilometern war das Geschwindigkeitsmaximum des Weltkulturerbefahrzeugs erreicht.

»Ach, Trixi«, philosophierte Florence. »Wie schön es ist, so frühmorgens dursch die Landschaft zu fahren. Das sollte man viel 'äufiger tun.«

Innerlich drückte ich aufs Gaspedal, doch Florence hielt stur das Faultiertempo.

»Was machen wir, wenn wir die Fähre um 13 Uhr 45 nicht erreichen?«

Vor meinem Auge sah ich uns am Fähranleger ankommen und die Rückseite der Fähre davonschwimmen. Fröhliche Menschen winkten zum Abschied den Festlandszurückgebliebenen.

»Das schaffen wir schon«, ermunterte mich Florence. Wie konnte sie bloß so ruhig bleiben?

»Isch glaube, deine Freundin sitzt in die Café Pudding und genießt eine Tasse Ostfriesentee.«

Café Pudding? Ostfriesentee? Florence' Phantasie blühte sogar beim Autofahren.

»Weißt du, meine Liebe. Wenn Edith erst einmal an der See ist und ihr die frische Luft um die Ohren – oh, pardon, um den Türban – weht, dann überlegt sie sisch das mit dem Suizid noch einmal.«

»Wie kommst du denn darauf?«, antwortete ich entgeistert. Ich wusste, dass Edith eine harte Nuss war. Sobald sie sich etwas vornahm, gab es kein Zurück mehr. Man hätte denken können, Edith sei die Erfinderin des Dogmatismus.

Ich dachte dabei an die vielen Mittagessen, die sie sich sparte, wenn sie ein Projekt zu erledigen hatte.

»Glaub mir. Isch kenne die Wirkung des Seeklimas.«

Florence schmunzelte und errötete leicht.

Ich schaute aus dem Fenster und versuchte tief einzuatmen. Die Morgensonne zauberte ein pastellfarbenes Licht auf die Felder und Wiesen. Meine Gedanken flogen zu Alan, und langsam wandelte sich meine Furcht in Wut. Da er nicht als Selbstmordkandidat in Frage kam, wunderte ich mich, warum er sich nicht bei mir meldete. Vielleicht hakte er mich gerade als erreichtes Etappenziel auf seiner Trixi-Flachleg-Tour-de-France ab. Hatte Edith mich nicht ausdrücklich vor seinem Womanizer-Talent gewarnt?

Kurz vor Oldenburg machten wir eine Pause. Florence bestellte einen doppelten Espresso, da sie einzuschlafen drohte und sich stur weigerte, mir das Steuer zu überlassen.

Ich war so aufgekratzt, dass ich auf der Stelle eine Valium-to-go gekauft hätte. Während Florence ihre Stärkung genoss, marschierte ich zur Toilette. Ein schmächtiger Mann mit dicker Brille und grauem Kittel wischte gerade durch die Gänge der Damenklos und begrüßte mich mit einem freundlichen »Moin«. Irgendwie fühlte ich mich durch seine Anwesenheit beobachtet und verkroch mich in die hinterste Toilettenkabine. Es roch nach Putzmitteln und Duftsteinen. Abgeschlagen setzte ich mich hin, um gleich wieder aufzuspringen. Die kalte Toilettenbrille war pitschnass, und mit einem lauten »Boah nee, igitt!« versuchte ich, der Situation Herr zu werden. Als ich es geschafft und mir die Hände gewaschen hatte, stiefelte ich mit beleidigter Miene an dem Mann vorbei, der mittlerweile seinen Stammplatz neben dem Kleingeldteller eingenommen hatte.

»Sie glauben doch wohl nicht, dass ich Ihnen Trinkgeld gebe?«, motzte ich.

»Arrogante Tussi«, murmelte er.

Ich drehte mich um und sah ihn durchdringend an.

»Die Brille war nass! Wer weiß, wer da seine Spuren hinterlassen hat. Nennen Sie das Service?«

»Natürlich. Ich habe die Toilette extra für Sie gereinigt. Als ich sah, wie Sie mit Ihrer Frau Mutter in dem eleganten Jaguar vorfuhren, habe ich mir überlegt, noch einmal alles schnell zu säubern. So ein schönes Gespann sieht man hier selten.«

»Oh. Verstehe.«

So konnte man es auch sehen. Mich beschlich ein peinliches Gefühl. Meine Laune war wirklich im Keller. Ich kramte fünfzig Cent aus meinem Portemonnaie und legte sie auf den leeren Teller.

Florence stand neben dem Parkplatz in einer Wiese und pflückte Blumen. Sie hatte einen seligen Gesichtsausdruck. In diesem Moment wünschte ich mir, sie wäre wirklich meine Mutter und hätte mir ihr Gelassenheitsgen vererbt.

»Weißt du, warum isch die Seeluft so gut kenne?«, fragte sie lächelnd.

Ich zuckte mit den Schultern und schaute demonstrativ auf die Uhr. Florence verstand meinen Wink und setzte sich wieder hinters Steuer.

»Isch 'abe Gerd auf Wangerooge kennengelernt. Er arbeitete damals im besten 'otel der Insel, und isch 'atte eine Konzert-Engagement für die Sommersaison.«

Mit lautem Geheul ließ sie den Motor an und holperte los.

»Wie romantisch«, kommentierte ich.

Während wir durch die ostfriesische Weite gondelten, erzählte sie mir die ganze Geschichte. Es war Liebe auf den ersten Blick. Gerd vergötterte Florence. Er konnte sich nicht sattsehen an ihrem blassen Gesicht und ihren dunklen Haaren. Eines Abends nahm sie ihr Cello mit in die Dünen. Sie hatte für ihn ein Lied komponiert und spielte es ihm vor. Seit dieser Premiere waren Florence und Gerd ein Traumpaar.

Um kurz vor eins erreichten wir Harlesiel.

»Oh, là là«, staunte Florence. »'ier 'at sisch aber einiges verändert.«

Wir versuchten uns zu orientieren, und mit Hilfe eines Hafenarbeiters fanden wir einen freien Parkplatz in der Nähe des Anlegers.

Florence kletterte aus dem Wagen und warf die Arme in die Luft.

»Wangerooge ma belle, wir kommen! Und Edith retten wir auch, isch spüre es.«

Ich war da nicht so sicher und schaute mich um. Als ich die Fähre im Hafenbecken dümpeln sah, sprach ich ein leises »Danke« in den blauen Himmel.

Der Wind war kühl, und meine Haare wehten durcheinander. Es roch nach Salz und Brackwasser. In der Ferne konnte ich die Umrisse der Insel erkennen. Alles wirkte so friedlich.

Nachdem wir die Fahrkarten gekauft und unsere Reisetaschen aufgegeben hatten, gingen wir an Bord. In diesem Moment zog ein ohrenbetäubendes Dröhnen über uns hinweg.

»Ma chère. Das ist ein Inselflieger«, gab Florence zum Besten. »Wenn wir die Fähre verpasst 'ätten, wäre uns immer noch die Möglischkeit geblieben, ein Flugzeug zu nehmen. Wie gern würde isch mal wieder fliegen.«

Florence blickte sehnsüchtig nach oben.

Die kleine Propellermaschine knatterte von Windböen hin- und hergeschaukelt in den Himmel Richtung Insel.

»Nicht mit mir«, gab ich prompt zurück. Ich war froh, dass wir von dieser Möglichkeit keinen Gebrauch machen mussten.

Auf der Überfahrt machten wir es uns gemütlich. Ich blickte aufs glitzernde Wattenmeer und hatte einen Anflug von Urlaubsgefühl. Kurz nachdem das Schiff ablegte, klingelte mein Handy, und ich riss es aus meiner Tasche.

»Trixi?«

Es war der schlaue Simon.

»Hör mal, mein Schatz. Kurze Mitteilung aus der Nachrichtenzentrale.«

Mister Wichtig meldete sich bei mir? Was gab es denn jetzt schon wieder? Nicht einmal mein stürmischer Abgang hatte ihn abgewimmelt.

»Es geht um deine Kollegin Yvonne –«

»Ex-Kollegin. Ich arbeite nicht mehr für Bellersen und Konsorten«, unterbrach ich Simon. Er sollte gleich wissen, dass ich als Informantin ausgedient hatte.

Simon blieb einen Moment still, dann fuhr er fort.

»Na egal. Frau Strowe hat sich für heute Abend zu einem Exklusivinterview in meine Sendung eingeladen. Ich schätze, sie will etwas loswerden, das die Öffentlichkeit interessiert.«

»Ich bin gerade nicht im Sendegebiet. Das Interview werde ich wohl verpassen«, maulte ich ihn an. Während ich das sagte, verselbständigten sich meine Gedanken. Wollte Yvonne etwas zu Paul Wiltmanns Tod sagen? Oder zu den zigfachen mysteriösen Abgängen ihrer Mitarbeiter? Ich hatte keine Ahnung und tat so, als interessiere es mich nicht.

»Dann viel Spaß heute Abend – und richte Yvonne doch bitte herzliche Grüße aus, auch von Edith, falls sie noch lebt!«

Diesen bedeutungsschwangeren Giftgruß von der Nordsee konnte ich mir nicht verkneifen und legte auf.

Trotzdem beschäftigte mich Simons Anruf, und ich schickte Rahel eine SMS mit der Bitte, am Abend Simons Radiosendung zu hören. Natürlich wollte ich wissen, was Miss Piggy zu sagen hatte.

Kurz bevor wir die Insel erreichten, fiel mir auf, dass wir weder eine Rückfahrt noch eine Übernachtung gebucht hatten. In der Hektik hatte ich überhaupt nicht daran gedacht.

»Mensch Florence, wahrscheinlich müssen wir auf der Insel übernachten. Meinst du, wir finden noch ein billiges Zimmer?«

Florence sah mich mit ihren großen, dunklen Kulleraugen an und lächelte.

»Pas de problème. Isch 'abe auf Wangerooge nischt nur Gerd kennengelernt, sondern auch Ingetraut.«

Soso, Ingetraut. Dieser Name war mir unbekannt, aber ich ahnte, dass Florence bereits etwas organisiert hatte.

»Sie ist eine gute Freundin und betreibt mit ihrem Mann Onno eine kleine Pension. Isch 'abe Gerd gebeten, sie anzurufen und uns eine Zimmer zu reservieren.«

Noch ein Stein fiel von meinem bleischweren Herzen. Nur Alans Verschwinden drückte noch mit voller Zorneskraft darauf.

Bei strahlendem Sonnenschein verließen wir das Schiff und rollten mit einer klapprigen, zugigen Bahn in den Ort. Die kleine Insel wirkte so friedlich. Fast wie im Dornröschenschlaf. Warum musste Edith ihren schwermütigen Plan ausgerechnet hier in die Tat umsetzen?

»Moin, Florence!«

Ingetraut war eine resolute Frau mit weißblond gelockten Haaren. Ich schätzte sie auf Ende fünfzig, und mit derselben Herzlichkeit, mit der sie Florence empfing und umarmte, begrüßte sie mich. Sie trug eine bestickte Schürze über einer weit geschnittenen Jeans und einem Holzfällerhemd. Diese Frau stand mit beiden Beinen im Leben. Ihre kleine Pension war urig eingerichtet. Überall hatte sie kleine Modelle von Fischerbooten aufgestellt, Netze schmückten die bunten Tapeten.

»Und Sie sind Trixi, die Deern mit der Pechsträhne.«

Keine Ahnung, was Gerd ihr über mich erzählt hatte. Ich nickte nur kurz und freute mich über ihre Herzlichkeit.

»Tässchen Tee? Es gibt so viel zu beschnacken.«

Florence war begeistert und willigte ein.

»Was ist mit Edith?«, fragte ich irritiert. »Hast du vergessen, weshalb wir hier sind?«

»Ah oui! Isch ’ätte es wirklisch fast vergessen. Ingetraut, wir ’aben eine Notfall. Trixis Freundin Edith ist auf der Insel, und wir befürschten, sie will sisch umbringen. Leider wissen wir nischt, wo sie sisch befindet.«

Der toughen Ingetraut fiel die Kinnlade herunter.

»Wie sieht sie denn aus, eure Freundin Edith?«

»Klein, zierlich, bunte Kleidung, rote Haare. Ach nein, im Moment trägt sie so eine Art Wickelturban, denn sie hatte einen Unfall.«

Ingetraut überlegte.

»Habt ihr ein Foto?«

Ich kramte das verschwommene Webcam-Foto aus der Tasche und zeigte auf Edith. Dabei ärgerte ich mich, dass ich nicht an ein gutes Foto gedacht hatte.

Ingetraut schüttelte den Kopf.

»Schlecht zu erkennen. Ist mir nicht aufgefallen, diese Frau«, lautete ihr knapper Kommentar.

Florence und ich schauten uns fragend an. Meine gespielte Ruhe würde nicht mehr lange anhalten.

»Wissen Sie vielleicht, wo sich die Ferienwohnung des bekannten Verlegers Benno Bellersen befindet?«, fragte ich verzweifelt.

»Der Weltenbummler-Bellersen?«

»Genau der«, warf ich ungeduldig ein.

»Ich habe viele Bände von ihm. Das waren damals echte Kultbücher. Also, ich habe den Weltenbummler Gardasee, den Weltenbummler Chiemgau und den Weltenbummler Taunus. Onno hat seinerzeit den Band Schweden gekauft. Oder war es Norwegen?«

Mensch, Ingetraut. Jetzt wurde ich langsam ungeduldig.

»Die Bücher nützen uns wenig. Wissen Sie, Benno Bellersen hatte hier irgendwo eine Ferienwohnung. Er ist sogar auf der Insel verstorben. Von einem Gerüst erschlagen.«

Ingetrauts Gesichtszüge erhellten sich.

»Aber ja doch, ich erinnere mich. Der arme Mann lag mausetot unter einer Eisenstange vor dem Appartementhaus Miramar. Sie glauben nicht, was hier damals los war.«

»Wo ist das?«, fragte ich. Jeder Anhaltspunkt zählte.

»Direkt an der Strandpromenade.«

Ich schnappte meine Umhängetasche und hastete zur Tür, als Ingetraut hinter mir herrief.

»Ich glaube, den Weg können Sie sich sparen. Nach seinem Tod hat die Familie die Ferienwohnung verkauft.«

»Mir egal«, sagte ich trotzig.

Das Appartementhaus Miramar war eine üble Bausünde der 60er Jahre. Irgendjemand musste die Schönheit der Strandpromenade nicht mehr ertragen und ein klotziges sechsstöckiges Haus an den Rand der Dünen gebaut haben. Atemlos stand ich vor dem Gebäude und betrachtete die dunklen Fensterfronten.

Hier hatte Bellersen senior also seine Ferien verbracht. Ich musste zugeben, die Lage war außergewöhnlich. Wenn man aus dem Haus herausblickte, hatte man wahrscheinlich eine berauschende Aussicht auf die offene See und den breiten Sandstrand.

Ich lief um das Haus und warf einen Blick auf die unzähligen Klingelschilder. Franz, Griesheimer, Witt, Stenzel, Braun, Roller. Es war kein Name dabei, der mir etwas sagte. Enttäuscht und unverrichteter Dinge machte ich mich auf den Rückweg in die Pension Ingetraut.

Das Dorf war nicht sehr groß, dafür umso beschaulicher. Verlaufen konnte man sich hier nicht. Das gefiel mir.

In der schmalen Fußgängerzone entdeckte ich eine Buchhandlung. Als ich daran vorbeilief, fiel mein Blick auf ein großes Buch im Schaufenster. Auf dem Cover prangte ein Beduine mit einem prächtigen blauen Turban. Der kunstvoll gewickelte Stoff erinnerte mich an Ediths Bandage. Erst jetzt sah ich die Verbindung. Wenn es ein Geschäft gab, das Bücherwürmchen Edith auf der Insel interessierte, dann war es dieses.

Ich betrat den kleinen Laden, und die typische Duftmischung aus Zeitungs- und Buchpapier stieg mir in die Nase. Dieses trocken-warme Aroma war mir deutlich lieber als der staubige Archivmief des Verlagsdachbodens. Hinter dem Verkaufstresen stand ein Mann und plauderte mit einer Kundin. Ich schlenderte zwischen den Buchregalen hindurch und tat so, als suchte ich einen bestimmten Titel. Hoffentlich verschwand die geschwätzige Inselfrau bald.

Nach einer gefühlten halben Stunde wurde es mir zu bunt, und ich drängelte mich neben sie.

»Kripo Oldenburg«, log ich und zog das zerknüllte Foto hervor. »Kennen Sie diese Frau?«

Ich fühlte mich wie eine Fernsehkommissarin, und fast hätte ich mich vollends mit dieser Rolle identifiziert – wäre da nicht meine Angst um Edith gewesen.

Der verdutzte Buchhändler sah über seinen Brillenrand an mir hinab und wieder rauf und antwortete ruhig: »Ist die Frau eine Verwandte von Ihnen?«

»Nein, eine Freundin«, gab ich zurück.

»Die Nummer mit der Polizei ist nicht schlecht, aber Sie sollten noch etwas üben. Oder können Sie mir Ihren Dienstausweis zeigen?«

Wieso hatte der gute Mann mich entlarvt? Ging ich etwa nicht als fesche Zivilbeamtin durch, oder lag es vielleicht an meiner improvisierten Antwort?

»Ihre Freundin ist wirklich eine Granate. Als sie heute Vormittag im Laden war, wollte sie mir allen Ernstes weismachen, sie hätte alle Reiseführer geschrieben, die wir im Regal stehen haben.«

Volltreffer, der Mann beschrieb eindeutig Edith – immerhin hatte sie am Vormittag noch gelebt.

Ich wertete das als gutes Zeichen.

»Entschuldigen Sie meinen Überfall, aber wenn es nicht wirklich wichtig wäre, würde ich mich bestimmt nicht vordrängeln.«

Ich versuchte ein halbherziges Lächeln.

»So sind die Gäste – immer die Wichtigsten«, warf mir die Kundin von der Seite zu. »Seltsame Leute erleben wir hier jedes Jahr, nicht wahr, Jasper? Tschüs dann.«

Mit der *Bild*-Zeitung unter dem Arm verließ die Kundin das Geschäft.

»Ihre Freundin bringt mich normalerweise jedes Mal zum Lachen. Aber heute ging es ihr nicht gut«, fuhr der Buchhändler fort.

»Wieso jedes Mal?«, fragte ich entgeistert.

»Ach, sie ist so herrlich verrückt. Jeden Sommer kommt sie hier rein und erzählt mir Schwänke aus ihrer Jugend. Und ich fürchte, einige entsprechen nicht der Wahrheit.«

»Wie meinen Sie das – aus ihrer Jugend?«

»Zum Beispiel, dass sie hier mit ihrem Mann, dem Verleger Benno Bellersen, unbeschwerte Urlaube verbrachte. Weiß doch jeder, dass der arme Kerl ein früher Witwer war. Wirklich realistisch erscheinen mir ihre Ausführungen nicht. Es ging damals nur das Gerücht um, Bellersen habe eine Geliebte.«

Ach du Schande. Ich bat den Buchhändler, mir mehr zu erzählen. Er berichtete, dass Edith seit über zwanzig Jahren auf die Insel kam. Das hatte Edith nie erwähnt. Als wir über Wangerooge sprachen, tat sie immer unbeteiligt. Mich traf der Schlag.

»Wissen Sie, wo meine Bekannte auf der Insel wohnt? Wir wollten uns heute früh treffen, haben uns aber verpasst.«

Der Mann musste schließlich nicht wissen, was es mit meiner Suche auf sich hatte.

»Das ist ja gerade das Merkwürdige. Bis letztes Jahr wohnte Ihre Freundin – wir nennen sie übrigens ›Püppi Bunt‹, weil sie immer so farbenfroh gekleidet ist – in der alten Kapitänsvilla. Aber die wird gerade abgerissen. Dort ist sie garantiert nicht. Entweder hat sie ein Zimmer oder eine Ferienwohnung angemietet. Ich bin jedenfalls froh, dass jemand da ist, der sich um sie kümmert. Ihre Bekannte machte keinen glücklichen Eindruck.«

Ich bedankte mich bei dem hilfsbereiten Buchhändler,

fragte ihn nach der Adresse der Kapitänsvilla und drückte ihm – in vollendeter Kripomanier – meine Handynummer in die Hand, für den Fall, dass Edith bei ihm auftauchte.

Die alte Kapitänsvilla war ein abbruchreifes Gemäuer. Sie lag abseits des Dorfes hinter einem kleinen Wäldchen in den Dünen. Dachpfannen und Fenster fehlten bereits. An zwei Seitenwänden hingen zerrissene Planen, die im Wind flatterten. Ich konnte mir gut vorstellen, dass dieses Haus in seiner Blütezeit eine stattliche Residenz dargestellt hatte. Jetzt war es nichts als eine Ruine, umgeben von einem verwilderten Garten. Am Grundstücksrand standen zwei Bagger. Sie wirkten wie zwei jagende Löwinnen, die sich im Dickicht anpirschten – bereit zum tödlichen Angriff. Der Buchhändler hatte recht. Hier konnte die pingelige Edith nicht wohnen. Aber was wusste ich schon von ihr?

Ich kletterte über eine kleine Mauer und schlich zwischen Büschen und Bäumen hindurch zu einem der kaputten Fenster. Die Zimmer waren leer. Ich ging weiter bis zum Hauseingang.

»Edith?«, rief ich aufgeregt, als ich durch die offene Tür eintrat. Wirre Bilder tauchten vor meinen Augen auf, und ich wollte mir gar nicht vorstellen, was kommen konnte.

Statt einer Antwort heulte der Wind durch die Räume und trieb einen löchrigen Eimer durch die Zimmer. Mein Herz schlug schneller, und ich begann, im Eiltempo durch die Zimmer zu laufen. Das Haus war leer und verlassen.

Einerseits beruhigte es mich, Edith hier nicht zu finden, andererseits wuchs meine Angst, nicht rechtzeitig bei ihr sein zu können – wo immer sie war.

In der Pension Ingetraut ging es fröhlich zu. Florence und ihre Freundin hatten sich viel zu erzählen. Die vermisste

Edith kümmerte sie wenig. Ich stürmte in die kleine Wohnküche und unterbrach die beiden Quasselstrippen.

Ingetraut hörte geduldig zu.

»Bring doch erst mal die Tasche auf dein Zimmer. Nach dem Essen starte ich einen Rundruf. Wir werden Edith schon finden. Bei dem herrlichen Wetter heute wird sie sich bestimmt nicht umbringen. Sie macht wahrscheinlich einen ausgedehnten Strandspaziergang und kommt wieder auf andere Gedanken.«

Wie war Ingetraut denn drauf? Die Gelassenheit auf der Insel steckte allenfalls Florence an. Mich machte sie rappelig, und ich rief Rahel an. Meine clevere Assistentin traf gerade die Vorbereitungen, um später das Interview mit Yvonne Strowe aufzunehmen.

»Hat Alan sich gemeldet?«

»Falsche Frage«, gab ich knapp zurück. Bei dem Gedanken an ihn wurde mir automatisch heiß. Trotzdem war ich angefressen und wünschte mir, er hätte seinen süßen Po auf sein schnelles Rad geschwungen und wäre mir bei der Suche behilflich, statt sich aus dem Staub zu machen.

Nach Matjes mit Salzkartoffeln ging es mir besser. Zu der Tischrunde hatte sich auch Ingetrauts Mann Onno gesellt. Er war ein echter Insulaner. Mit knapp zwei Metern Körpergröße, seinem graumelierten Vollbart und dem Umfang einer Wattboje bediente er mühelos jedes Seemannsklischee. Ich mochte ihn gleich. Da er sein gesamtes Leben auf der Insel verbracht hatte, kannte er jedes Fleckchen.

»Was passiert mit der Kapitänsvilla?«, wollte ich von ihm wissen.

»Die wird abgerissen, morgen geht es los.«

»Und dann?«

»Kommen die Golfspieler. Das Grundstück gehört der

Gemeinde. Als Erstes wird alles planiert. Dann ein Golfplatz angelegt. Ist eine ideale Ecke in den Dünen.«

Florence begann mit Onno sogleich eine Grundsatzdiskussion über die Notwendigkeit und Ästhetik von Golfplätzen. Ihrer Meinung nach wurden die Rasenflächen zu steril angelegt. Blühende Blumenwiesen im Sinne floraler Flächengestaltung seien eine Alternative. Mit einem Augenzwinkern versprach Onno, ihren Vorschlag bei der nächsten Gemeinderatssitzung vorzubringen.

Ich hatte keine Lust, ihrem Disput zur Planung der ostfriesischen Kulturlandschaft zu folgen, und dachte darüber nach, warum Edith auf die Insel gefahren war.

Edith als Geliebte des alten Bellersen? Auch wenn ich Schwierigkeiten hatte, mir dieses ungleiche Paar vorzustellen, versuchte ich, die Zeit zurückzurechnen. Als Benno starb, musste Edith um die dreißig gewesen sein.

Sie himmelte ihn an, doch bei seinem Aussehen hatte ich eher eine Vaterrolle als die eines feurigen Geliebten vor Augen. Warum behauptete Edith, er sei ihr Mann gewesen?

Vielleicht litt sie unter Wahnvorstellungen. Wollte sie hier – in der Erinnerung an ihre große Liebe – sterben? Wenn sie ausgerechnet auf Wangerooge ihrem Leben ein Ende setzte, dann musste der Ort eine Bedeutung für sie haben.

Nach dem Essen begann Onno, mit Nachbarn und Freunden zu telefonieren. Einige hatten Edith im Ort gesehen, andere wussten nicht, wer gemeint war. Doch niemand wusste, wo sie wohnte.

Ich verabredete mich mit Florence für den nächsten Tag zum Frühstück und stapfte traurig auf mein Zimmer. Die anderen gönnten sich noch einen kräftigen Gute-Nacht-Grog und gingen dann schlafen.

Weltschmerz

Um kurz vor elf hielt ich es nicht mehr aus. Ich zog mich an und verließ die Pension.

Der Wind war stärker geworden und wehte die salzige Luft durch die Straßen. Vielleicht begegnete ich Edith zufällig bei einem abendlichen Spaziergang. Ich konnte doch nicht untätig in meiner Inselkoje liegen. Die Kapuze über den Kopf gezogen, lief ich kreuz und quer durch den Ort. Nur in der kleinen Fußgängerzone und auf der Strandpromenade flanierten einige späte Inselbesucher. Ich ging noch einmal Richtung Kapitänsvilla. Der schmale Dünenweg war nur spärlich beleuchtet, und ich lief schneller. Die Ruine zeichnete sich in der Dunkelheit ab. Nur die knochigen Kiefern des kleinen Wäldchens knarzten im Wind. Zum Glück hatte ich mein Handy aufgeladen. Ich nutzte das Display als dürftige Taschenlampe und leuchtete mir den Weg ins Innere. In unregelmäßigen Abständen klatschten die Planen ans Mauerwerk.

Vorsichtig tastete ich mich durch die einzelnen Räume, denn mein Handy schaffte nur ein müdes Funzellicht, das gerade bis zum Fußboden reichte. Treibende Pulswellen rauschten in meinen Ohren. Welches Zimmer konnte für Edith von Bedeutung gewesen sein? Wenn ich nur den kleinsten Hinweis fände, wäre mir möglicherweise geholfen und Ediths Leben zu retten. Ich schaute auf und blickte auf einen kreisrunden Lichtstrahl, der vor mir auf die Wand traf.

Mein Atem setzte aus, und reflexartig drehte ich mich um. Geblendet taumelte ich zurück.

»Spionierst du mir nach?«

»O mein Gott, Edith«, schrie ich. Mein Herz überschlug sich vor Schreck und Erleichterung. »Du lebst. Bitte mach keinen Quatsch. Wir kriegen das alles wieder hin.«

Ich redete einfach drauflos. »Nimm die Lampe runter. Ich sehe nichts. Geht es dir gut? Bin ich froh, dich gefunden zu haben. Was machst du bloß hier?«

»Meinen Plan in die Tat umsetzen.«

Oje, Edith schien völlig verwirrt. Ihre Stimme klang nicht keifend und hysterisch wie sonst, sondern ruhig und fast ein bisschen mechanisch. Ich überlegte krampfhaft, wie man eine Lebensmüde in ein Gespräch verwickeln und umstimmen konnte. Leider reichte mein polizeipsychologisches Wissen dafür nicht aus.

»Das kannst du später immer noch«, entgegnete ich. »Erzähl mir doch, was gerade in dir vorgeht. Ich bin extra wegen dir nach Wangerooge gefahren.«

»Püppi Bunt« richtete weiterhin den Lichtstrahl auf mein Gesicht.

»Als wenn dich mein Leben interessierte«, gab Edith tranig zurück. »Niemand interessiert sich dafür.«

Scheiße, war das eine verfahrene Kiste. Ich versuchte es auf die harte Tour.

»Los, Edith, Taschenlampe runter, und dann gehen wir in meine Pension oder in eine Kneipe. Und ja, dein Leben interessiert mich sehr wohl!«

Das war nicht mal gelogen. Ich brannte darauf zu erfahren, ob Edith die Geliebte des alten Benno gewesen war.

»Na schön, wenn du unbedingt meinst.«

Ich atmete tief ein und lächelte. Im Scheinwerferlicht kam ich mir vor wie ein gefeierter Star auf der Bühne. Ich hatte soeben den Oscar in der Kategorie Lebensretter gewonnen. Dann trat ich einen Schritt vor und hörte nur noch einen Knall.

»Duck dich!«, rief ich Edith zu und ging blind in die Hocke.

»Nicht nötig.«

Edith warf sich mit vollem Gewicht auf mich und drückte mich zu Boden. Sie verpasste mir einen Schlag auf den Kopf, der mich benommen niedersinken ließ. Mein Handy fiel zu Boden, und das Display erlosch. Erst jetzt erkannte ich im Halbdunkel, dass sie eine Pistole auf mich richtete.

Ich erstarrte.

»Aufstehen«, befahl mir Edith. Umständlich richtete ich mich auf. Dann schubste sie mich vor sich her.

»Jetzt lohnt es sich gleich doppelt, etwas von meinem Leben zu erzählen.«

Was faselte sie da? Wollte sie mich mit in den Tod reißen?

Sie stieß mich durchs Haus, und ich stolperte in ein großes Zimmer.

Laut um Hilfe zu schreien machte wenig Sinn. Die alte Villa lag so weit abseits, dass mich niemand hören würde. Der heulende Wind tat sein Übriges.

Edith hielt den Lichtstrahl ihrer Lampe auf den Boden. Dort lag eine flatternde Plane.

»Plane weg und hochziehen«, rief Edith.

»Was soll das?«, schrie ich zurück, doch Edith riss an meinen Haaren und drückte mich nieder.

Ich hob die Plane an und entdeckte eine Falltür im Boden.

Zaghaft versuchte ich, sie hochzuziehen. Die Tür war so schwer, dass ich sie nur einige Zentimeter anheben konnte. Edith verpasste mir einen Tritt.

»Wofür gehst du zum Sport, du Loser? Ich denke, du bist

so fit. Gib alles!« Edith schoss auf den Boden. Die Kugel schlug direkt neben mir ein.

Mit aller Kraft hievte ich die Tür an und klappte sie um.

Eine Leiter führte in die Tiefe. Ich bekam Panik.

»Unter der Erde ist's kuscheliger«, raunzte Edith und trat gleich noch einmal zu.

Ich stürzte in die Tiefe und schlug auf dem Boden auf. Meine Schultern schmerzten, und ich hatte mir auf die Unterlippe gebissen. Beim Aufprall knackte es laut in meiner linken Hand.

Edith kletterte die Leiter hinunter, und bevor ich mich wehren konnte, zog sie mir beide Hände auf dem Rücken zusammen. Vor Schmerz schrie ich auf. Mit einem Klick schnappten Handschellen zu. Dann öffnete sie eine schwere Metalltür.

»Besuch für dich!«, rief sie seltsam gurgelnd.

Aus dem schwarzen Loch vor mir hörte ich nur ein schwaches »Mmh«.

Edith schubste mich ins Kellerinnere. Kurz dachte ich daran, wie sie den kleinen Hund im Stadtpark zugerichtet hatte. Plötzlich wurde mir klar, für Edith hatte der Spaß am Leben schon vor langer Zeit aufgehört.

Im Dunkel erkannte ich eine kauernde Gestalt in einer Ecke auf dem Boden. Durch die modrige Luft drang ein feiner Duft zu mir durch.

Alan stöhnte leise. In meiner Not rief ich seinen Namen und bekam einen Schlag direkt in den Rücken.

»Jetzt können wir uns gerne aussprechen«, säuselte Edith. »Das wird mir Erleichterung verschaffen. Glaub mir.«

Ich kroch zu Alan. Edith legte die Taschenlampe auf den Boden, so dass der Lichtstrahl wieder auf uns gerichtet war.

»Die Fragestunde mit Edith ist eröffnet.«

Sie kicherte wie ein kleines Mädchen. Ich kapierte gar nichts, außer dass ich endlich wusste, wo Alan war.

»Ich dachte, du willst dich umbringen!«, schrie ich Edith an.

»Wieso ich? Alan, der schnuckelige Fratz, setzt heute Nacht seinem Leben ein Ende. Nicht wahr, Alan? Zu dumm, dass Bernold das Kokain-Tütchen in seinem Schreibtisch gefunden hat. Nach so einer Blamage möchte man wirklich vom Erdboden verschwinden.«

Edith lachte laut auf. Alan rückte näher an mich heran. Auch er hatte die Hände auf dem Rücken zusammengebunden. Mund und Nase waren mit Klebeband bedeckt. Dann schaute er mich an und schüttelte den Kopf. Wie gern hätte ich jetzt sein Zwinkern gesehen. Stattdessen rollte eine Träne über seine Wange.

»Warum ist Alan hier?«, fragte ich Edith.

»Meine Güte. Irgendjemand musste ihn doch retten. Eine Vorstrafe wegen Drogenbesitzes macht sich nicht gut im Lebenslauf. Ist euch kalt?«, fragte Edith plötzlich in einem mütterlichen Ton. Ohne eine Antwort abzuwarten, warf sie uns eine stinkende Decke zu.

»Ihr sollt ja nicht frierend sterben, so wie Benno. Gott hab ihn selig.«

»Was war mit Benno?«

»Was soll schon mit ihm gewesen sein? Er war mein Mann. Schau, Trixi.«

Edith kam einen Schritt auf mich zu und zeigte mir ihre linke Hand. Am Ringfinger steckte der Klunker mit dem brombeerfarbenen Stein.

»Mein Verlobungsgeschenk. Der Granat hilft in ausweglosen Situationen. Das habe ich dir doch schon mal erklärt. Hast du nicht aufgepasst?«

»Natürlich, der Ring ist wunderschön. Ihr wart also verlobt, und was passierte dann?«

Jetzt wollte ich auch den Rest ihrer Phantasiegeschichte hören.

»Eines Tages sagte Benno, dass wir nicht mehr verlobt seien, und ich solle einfach wieder nur für ihn arbeiten. Das ging natürlich nicht. Wie stellte er sich das vor?«

Ich ahnte, was kam.

»Wir hatten so eine schöne Zeit hier auf Wangerooge. Meistens trafen wir uns hier in der Villa. Das sollte alles vorbei sein? Inakzeptabel! Benno ging abends gern spazieren. Warum er bei dem Sturm losmusste, weiß ich nicht mehr. Da lag er dann im kalten Herbstwind. Er starb frierend. Ich habe sogar seine Gänsehaut gesehen.«

»Hast du die Eisenstange auf ihn fallen lassen?«

Alan stieß mich an, so als hätte ich die falsche Frage gestellt. Wir waren Edith sowieso ausgeliefert. Warum sollte ich jetzt noch Rücksicht nehmen?

»Plumps hat es gemacht.«

Edith kramte in ihrer Tasche. Dann nahm sie die Taschenlampe vom Boden und hielt sie sich unter ihr Gesicht. Vor sich hatte sie einen Taschenspiegel gelegt. Sie zog tatsächlich ihren Lippenstift nach. Ihr zerkratzter, turbanumwickelter Kopf wirkte wie ein Schnappschuss aus einem billigen Horrorfilm.

Alan und ich hockten in der Finsternis und drückten uns aneinander. Meine Hand war angeschwollen und schmerzte teuflisch. Ich konnte die Finger nicht bewegen.

»Wusste niemand anderes von eurer Verlobung?«

So realitätsfern konnte Edith damals doch nicht gewesen sein.

»Natürlich kannte jemand unser kleines Geheimnis. Aber nur einer – der Hans.«

Ich war mir sicher, sie meinte Hans Rieken, den Hausmeister und Bennos Angelkumpel.

»Elf ganze Jahre hat er Bennos und mein Geheimnis für sich behalten. Er war ein wahrer Freund.«

»Bis er vom Dach fiel«, fügte ich hinzu.

»Nein, bis einen Tag, bevor er vom Dach fiel. Da wurde er auf einmal seltsam. Ich hatte ihn gebeten, in meiner Wohnung die Heizung zu reparieren. Außerdem musste der Hausflur gewischt werden. Und da streikte Hans. Ich bitte dich, Trixi. Das sind doch alles Aufgaben, die er nach Feierabend erledigen konnte. Stattdessen wurde er frech, dieser impertinente Kerl. Er behauptete, ich hätte meine Spielchen übertrieben.«

»Welche Spielchen?«

»Was weiß ich. Dass ich ihn für eigene Hausarbeiten missbrauchte oder meine Position ausnutzte. Das waren doch keine Spielchen. Ich habe mir nur genommen, was mir zustand. Das wusste Hans, und das wusste auch Juliane.«

»Jetzt mal der Reihe nach. Was war mit Hans?«

Ediths Geschichte ging mir etwas zu schnell. War sie etwa auch an seinem Tod schuld?

»Hans war beleidigt, weil ich ihn ab und zu um Freundschaftsdienste bat. Der Dummkopf meinte, ich hätte ihm nichts zu befehlen. Also drohte er mir, Bernold zu erzählen, dass Benno und ich in jungen Jahren verlobt gewesen waren. Das war zu viel der Dreistigkeit. Womöglich hätte Bernold mich rausgeworfen. Er sollte doch nie erfahren, dass sein Vater mich so sehr geliebt hatte. Ich bitte dich, Trixi. Du hättest das Gleiche getan.«

»Was meinst du?«

»Na, Hans einen kleinen Schubser gegeben. Er wollte gerade die Antenne ausrichten. Ich stand am Fenster auf dem Dachboden und flehte ihn an, Bernold nichts zu sagen, aber er meinte, es wäre Zeit für die Wahrheit. Im Archiv stand ein Besen. Da habe ich mit dem Stiel ein bisschen nachgestochert. Damit hat er nicht gerechnet, der undankbare Hans.«

Edith legte die Taschenlampe wieder auf den Boden. Als sie sah, wie eng Alan und ich beieinandersaßen, begann sie zu schreien.

»Lass Alan los, du Schlampe!«

Ich rückte ein Stückchen zur Seite und schaute wütend gegen den Lichtstrahl in ihre Richtung.

»So war das mit dem Hans. Seine treue Seele ruhe in Frieden.«

Ihre Stimme fiel wieder in diese beunruhigende Tonlosigkeit. Warum hatte Edith eben Juliane erwähnt? Als ich sie danach fragen wollte, kam sie mir zuvor.

»Und wenn du schon alles wissen willst, du neugieriges Flittchen, dann lass dir gesagt sein: Wer mir etwas wegnimmt, muss mit Konsequenzen rechnen.«

Ich schluckte und sank tiefer.

»Die gute Juliane war damals meine Vorgesetzte. Als Volontärin hatte ich die Idee zum späteren Bestseller Bellersens Wunderwelt. Juliane war sofort begeistert und bat mich, ein Konzept zu schreiben. Kurz danach hatte ich ein paar Tage Urlaub. Als ich zurückkam, war das Projekt bereits verabschiedet und Juliane wurde Redaktionsleiterin. Wenn jemand diesen Posten verdient hatte, dann wohl ich, oder?«

Ediths Realitätsverlust verdiente einen Eintrag ins Guinnessbuch der Rekorde.

»Juliane behauptete einfach, es wäre ihre Idee gewesen. Und auf mich hörte damals niemand. Da darfst du raten, welche Wirkung diese verdammten Antidepressiva haben, wenn man zu viele nimmt.«

»Du hast Juliane Sanders die Tabletten verabreicht?«

»Nicht verabreicht. Ausgetauscht und gut verteilt. In ihrem Röhrchen lagen auf einmal andere Tabletten, ganz ähnliche, aber stärkere. Selbst schuld, die dumme Kuh. Erst klaut sie meine Idee, und dann lässt sie sich von mir einen Kuchen backen. Hat ja nie jemand hinterfragt. Schließlich hinterließ die depressive Juliane einen rührenden Abschiedsbrief. So wie Alan, nicht wahr, mein Lieber?«

Mit einem schrillen Kreischen sprang Edith auf. Dann atmete sie geräuschvoll aus.

»Wie befreiend es ist, endlich alles loszuwerden. Trixi, würdest du jetzt nicht hier unten dein Ende finden, solltest du therapeutisch arbeiten. Du hast Talent. Om.«

Edith begann, Tai-Chi-Übungen zu machen. Sie hob die Arme, senkte sie wieder, drehte und beugte sich.

Jetzt reichte es.

»Du hast sie doch nicht mehr alle auf dem Kasten!«, schrie ich in größter Verzweiflung.

»Mag schon sein, aber dafür bin ich endlich glücklich. Am Montag sitze ich wieder im Büro, und alle werden Mitleid mit mir haben. Bis auf Bernold. Für seine Boshaftigkeiten habe ich mir schon eine angemessene Strafe überlegt. Am Wochenende fährt dieser dilettantische Möchtegernverleger zum Angeln. Wie gut, dass ich seinen Bootsliegeplatz kenne. Dann kann er den Fischen unter Wasser Lebewohl sagen, und ich bewahre den Verlag vor weiteren katastrophalen Fehlentscheidungen.«

Edith atmete dreimal tief ein und aus, schnappte sich die Taschenlampe und rief im Weggehen: »Ich muss los. Die Pflicht ruft. Grüßt mir Benno und die anderen Kollegen im Jenseits. In ein paar Stunden kommen die Bagger. Beerdigungskosten fallen auch nicht mehr an. Praktisch, was?«

Sie drehte sich ein letztes Mal um und warf uns eine Papiertüte vor die Füße. Heraus fielen einige Brötchen.

»Das sind Seelen, eine Wangerooger Spezialität. Sie dienten auf der Insel früher als Grabbeigaben für die Toten. Lasst sie euch schmecken.«

Die schwere Stahltür fiel zu, ein Riegel wurde vorgeschoben, und wir saßen in der Finsternis.

Kein Kuss der Welt ist schöner als der, mit dem man einem anderen Menschen das Klebeband vom Mund abzieht.

Ich robbte mich so nah an Alan heran, bis ich mit meinen Zähnen das Band zu fassen bekam und ihn von seinem Knebel befreite. Das Abreißen tat Alan höllisch weh, denn er stöhnte laut auf. Ich spuckte das Band aus und suchte erneut seinen Mund. Als Wiedergutmachung presste ich meine Lippen auf seine. Alans Gesicht war voller pieksender Bartstoppeln, nur ein schmaler Streifen rund um seine Lippen fühlte sich glatt an. Ich hatte ihn enthaart.

Als Alan wieder sprechen konnte, schossen die Worte aus ihm heraus.

»Wie hast du mich gefunden?«

Ich erklärte ihm, dass ich gar nicht ihn, sondern Edith gesucht hatte. Im Gegenzug wollte ich wissen, wie er auf Wangerooge gelandet war.

»Nachdem Bernold mich gestern Morgen wegen des Drogenfundes zur Rede gestellt und entlassen hatte, war ich total fertig. Ich kokse nicht und bewahre auch keinen Stoff in meinem Schreibtisch auf. Zu dem Zeitpunkt wusste ich ja nicht, wer mir das Zeug untergejubelt hat.«

Ich dachte sofort an Miss Piggy – oder war es Moralapostel Edith?

»Auf meinem Tisch lagen noch die angefangenen Layouts

vom Hamburg-Band, und da ich wusste, dass Edith bereits auf dem Zahnfleisch ging, rief ich sie auf dem Handy an, um ihr zu sagen, dass sich in Zukunft Frau Schuster darum kümmern würde.

Als ich sagte, was der Grund für meinen Abgang war, bot sie mir sofort ihre Ferienwohnung als Unterschlupf an. Sie meinte, ich könne dort in Ruhe nachdenken. Außerdem sei sie selbst wegen des Stresses vom Vortag krankgeschrieben und könne mich nach Wangerooge bringen. Ich wunderte mich über Ediths Hilfsbereitschaft, aber in unserer Wut auf Bellersen waren wir zwei Verbündete, und ich sagte spontan zu. Nach dem Rauswurf und Bellersens Anschuldigungen war ich total verwirrt.«

»Warum hast du mich nicht angerufen?«, fragte ich kleinlaut.

»Wollte ich. Aber im Packstress habe ich mein Handy zu Hause vergessen. Ich dachte, ich könne dich von hier aus erreichen, doch dazu kam ich nicht mehr.«

»Trotzdem verstehe ich nicht, warum Edith dich nach Wangerooge gebracht hat.«

»Du wirst es nicht glauben – sie ist in mich verliebt.«

»Bitte? Ist doch lachhaft. Edith ist zwanzig Jahre älter als du.«

»Sie meinte, mit Altersunterschieden hätte sie kein Problem. Und jetzt halt dich fest: Ich erinnere sie an Benno Bellersen.«

Alan musste lachen. Wie gern hätte ich ihn jetzt gesehen, doch in der Dunkelheit erkannte ich nicht mal mehr Umrisse. Ich begriff das alles nicht und rückte noch ein bisschen näher an ihn heran.

»Edith hatte Angst, dass du mich ihr wegschnappst. Keine Ahnung, vielleicht hoffte sie, ich würde sie auf Wangerooge heiraten.«

Ein weiterer Lacher schüttelte Alan. Ich fühlte das Vibrieren seines Körpers an meiner Seite und bekam eine Gänsehaut.

»Stell dir vor, sie hat das Kokain in meinen Schreibtisch gelegt und Bellersen den Hinweis gegeben.«

»Meinst du, Edith arrangierte deinen Rauswurf? Woher hatte sie den Stoff?«

»Von Paul. Sie wusste, wo er sein Kokain versteckte, und hatte ihm in den letzten Monaten nach und nach ein paar Gramm stibitzt.«

Was war bloß los in Ediths Kokelhirn?

»Weißt du, was Ediths krankes Meisterstück war?«, legte Alan nach. »Die Explosion. Sie hat sich selbst in die Luft gesprengt.«

»Das kann nicht sein. Ich habe doch gesehen, wie sie vor dem Backstone saß und auf jemanden wartete, als die Bombe hochging.«

»Sie hat es mir haarklein erklärt. Du solltest denken, ich sei der Attentäter.«

»O. k., das habe ich zwischenzeitlich auch geglaubt.«

»Sie sagte, sie habe dir irgendeine Nachricht auf der Toilette zukommen lassen.«

Mir wurde kalt. Edith hatte alles inszeniert? Die umgekippte Tasche, das Zettelchen mit dem ominösen Absender A. So viel durchtriebene Phantasie hätte ich ihr niemals zugetraut.

»Edith wollte wissen, ob du hinter mir her warst. Der Sprengsatz in der Mülltonne bestand aus einem Bündel Silvesterböller und einer Minibombe, die sie im Internet gekauft hatte. Sie wusste, dass ihr nichts Schlimmes passieren konnte, und wollte einfach ein bisschen Aufmerksamkeit oder Mitleid. Und dich von mir fernhalten.«

Mit dieser Frau hatte ich jahrelang Sport getrieben und

einige Tage das Büro geteilt. Mir stockte der Atem, und Alan erzählte weiter.

»Völlig durchgeknallt, die Alte. Ich will gar nicht drüber nachdenken. Als wir in dieser Ruine ankamen und sie meinte, das sei ihre Ferienwohnung, fragte ich sie, ob sie noch alle beisammen hätte. Ich konnte doch nicht ahnen, dass sie gleich eine Knarre zieht. Seitdem hänge ich hier unten.«

»Und ich war sauer auf dich, weil du dich nicht bei mir gemeldet hast«, sagte ich schuldbewusst und lehnte mich an seine Schulter. Sein warmer Körper lenkte mich von meinen Schmerzen ab.

Gemeinsam überlegten wir, wie wir diesem schwarzen Verlies entkommen konnten. Vorsichtig standen wir auf und schlichen rückwärts bis zur Tür. Mein Handgelenk schmerzte so sehr, dass ich heulte. Wir stemmten uns gleichzeitig und mit voller Wucht gegen die Metalltür, doch nichts passierte. Ich konnte einfach nicht akzeptieren, dass wir in dieser Gruft unser Ende finden sollten.

»Die müssen uns doch längst suchen«, sagte ich verzweifelt.

»Wer sind *die*?«

»Florence und Ingetraut.«

Mir wurde bewusst, dass Florence und Ingetraut keine Ahnung von meinem abendlichen Ausflug hatten. In der Nacht würde uns niemand suchen, und wenn die beiden mein Verschwinden am Morgen bemerkten, war es vielleicht schon zu spät. Ich malte mir aus, wie die Bagger die Falltür verschütten würden. Mir wurde kalt, und ich schluchzte laut auf.

»Warum habe ich Ediths Wahn nicht bemerkt?«, fragte ich mich selbst. Ich war nicht nur traurig, sondern auch maßlos wütend auf meine Naivität.

»Wer traut diesem Persönchen so viel Kaltblütigkeit zu?«,

antwortete Alan. »Ich jedenfalls nicht. Und ich kenne viele Frauen. Vier Tote gehen auf ihr Konto, Edith ist sich keiner Schuld bewusst und arbeitet seelenruhig weiter – all die Jahre.«

Beim Stichwort »Tote« fiel mir Paul Wiltmann ein.

»Hat sie Paul auch auf dem Gewissen?«

»Pauls Tod war ein Versehen. Als sie mich gestern hier einkerkerte, erzählte sie mir, wie sehr sie ihn bewunderte. Er war so jung und schlau und fleißig – wie sie damals. Nur das mit dem Kokain und den schnellen Autos fand sie verwerflich. Dafür wollte sie ihm einen Denkzettel verpassen. Edith wusste, dass Paul jeden Donnerstag ins Backstone ging. Oft ließ er seinen Porsche auf dem Verlagsparkplatz stehen und den Schlüssel auf seinem Schreibtisch liegen. Wenn er zurückkam und nichts getrunken hatte, arbeitete er noch ein oder zwei Stunden und fuhr dann heim. Dieses eine Mal mit einer Ladung Zucker im Tank. Dass der Motor auf den Schienen verreckte, stand nicht in ihrem Plan. Paul hatte einfach Pech. Wegen der Kopfhörer musste Paul den Zug tatsächlich überhört haben.«

Jetzt glaubte ich, auch Alan weinen zu hören. Ich musste pinkeln.

Wettlauf

Ein tiefes Brummen schreckte uns auf. Der Boden vibrierte. Wir hatten die ganze Nacht versucht, uns aufzumuntern und von den Schmerzen abzulenken. Alan schmiegte sich dabei ganz eng an mich und sang mir etwas vor. Ohne ein Gefühl für die Zeit waren wir irgendwann eingenickt.

Das Wummern wurde lauter.

»Sind das die Bagger?«, fragte ich Alan.

»Scheiße!«

Wir rafften uns auf und hämmerten mit unseren Füßen vor die Tür. Alan grölte so laut er konnte, ich kreischte in einer Frequenz, die den Spiegelsaal von Versailles zerlegt hätte. Kurze Zeit später verstummte das Motorengeräusch. Es war still. Alan schrie erneut. Meine Stimme versagte, und ich begann, tonlos zu weinen, während ich mit meinen Füßen an die Metalltür trommelte. Niemand außer der verrückten Edith wusste, wo wir waren.

Ein dumpfes Klopfen – dann rumste es, und jemand schob den Riegel zur Seite.

Der gleißende Lichtstrahl durchschoss den Kellerraum. Alan und ich kniffen die Augen zusammen.

»Sind sie das?«, rief eine tiefe Männerstimme. Ich erkannte die Umrisse einer Bauarbeitermontur.

»Was glaubst du denn, Bernd? Meinst du, hier unten wohnen die Heinzelmännchen, oder was? Lass mich mal durch.«

Diese Stimme kannte ich. Die resolute Ingetraut kletterte die Leiter hinunter und schob sich an dem Mann vorbei. Als sie mich in ihre warmen Arme schloss, weinte ich vor Erleichterung noch heftiger.

»Da haben Sie aber bannig Glück gehabt«, sagte der Bauarbeiter grinsend. »Eine Viertelstunde später hätten wir Sie hier unten für immer verbuddelt. Und in ein paar Monaten hätten Sie dann den Golfspielern beim Einlochen Klopfzeichen von unten geben können. Haha.«

Der Bauarbeiter war ohne Zweifel ein Freund feinsinnigen Humors.

Vor der Falltür wartete Florence. Auch ihr kullerten Tränen herunter.

»Mon Dieu! Was machst du nur, Trixi?«

Dann fiel ihr Blick auf Alan.

»Aber das ist ja gar nischt Edith«, rief sie erschrocken.

Alan und ich erzählten unseren Rettern die ganze Geschichte. Erst danach fragten wir sie, wie sie uns gefunden hatten.

»Bedank disch bei Rahel.«

Florence hielt mir mein zerkratztes Handy hin.

»Sie 'at gestern Abend versucht, disch anzurufen, aber du bist nischt drangegangen. Vor lauter Sorgen 'at sie 'eute früh um 'alb sechs Ingetraut aus die Federn geklingelt.«

»Schlaue Deern«, pflichtete Ingetraut bei. »Wir haben an deiner Zimmertür geklopft, und als keine Antwort kam, wussten wir, dass etwas nicht stimmte.«

»Mir war klar, dass du wegen Edith keine Ruhe geben würdest, und so sind wir zu dieser alte Villa gelaufen. Onno kannte die Falltür aus den alten Kapitänserzählungen. Dann fanden wir deine 'andy – et voilà – schon seid ihr gerettet.«

Florence war sichtlich stolz auf ihren kriminalistischen Ermittlungserfolg.

»Was ist mit Edith?«, fragte ich in die Runde. »Wir müssen sie aufhalten. Als Nächstes hat sie Bellersen im Visier. Gibt es auf der Insel keine Polizei?«

»Das lass mal unsere Sorge sein. So schnell kommt Edith nicht von der Insel«, sagte Ingetraut ruhig. »Die erste Fähre geht heute erst um 11 Uhr.«

Ingetraut schaute auf die Uhr und nickte Florence zu. Die zog eine Augenbraue hoch und lächelte.

»Ich bringe euch jetzt zum Arzt. Florence und Onno kümmern sich um Edith.«

Auf dem Weg zur Praxis beschlossen wir, Bernold Bellersen anzurufen. Auch wenn Edith spätestens am Anleger von der Polizei geschnappt wurde, mussten wir ihm Bescheid sagen.

»Mach du das«, sagte ich zu Alan.

Meine Hände schmerzten, und ich traute mich nicht, den Polterkopf vor der Arbeit zu stören. Um kurz nach sieben lag er sicher noch in seinem Tyrannenbettchen und überlegte, welcher Mitarbeiter an diesem Tag dran glauben musste.

»Ist mir ein Vergnügen«, sagte Alan, gab mir einen teilrasierten Kuss und nahm mein Handy.

»Bellersen ist ein Langschläfer und steht nur im Notfall vor halb acht auf. Dann wollen wir ihn mal notfallmäßig wecken. Ich kenne seine Handynummer. Auf der letzten Weihnachtsfeier haben wir zusammen ein Ziffern-Gedächtnis-Spiel gespielt – und ich habe gewonnen.«

Mit einem breiten Grinsen tippte Alan die Zahlenfolge ein und wartete.

»Niemand da?«, fragte ich ungeduldig. »Dann versuchen wir es später im Büro.«

»Moment, doch – hallo?«

Alan blieb wie mit Beton übergossen stehen.

»Yvonne, bist du das?«

Zwei Stunden später betraten Alan und ich Ingetrauts Wohnküche. Der Arzt hatte meine gebrochene Mittelhand geschient und unsere Schürfwunden versorgt. Alan fühlte sich nach einer einstündigen Nährstoffinfusion deutlich besser.

»Wo ist Florence?«, fragte Alan.

Ingetraut zuckte mit den Schultern und schenkte uns frischen Ostfriesentee ein.

»Solange Edith frei auf der Insel herumläuft und Florence nicht hier ist, habe ich Angst. Edith ist gemeingefährlich.«

»Die Polizei weiß längst Bescheid«, versuchte Ingetraut mich zu beruhigen. Im Hintergrund plärrte der Fernseher. Das Frühstücksprogramm war das Letzte, was ich jetzt brauchte. Ich schaute auf den Bildschirm und erstarrte.

Ein unscheinbarer Mann verlas die Nachrichten. Hinter ihm prangten zwei Polizeifotos. Das eine zeigte Edith mit giftigem Blick und einem völlig zerrupften Turban, der schief auf ihrem Kopf hing. Auf dem anderen Foto lächelte Florence in die Kamera. Ein Sträußchen Strandhafer im Haar.

»Guten Morgen Friesland.

Soeben erreicht uns die Nachricht vom Flughafen Harlesiel. Vor einer Stunde gab es einen ernsten Zwischenfall über den Wolken. Im 8-Uhr-15-Flieger von Wangerooge nach Harlesiel haben sich dramatische Szenen abgespielt. Augenzeugenberichten zufolge kam es kurz nach dem Start zu einem handgreiflichen Streit zwischen zwei weiblichen Fluggästen. Eine der beiden zog eine Waffe und forderte den Piloten auf, die Flugrichtung zu ändern. Die andere schaffte es, die offenbar geistig verwirrte Frau zu überwältigen. Der Pilot brachte die Maschine sicher zu Boden. Beide Frauen befinden sich derzeit in polizeilichem Gewahrsam und werden verhört. Wir halten Sie auf dem Laufenden, sobald wir neue Informationen haben.«

Wahrheit

Florence durfte nach einer kurzen Vernehmung die Polizeistation von Harlesiel verlassen. Edith blieb. Die Wangerooger Beamten baten uns, für weitere Fragen zur Verfügung zu stehen und – wenn unsere Gesundheit es zuließe – auf der Insel zu bleiben.

Da das Wochenende vor der Tür stand, hatte ich eine Idee.

Nach Schulschluss machten Betty, Rahel und Gerd sich auf den Weg nach Wangerooge. Sie erreichten die letzte Fähre und rollten um kurz vor neun mit der Inselbahn an.

Ich konnte es kaum erwarten, meine Lebensretterin Rahel wiederzusehen. Ingetraut und Florence fieberten Gerds Eintreffen entgegen, und so standen wir vier als übermüdetes, aber stolzes Empfangskomitee am kleinen Inselbahnhof. Mit einem Tuten rollte die Bahn ein. Rahel riss die Waggontür auf und sprang mir in die Arme.

»Cool, wer hätte gedacht, dass ich doch noch hierhinfahre«, rief sie strahlend. Ich wollte sie nicht mehr loslassen.

Es folgte Betty. Sie klappte eine Rampe für Gerds Rollstuhl herunter. Alan kam ihr zu Hilfe.

»Laaangsam, nicht zu schnell, Gerd«, hörte ich aus dem Waggoninneren. »Hier müssen wir gut aufpassen. Wir wollen doch nicht, dass du von der Rampe kippst.«

Oberschwester Sybille hielt verkrampft die Griffe des Rollstuhls und ließ Gerd langsam nach unten fahren. Gerd zuckte nur mit den Schultern. Meine Augen verengten sich. Hatte der Hausschrecken noch immer kein Ende? Ich fragte mich, warum Rahel auf der Fähre nicht die Gelegenheit genutzt hatte, Fräulein Schlauberger über Bord zu stoßen und den Seehunden zum Fraß vorzuwerfen. Sybille war ja schlimmer als Edith.

Gerade als ich Gerd begrüßen wollte, klingelte mein Handy. Anrufnummer unbekannt. Ich nahm das Gespräch an.

»Bravo, Frau Gellert.«

»Sie schon wieder«, fuhr ich meinen anonymen Telefongenossen an. »Ab jetzt können Sie sich Ihre gescheiten Anrufe sparen.«

»Ist mir bewusst«, sagte die Stimme. »Ich gratuliere, Sie haben es geschafft.«

»Was habe ich geschafft?«, fragte ich.

»Sie haben alles aufgeklärt. Ich bin heilfroh, dass der Spuk endlich ein Ende hat – auch wenn es mir um Edith leidtut. Und ich sagte es bereits, Ihre Frische wird mir fehlen.«

In meinem Kopf ratterte es. Den Satz mit der Frische hatte ich doch schon einmal gehört. Mir dämmerte es.

»Henner?«

»Hervorragend kombiniert.«

Am anderen Ende der Leitung hörte ich ein leises Lachen, dann ein Knacken.

»Verstehen Sie mich jetzt besser? Diese technische Sprachverzerrung ist phänomenal.«

Plötzlich erkannte ich Henners Stimme. Für einen kurzen Moment blieb mein Mund offen stehen.

Sybille rief kichernd aus dem Hintergrund: »Mund zu, es zieht!«

Ich begriff nichts. Warum hatte Henner mich die ganze

Zeit über mit konspirativen Anrufen malträtiert? War er genau so ein Psychokaliber wie Edith?

»Jetzt sind Sie mir aber eine Erklärung schuldig«, platzte es aus mir heraus. Ich hatte Henner von Anfang an gemocht, und es fiel mir schwer, meinen Instinkt anzuzweifeln. »Wussten Sie von Ediths Morden?«

»Ich hatte seit einiger Zeit einen Verdacht, war mir aber nicht sicher. Als Sie in den Verlag kamen, um die Chronik zu schreiben, wurde mir klar, dass Sie sich hinter die Fälle klemmen würden.«

»Warum haben Sie mir Ihre Vermutungen nicht direkt gesagt?«

»Hätten Sie mir denn geglaubt? Außerdem wollte ich Sie nicht mit zu vielen Informationen auf einmal belasten«, gluckste Claassen.

»Wie rücksichtsvoll«, spottete ich. »Warum sind Sie nicht zur Polizei gegangen? Edith war schließlich eine tickende Zeitbombe.«

»Ich habe sie unterschätzt. Als sie im Verlag anfing, war es Liebe auf den ersten Blick. Damals war sie eine zauberhafte, überaus begabte Redakteurin mit vielen erfrischenden Ideen. Hübsch obendrein. Immer modisch und flott gekleidet.«

Da sprach wieder Claassen, der Gentleman.

»Leider erwiderte sie meine Liebe nicht. Sie lehnte alle Avancen von meiner Seite ab. Stattdessen himmelte sie Bellersen an und wurde immer eigenwilliger. Doch was sie auch tat, ich mochte sie. Bis heute.«

Claassen liebte Edith? Nach allem, was ich erlebt hatte, wunderte mich nichts mehr. Es gab Dinge, die musste man nicht verstehen.

»Wenn Sie Edith so sehr mögen, warum behielten Sie Ihre Verdächtigungen nicht einfach für sich?«

Ich versuchte krampfhaft, Henners Beweggründe zu erfassen.

»Wissen Sie, mit Wiltmanns Tod brachte Edith das Fass zum Überlaufen. Am Abend des Unfalls beobachtete ich, wie sie sich an Wiltmanns Auto zu schaffen machte. Ich konnte die arme Edith aber auch nicht anzeigen. Und kurze Zeit später erschienen Sie im Verlag. Auch wenn es mir das Herz zerreißt, Edith zu beschuldigen – es war Zeit für die Wahrheit.«

Ich glaubte, einen Schluchzer zu hören. Dann machte es Klick, und die Leitung war tot.

Im Speiseraum der kleinen Pension wurde opulent aufgetischt. Alle saßen dichtgedrängt an einem langen Tisch und quasselten durcheinander. Links wich Rahel mir nicht von der Seite, und rechts schmiegte Alan sich an mich. Seine Hand lag wieder einmal verdächtig hoch auf meinem Oberschenkel.

»Das Beste habe ich dir noch gar nicht erzählt«, rief Betty plötzlich zu mir herüber.

Ich spitzte die Ohren. Hatte Sybille einen freiwilligen Rückzieher gemacht? Mit einem Schmunzeln bereitete ich mich auf einen triumphalen Moment vor.

»Mama hat angerufen. Ich soll dich lieb grüßen. Natürlich habe ich ihr nicht alle Einzelheiten deines Ausflugs geschildert. Noch mehr Sorgen hätte sie nicht ertragen.«

»Wieso noch mehr?«, fragte ich.

»Die Reiterei auf den mongolischen Pferden ist Papa aufs Kreuz geschlagen. Das Gezuckel war zu viel für seinen Rücken. Er kann sich kaum noch bewegen. Die Jurtenbetten sind ihm auch zu hart, und er vermisst seine westfälische Currywurst. Nächsten Monat kommen sie zurück.«

Meine Eltern kehrten heim!

Ich verdrückte eine kleine Freudenträne. Sie mussten stolz auf ihre jüngste Tochter sein.

»Mama und Papa haben eine Überraschung für dich«, fuhr Betty fort. »Du ziehst bei ihnen ein. Mama meint, du seiest auf ihre Hilfe angewiesen. Und weil du demnächst wieder viel Zeit hast, kannst du dich gleich um Papa und seinen Rücken kümmern.«

Wie bitte?

Ich war eine erwachsene Frau. Wie kamen meine Eltern auf diese kindische Idee?

Es wurde Zeit, mich von ihnen abzunabeln. Ich würde ihnen zeigen, wie selbständig ihre Tochter war, und hatte eine Idee: Um noch mehr Gäste in die kleine Pension zu locken, konnte Ingetraut werbewirksame Unterstützung gebrauchen. Wie gut würde es sich im Inselprospekt machen, eines der Zimmer dauerhaft an eine erfolgreiche Detektivin zu vermieten? Natürlich umsonst.

Danke:

Mein besonderer Dank gilt Christoph für seine unermüdliche Motivation und Ulrike für den auslösenden Schreibimpuls.

Danken möchte ich aber auch allen, die mich inspiriert, begleitet und unterstützt haben, insbesondere Marvin und Sally, Jenk, Andrea, Annika, Alexandra, Christiane, Uwe, Holger, Inga, Oliver, Renate, Doro, Sigrid und nicht zuletzt meinen Eltern und Frau Roller für ihre Wangerooger Gastfreundschaft.

Ein zusätzliches Dankeschön gilt meinem Agenten Dirk Rumberg und meiner Lektorin Katrin Fieber.

Anmerkungen:

Cheffe versenken ist eine fiktive Geschichte. Ähnlichkeiten mit lebenden oder verstorbenen Personen oder Begebenheiten sind rein zufällig und nicht beabsichtigt.

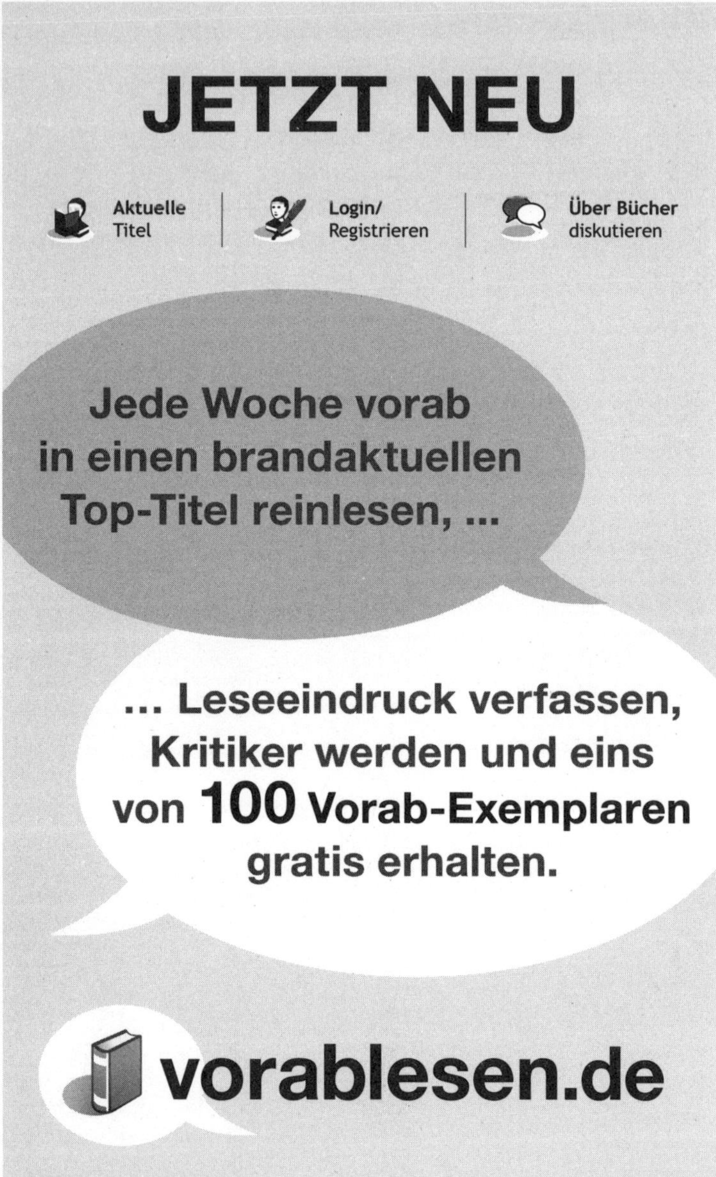
JETZT NEU
Aktuelle Titel
Login/ Registrieren
Über Bücher diskutieren
Jede Woche vorab in einen brandaktuellen Top-Titel reinlesen, ...
... Leseeindruck verfassen, Kritiker werden und eins von 100 Vorab-Exemplaren gratis erhalten.
vorablesen.de